이렇게 웃고
살아도 되나

이렇게 웃고 살아도 되나 (큰글씨책)

초판 1쇄 발행 2020년 5월 8일

지은이 조혜원
펴낸이 강수걸
편집장 권경옥
펴낸곳 산지니
등록 2005년 2월 7일 제333-3370000251002005000001호
주소 부산시 해운대구 수영강변대로 140 BCC 613호
전화 051-504-7070 | 팩스 051-507-7543
홈페이지 www.sanzinibook.com
전자우편 sanzini@sanzinibook.com
블로그 sanzinibook.tistory.com

ISBN 978-89-6545-048-1 03810

* 책값은 뒤표지에 있습니다.
* 이 도서의 국립중앙도서관 출판예정도서목록(CIP)은 서지정보유통지원시스템 홈페이지(http://seoji.nl.go.kr)와 국가자료공동목록시스템(http://www.nl.go.kr/kolisnet)에서 이용하실 수 있습니다.(CIP제어번호: CIP2020016403)

산골 혜원 작은 행복 이야기

이렇게 웃고 살아도 되나

조혜원 지음

산지니

여는 글

일기장과 ‘주경야페’로 엮은 산골 혜원 작은 행복 이야기

깊은 산골짜기 언덕 위에 하얀 집. 새 삶터에 새로운 이야기가 꿈틀대기 시작합니다. 때는 2013년 가을. 서른을 훌쩍 넘겨 서울 생활을 접고 외딴 산골에 첫발을 디뎠습니다. 대책 없이, 겁도 없이. 마을에서 한참 떨어진 빈집에 짐을 부리고 맞이한 첫 밤. 십여 년 전 신혼여행 첫날밤보다 더 떨렸습니다. 잘한 선택일까, 과연 여기서 살아낼 수 있을까.

산 밑에 자리한 터였기에 자연스레 산살림이 눈에 들어왔습니다. 때마침 가을. 토실토실 산밤 주워 찾아오는 이들에게 양껏 내주었습니다. 조금 깊은 산에 나서면 더덕, 잔대, 청미래 같은 약초를 만나고 능이, 싸리처럼 말로만 듣던 버섯을 따는 신기한 일들이 이어졌습니다. 겨울이면 고라니 발자국 따라 아무도 없는 눈 덮인 산을 행복하게 거닐었지요. 서울에서 잔뜩 싸 온 도감이나 생태 책들이 진가를 보이더군요. 나서기 전에도, 돌아온 뒤에도 산과 가까워지는 데 좋은 길잡이가 돼주었답니다.

새봄이 찾아왔습니다. 고맙게도 작은 묵정밭이 딸려 있어 밭일도 같이 따라왔죠. 씨 뿌리고 김매고 거두고…. 주말농장 한번 해보지 않은 우리 부부. 호미부터 쇠스랑, 곡괭이에 이르기까지 온갖 농기구 들고 밭과 씨름했습니다. 그러다 고라니한테 당근밭, 멧돼지한텐 고구마밭을 깡그리 바친 적도 있답니다. 약은커녕 비닐도 씌우지 않으니 마을 분들께 잔소리도 꽤 들었고요. 처음이라 많이 서툴고 애도 먹었지만 모든 것이 신기하고 흥미진진했습니다. 어디 그뿐인가요. 절로 난 냉이, 쑥부쟁이, 고들빼기 뜯으랴 고사리, 머위, 취 같은 산나물 하랴 자연이 준 선물들 넙죽 받아안느라 시간 가는 줄 몰랐습니다. 백 포기 넘는 김장부터 메주 띄워 된장, 간장 담그기까지 평생 안 할 것 같던 살림살이들이 끝도 없이 펼쳐졌지요. 철 따라 이어지는 산살림 들살림에 흠뻑 젖어 알콩달콩 재미나게 지냈습니다.

산골살이 첫날부터 일기를 썼습니다. 날마다 맞닥뜨리는 새롭고 놀라운 시간들을 인생 공책에 꼭 남기고 싶었거든요. 텔레비전을 없앴으니 밤에 딱히 할 일이 없기도 했고요. 아, 그런데 말이죠. 아쉽게도 일기장은 다섯 권에서 멈추고 말았습니다. "일을 열심히 하는데도 심심하고 외롭다. 남편만으론 채워지지 않는 사람에 대한 그리움…. 아! 이 산골에서 잘 버텨낼 수 있을까? 자연아, 나에게 힘을 다오." 2014년 일기장에 남긴 글입니다. 일주일 넘게 옆지기 말고는 단 한 명도 보지 못할 때가 많던 시절이었죠.

제발 여기 인터넷 좀 되게 해달라고 여기저기 전화를 다 걸었답니다. 그거라도 하면 숨이 좀 트일 것 같았거든요. 처음엔 당연히 안 된다고 하죠. 마을에서 1킬로미터 넘게 떨어진 골짜기에 홀로 있는 집인걸요. '우는 아이 떡 하나 더 준다'더니 몇 달 지나 연락이 왔어요. 인터넷 연결해준다고. 그때부터 제 세상이 열렸답니다. "인터넷이 된 게 이렇게 기쁜 일일 줄 미처 몰랐지. 혼자가 아니란 느낌. 요 며칠 내 곁에 끈적하게 머물던 외로움과 허전함이 저만치 가버린 듯하다." 마치 인터넷 처음 해본 사람처럼 쓴 이 일기는 지금 봐도 웃음이 나요.

페이스북 세계는 2015년에 첫발을 디뎠어요. 서울서 일터 다닐 때는 날마다 겪는 사람만으로도 벅차서 아예 쳐다보지도 않았거든요. 남들 다 할 때 모르쇠로 지내다 외로운 산골살이가 끝내 페이스북과 저를 연결시켰죠. 언제부턴가 '주경야페'(낮엔 밭일 하고 밤엔 페이스북 글쓰기) 삶은 산골살이를 지탱해주는 커다란 힘이 되었답니다.

나름 밖에서 몸 쓴다고 낮에는 들여다볼 짬이 없으니 밤만 되면 연속극 기다리는 사람마냥 페이스북을 열었어요. 그러곤 날적이처럼 쓴 글을 드넓은 이야기 바다에 슬며시 띄워 보냈죠. 한바탕 글쓰기를 마치면 그날 하루가 왠지 더 보람되게 느껴졌답니다. 혼자 끄적일 때랑은 뭔가 달랐어요. 제 마음과 '접속'하는 분들이 생겼으니까요. 긴 이야기에 귀 기울여주고, 제게 다가온 소박한 행복을 자기 일처럼 안아주는 분들이 보일 때면 얼마나 기뻤는지 몰라요. 그래서 이런 글도 용기 내서 썼나 봐요. "작디작은 씨앗들이 흙, 물, 바람, 해의 기운을 받아 싹을 틔우고, 줄기를 뻗고, 잎을 내고, 열매를 맺고. 끝내 다시 땅으로 돌아가는 모습을 날마다 달마다 해마다 볼 수 있는 것. 정말 크나큰 선물이야. 모자란 것투성이인 텃밭 농사지만, 도시에 살면서 머리로 받아들인 이론보다 게으른 몸으로 부대낀 땅과 하늘이 훨씬 더 많은 깨우침을 준다는 걸 손발이 먼저 느끼니까."

텃밭 농사는 저희 부부 먹고, 둘레에 나눌 정도만 지어요. '돈

되는' 농사는 조금도 없답니다. 사실, 부끄러운 때도 많았어요. 도시농업 하는 분들, 토종 종자 지키는 분들, 그리고 오로지 농사로 먹고사는 분들한테요. 소꿉장난처럼 지내는 나날들이 그분들한테 민폐가 될 것 같은 죄송함을 늘 지울 수가 없었지요.

달랑 둘만 사는데도, 가마솥이나 채반 같은 살림도구 말고는 옷도 화장품도, 양말 한 짝마저 산 적 없는데도 돈이 자꾸 들더군요. 전세로 살던 첫 집을 떠나 새 터로 옮기느라 더 그랬을 거예요. 급하게 마음먹지 않기로 했죠. 서울에서 하던 일감을 간간이 받아 그럭저럭 살림을 꾸려갔어요. 산살림과 농사로 새 삶을 일구겠다던 첫 마음, 아무도 버림받지 않고 아무것도 버릴 것 없는 세상 일구는 데 마음을 다하겠다는 다짐을 잊지 않으려 애쓰면서요.

자연과 더불어 사는 삶. 우리 부부가 오래전부터 꿈꿔온 길이었어요. 생각보다 빠르게 길이 열렸고 어느덧 5년째 접어든답니다. 그동안 일기장과 페이스북에 남긴 이야기 가운데 알토란들을 고르고 엮어 이 책에 담았어요. 작은 텃밭과 산골짜기를 벗 삼아 하나하나 배우던 기쁨, 나누던 벅찬 행복이 빼곡히 들어 있답니다. 아무래도 신토불이 먹는 이야기가 많아요. '먹고산다'는 말이 왜 나왔는지 이제 조금 알 것도 같아요. '잘 먹어야 잘산다'는 말도요. 정식 조리법은 따로 없어요. 나물도 김치도 된장도 그저 제 오감만 믿고 무작정 만들었거든요. 여전히 짝사랑 중인 자연 예찬을 양념으로 살짝 버무려서요.

산골짜기에 온 첫날, 둘째 날 쓴 일기를 다시금 열어봅니다. '잠이 들다, 깊이깊이….' '밥 먹고 짐 정리하고 9시 반쯤 누움. 역시나 바로 잠들었다.' 온 천지 깜깜한 산골 밤이 무척 겁나고, 난방을 못해 꽤 춥기도 했는데 잘 잤다고 한 걸 보니 괜스레 흐뭇해요. 마음보다 몸이 먼저 산골살이를 받아들인 것만 같아서요. 서두름이나 지름길이 없는 자연. 그 속에서 제가 누린 작은 행복들을 더 많은 사람들과 나눌 수 있다면, 이 책 만드느라 쓰러질 나무들한테 조금이라도 덜 미안할 것 같아요.

산골살림을 시작하고부터 책이 나오기까지 고마운 분들이 헤아릴 수 없이 많아요. 살아 있는 글과 자연 속으로 이끌어주신 윤구병 선생님, 삶과 예술이 맛깔나게 어우러지는 길에 눈뜨게 해주신 김성녀 선생님. 제 삶에 보석처럼 빛나는 두 분 숨결을 책에 담을 수 있어 넘치는 행복을 느낍니다. 아울러, 설거지체조를 비롯해 나무꾼과 약초꾼에 이르기까지 온갖 그림자 노동으로 든든히 곁을 지켜준 옆지기, 생면부지 서울내기를 푸근하게 받아준 시골에서 맺은 인연들, 모자란 제가 기댈 수 있게끔 마음 어깨 슬며시 내밀어준 페이스북 동무들, 산골새댁 이야기를 정성으로 엮어준 산지니출판사 식구들…. '산골 혜원 작은 행복 이야기'를 함께 만들어주신 모든 분께 두 손 모아, 머리 숙여 고마운 마음 올립니다. 한 분 한 분 내주신 귀한 마음들 꼭꼭 눌러 담으며, 철없는 저를 넉넉히 안아준 자연과 더불어 제게 온 작은 행복들, 아낌없이 온 마음 다해 나누며 살겠습니다.

따사로운 봄 햇살 아래에서

산골짜기 혜원

차례

2장 여름이 주는 행복

3장 가을이 주는 행복

4장 겨울이 주는 행복

추천하는 글

1장

새봄이 주는 행복

곡우에 새로운 일 시작하는 사람들

이미 무언가를 시작한 사람들 모두에게도

이 비가 그네들의 일과 삶을 풍요롭고

기름지게 해줄 거라 믿고 싶다.

냉이국수 신세계에 빠지다

나물 캐고 김매는 일석이조 밭일

봄 들어 처음으로 호미질을 했다. 냉이 때문에, 국수 덕분에. 밥 대신 국수를 준비하다 양념장을 어찌 만들지 구시렁대던 차에 같이 사는 남자가 대뜸 이런다. “냉이 넣으면 되겠네. 밭에 냉이 있을 걸? 가보자.” 냉이가 참말로 있다. 벌써 냉이가 나오다니. 봄이구나, 빼도 박도 못하게 봄이 왔구나!

바로 냉이 캐기에 들어간다. 뿌리까지 쑥 뽑히자 곧바로 퍼지는 구수하게 향긋한 내음. 얼마나 기다렸는지, 마음까지 개운하게 해주는 이 향기를. 물에 푹 담그니 몇 번만 헹궈도 깨끗하다. 잘게 썰어 고추장, 간장 섞은 양념에 풍덩! 썰 땐 많더니 국물과 섞이며 폭 주네. 양념장 국물에 풀고 드디어 맛을 볼 차례.

보일 듯 말 듯 납작 엎드린 봄냉이.
봄나물 좋아하는 내 세상이 오고 있음을 느낀다.

처음 먹어보는 냉이국수. 한 입, 두 입, 세 입…. 슬금슬금 퍼지는 냉이향,

물렁한 국수 사이로 아삭아삭 씹히는 뿌리와 이파리. 맛있다, 놀랍게 맛있다! 국수 앞에 무릎이라도 꿇고 싶을 만큼 감탄이 터진다. 후루룩 비우고는 참기름 살짝 둘러 비빔국수로 한 그릇 더. 이 또한 짜릿하게 맛나니 냉이국수 신세계에 흠뻑 빠진 한 여자와 남자, 국수로 과식을 하고야 만다. 배는 부른데 자꾸만 먹고 싶다.

입을 지나 온몸을 거쳐 마음속까지 봄기운 확 채워준 생애 첫 냉이국수. 보일 듯 말 듯 땅에 납작 엎드린 냉이를 보니 봄나물 엄청 좋아하는 내 세상이 오고 있음을 느낀다. 다음번엔 냉이무침과 냉잇국으로 봄맞이 제대로 해줄 테야!

두 시간 캐고 두 시간 다듬는 냉이 노동

냉이밭을 매야만 했다. 냉이가 터 잡은 저곳에 감자를 심어야 하기 때문. 자연이 준 선물, 저절로 생겨난 냉이밭. 풀도 많고 냉이도 많다. 얽히고설킨 냉이와 냉이 아닌 뿌리들을 갈라내며 김을 맨다. 아니, 냉이를 캔다.

반 이랑쯤 진도를 빼니 두 시간쯤 훌쩍. 힘도 들고 냉이도 꽤 많은 듯하다. 김매기인지 냉이 캐기인지 모를 밭일 멈추기. 대바구니 대신 노란 장바구니에 냉이가 적당히 들어찼다. 공짜 반찬 잔뜩 생겨 뿌듯하구나.

하지만 복병이 있었나니. 바로 다듬기! 작디작은 냉이까지 모조리 캐낸지라 하나도 버리지 않고픈 욕심 덕분에 시간이 꽤 걸렸다. 한 시간 반도 더. '내가 이 짓을 왜 하나.' 간만에 살짝 자괴감이 밀려오는 느낌. 그래도 냉이무침 며칠은 먹겠거니 싶어서 이 정도 수고는 치를 만한 것이다, 애써 달래며 냉이를 데쳤다. 예상은 했지만 알고도 있었지만 부피가 팍 쪼그라들었다. 바로 무치니 더 줄어든 부피. 냉이 좋아하는 우리 부부 하루면 다 먹겠다. 두 시간 캐고 두 시간 다듬어 하루 반찬이라. 좀 억울한 것도 같고 마땅한 노동의 대가인 듯도 하고. 된장, 국간장, 마늘, 참기름 넣고 조물조물 무친 냉이무침 한 입 넣으니 고소하고 향긋하게 씹힌다. 개운하고 상큼한 냉잇국 맛은 또 어떻고. 됐다, 됐어! 충분히 들일 만한 시간이고 노동으로 인정.

요 냉이 다 먹으면 또 냉이를 캐고, 다듬고, 무치고 할 것이다. 반 이랑 정도밖에 남지 않았으니 하루면 마칠 텐데. 냉이밭 자리가 딱 감자밭 될 곳이라 더 자라도 될 것들을 캐자니 안타깝지만 그게 자연이 준 냉이 선물의 운명일지니. 군말 없이 따르는 수밖에. 냉이도 캐고 김도 매는 일석이조 밭일 또한 자연이 주신 보태기 선물!

"저, 어린 봄나물이에요!"

마음까지 맑아지는 초록빛 향긋함

임플란트 수술 덕분에(?) 당분간 밭일을 쉬기로 했다. 나 대신 주말 밭일을 맡은 옆지기. 역시 텃밭 농사 고수답다. 밭매기부터 골 만들고 퇴비 뿌리기까지 한 방에! 거기서 그치지 않고 나물도 캐고 뜯는다. 밭일은 덜었다만 손 바지런한 아저씨 덕분에 나물 반찬 만들 일이 생겼다. 캐고 뜯은 나물들 깨끗이 씻어서 건네주니 그저 데치고 무치기만 하면 되는데도 시간이 걸린다. 난 좀 느리다, 대체로.

어리디어린 쑥부쟁이, 개망초, 머위. 초록빛 향긋함이 물씬 퍼져 나오는데 마음까지 맑게 만들어주는 그 향기가 맡고 또 맡아

쑥부쟁이, 개망초, 머위(왼쪽부터). 어린 봄나물 비빔밥은 맛있는 보약이다.

도 좋구나, 좋아. 저마다 맛과 향은 달라도 갓 뜯은 봄나물에서 풍기는 이 내음만큼은 서로 비슷한 무언가가 있다. "나, 어린 봄나물이에요!" 하고 외치는 인증 향기 같다고나 할까? 한가득 봄나물 데쳐서 무치니 한 접시쯤 나오네. 슬쩍 비릿한 머위향, 약간 씁쓸한 쑥부쟁이, 살짝 달큰한 개망초가 어우러진 이 맛. 딱 봄나물 맛이로다. 쓱쓱 섞어 먹는 비빔밥은 그만 황홀하다. 맛있는 보약이 따로 없다. 싱그러운 봄나물 밥상 앞에서 어깨가 절로 들썩들썩. "봄이 왔네 봄이 와, 산골 혜원 밥상에도~♬"

특별히 쫄깃한 개망초나물

고구마 심으려고 밭매기 미뤄둔 밭에 개망초가 주르륵 차고 들어앉았다. 밭 한 골이 자연스레 한 종류 풀로 가득 찬 것도 왠지 자연이 특별히 안겨준 선물 같다. 고구마순 심으려면 한참 남은 고로 그전까진 이곳을 개망초밭으로 지정! 밭이 생겼으니 어디 수확을 해볼까나.

어린 개망초 뿌리째 뽑아 밭에서 바로 다듬는다. 그래야 씻기 편하니까. 먹어본 나물이긴 하나 오랜만에 해보는지라 조금만 하기로. 맛있게 먹은 기억은 나는데 '맛'이 어땠는지는 가물가물. 양이 적으니 씻고 데치고 무치기까지 금방이다. 국간장, 마늘, 통깨 넣고 조물조물. 큰 기대는 없이, 부담도 없이 맛을 본다. 아! 이 맛 기억난다. 얇은 나물 줄기가 만들어내는 쫄깃함에 살짝 고소한 맛까지. 개망초나물 처음 먹었을 때 '아니, 이 흔한 잡초가 어찌 이리 맛나지?' 하고 많이 놀라워하기도 했지. 곳곳에 엄청 많고 또 맛도 좋은데 개망초나물을 상품으로 만들지 않는 게 그

때도 지금도 궁금하다. 어쩜 내가 모르는 곳에서 유통되고 있을지도 모르지만. 어쨌든! 고구마 심기 전에, 개망초가 너무 질겨지기 전에 개망초도 캐고 김도 매는 일거양득 밭일을 하게 됐다. 밭일 미룬 게으른 자에게도 이런 선물이.

개망초 꽃은 달걀부침을 꼭 닮아서 달걀꽃이라고도 부른다. 꽃도 앙증맞게 귀엽고 어린 순은 아주 특별히 쫄깃하게 맛난데 '나라를 망하게 하는 풀'이란 이름은 뭔가 어울리지 않는 듯하다. 이 풀이 유난히 많던 해 한일합방이 이루어졌다고 해서, '개망초'라는 이름이 붙었다는 유래는 인정하지만. 며느리밑씻개처럼 시대와 맞지 않거나 적절하지 못한 풀이름 하나하나 바꾸는 일. 이 나라가 앞장서 했으면 좋겠다는 바람이 있는데 과연, 이루어질 수 있을까?

쑥부쟁이 맛 찾아 도전 삼세번!

일주일 좀 넘었을까. 쑥부쟁이나물에 처음으로 도전했다. 쑥부쟁이로 짐작되는 얇고 길쭉한 풀을 뜯으며 코를 킁킁대니 쑥 내음이랑 비슷하다. 데칠 때도 역시나 쑥이랑 거의 같은 냄새. 쑥이랑 향기가 비슷해서 이름도 쑥부쟁이일까? 이 자료 저 자료 열어봐도 그 내용은 못 찾겠다. 아직까진 혼자 생각뿐인 걸로.

국간장, 마늘, 참기름 넣고 무쳐서 맛을 본다. 음? 쫄깃 아삭하니 씹는 맛은 좋은데 딱히 쑥부쟁이라고 할 만한 개성이 느껴지지 않는다. 며칠 뒤 쑥부쟁이나물 다시 도전. 지난번에 너무 어린잎으로 한 듯해서 그보다 살짝 더 자란 걸로 뜯어서 무치기. 음? 음…. 뭔가 은은한 향이 있는 거 같은데 너무 약해서 뭐라 말을 못 하겠네. 씹는 맛은 여전히 좋아서 만들자마자 먹어치웠지만. 쑥부쟁이나물만이 지닌 맛이 분명 있을 듯한데, 그 맛을 어떡하든 그려내고 싶은데.

또 며칠이 지나고 쑥부쟁이나물 세 번째 도전. 전보다 확연히 더 자란 것으로 많이 뜯기. 이번에야말로 쑥부쟁이 맛을 찾아내리라! 세 번째로 만들어 본 쑥부쟁이나물 맛은? 두 번째 먹을 때 느낀 그 은은한 향이 좀 더 그윽하게 다가온다. 강하지 않게. 눈감고 자근자근 오래 씹으며 오롯이 쑥부쟁이에 집중할 때 입안에 머무는 그 향기를 만날 수 있다. 씹는 맛에 빠져 빨리 삼켜버리면 자칫 놓칠 수도 있음.

쑥부쟁이나물 '도전 삼세번'으로 간신히 만난, 쑥 내음과는 분명 다른 아련하게 그윽한 풍미. 그 풍미를 더 실감나게 그려내고 싶은데 마땅한 표현 찾을 길이 없네. 우리말 공부부터 다시 제대로 해야 할 듯. 쫄깃한 맛과 튀지 않게 그윽한 향에 끌려 무치는 족족 다 먹게 되는 쑥부쟁이나물. 자꾸 생각나는 아련한 그 맛이 어떤 건지 맞춤하게 표현할 수 있는 때가 이 봄이 가기 전에 올 수 있을까?

봄이 쑥을 타고 '쑥' 들어왔어요

시작할 땐 쑥버무리 한 번 먹을 만치만 뜯자는 마음이었다. 그런데 눈앞에 펼쳐진 쑥 무리를 보니 자꾸 욕심이 난다. 하다 쉬고 또 하면서 무려 세 시간이나 쑥을 뜯었다. 앉아서 한다고 편한 게 아니다. 고개, 어깨, 허리 두루 아프다. 더구나 작은 쑥으로 한 바구니 채우기까지 오래 걸리니 느릿한 진행 속도에 마음이 먼저 지치기 쉽다.

한 바구니 가득한 쑥을 보니 뿌듯해지면서 냉큼 밀려오는 궁금증. '요 쑥 한 바구니 시장에서 얼마에 팔 수 있을까?' 서울 살 때도 쑥을 사본 적 없고 여기서도 장에 나온 걸 눈여겨보지 않아서 잘 모르겠다. 아마 아무리 쳐도 오천 원 넘게는 못 받겠지? 세 시간 노동 대가가 오천 원도 못 된다면, 그래도 팔아야 하는 상황이 온다면 정말 아플 것 같다, 마음이. 다행히 그런 처지에 맞닥뜨리지 않았으니 세 시간 품 들인 보상으로 맛난 쑥버무리를 만들어 먹었다.

하다 쉬고 또 하면서 세 시간이나 쑥을 뜯었더니 고개, 어깨, 허리 두루 아프다.

살짝 씻어 건진 푸릇푸릇한 쑥에 흰 밀가루를 버무리니 익기 전부터 그 때깔에 군침이 호로록. 쑥버무리 익는 소리에 내 마음도 두근두근. 올해 처음 맛보는 쑥버무리, 어떤 맛일까? 점심밥상에 당당히 공깃밥 자리를 꿰찬 요것을 손으로 뜯어 입으로 넣는 순간…. 사월의 봄이 내 안으로 '쑥' 들어오는 게 아닌가. 밀가루와 쑥이 사이좋게 엉겨 달콤 쌉싸름하니 몽실몽실 씹히는 이 맛. 어릴 때부터 얼마나 좋아했던지.

어느 봄날 토요일, 학교 끝나고 집에 돌아왔을 때 엄마가 솥 한가득 쪄낸 쑥버무리 내밀면 허겁지겁 맛나게 집어 먹던 추억까지 몽실몽실 피어오른다. 점심 대신으로 먹어도 든든한 쑥버무리다 들고 나니 요 쑥으로 빈속 간신히 채워야 했던 어려운 시절도 생각나고. 저 많은 쑥 내 안에 다 들어갔으니 임플란트로 수술한 잇몸도, 어딘가 조용히 아프고 있을 내 마음도 쑥 하니 나을 것만 같아 기분도 좋고. 쑥이 또 상처 치료에 좋은 약풀 아니던가. "쑥버무리, 생각나는 것은 쑥뿐이라~♪" 쑥 뜯다 지칠 때면 멍하니 쑥을 바라보며 읊조리던 노래가 다시 생각나네. 노동에 걸맞게 노랫말 바꾸는 건 아무도 몰라주는 내 장기!

쑥버무리 다 먹고는 남은 쑥 팔팔 데쳐 쑥 여섯 덩이를 만들었다. 한겨울에도 쑥버무리 두 번은 맛나게 해 먹을 만한 양. 스스로 선택한 세 시간 노동으로 세상에 하나뿐인 귀한 쑥버무리도 먹고, 언제든 먹을 수 있게 데친 쑥도 만들고. 그래, 자급자족 노동은 돈으로 셈할 수 없는 게, 셈하지 않아야 맞을 거야. 더군다나 오늘처럼 자연이 준 선물을 나부터 대가를 치르지 않고 거두어들인 노동이라면 더더욱! 낼모레부터 비 온다는데 쑥이 더 쑥쑥 자라기 전에 뜯으러 나가봐야지. 이제부터 뜯는 건 모조리 냉동실에 보관할 테다. 나보다 훨씬 더 쑥버무리 사랑하는, 바다 건너 일본 사는 여동생. 언제 건너와도 쑥버무리 바로 만들어줄 수 있도록!

"저 산은 내게 뜯어 가라 하네~♪"

나물, 전, 튀김으로 만나는 통통 머위

마당 앞산에 가끔 모르는 아주머니들이 보인다. 알고 보면 다 머위 뜯으러 오신 것. 한데 머위나물은 왠지 당기지 않는다. 가끔 다른 봄나물이랑 섞어는 봤으나 단독 나물론 해 먹지 않았다.

머위 뜯는 아주머니들이 자꾸 눈에 뵈고, 머위나물 맛나다는 이야기도 여기저기서 들리고, 몸에도 무지 좋다 하고. 오늘따라 머위가 자꾸 눈에 밟힌다. 조금만 뜯어서 먹어보지 뭐. 멀리 갈 거 없이 텃밭에 절로 난 머위를 뜯는데 은근 재미나다. 어린잎이어도 크고 줄기가 두툼해서 금방 바구니가 차니 뜯는 맛이 난다, 맛이! 쑥 뜯을 때랑 정말 비교되는 부피감일지니.

재미가 생기니 텃밭만으론 양이 안 차 늘 바라보기만 했던 앞산으로 진출! 자연이 일군 머위밭이 눈앞에 좌르륵. "저 산은 내게 머위 뜯어 가라 하네, 지친 내 어깨를 떠미네~♪" 얕은 산골짜기에서 깊은 한계령 노래가 떠오르는 건 오로지 저 머위 덕분이다. 눈앞에 펼쳐진 푸른 잎들로 마구 달려들다 멈칫. 밤나무 밑에 밤송이들이 가득이다. 어쩔 수 없이 떠오르는 민망한 추억 하나.

2년 전이던가. 딱 이맘때쯤 나물하러 산에 올랐다가 힘든 김에 철퍼덕 주저앉았다. '아얏!' 터져나오는 비명 소리. 부리나케 달려온 옆지기한테 엉덩이를 내보이니 글쎄, 밤송이 가시가 궁둥이에 따닥따닥 붙었단다. 눈을 들어 살피니 곳곳에 밤나무가 있다. 발아래는 밤송이들이 널려 있고. 나물 뜯는 데만 정신이 팔린 내가 바보지. 옷에 붙은 밤송이를 떼도 여전히 아프다. 사람 하나 없는 산속이니 될 대로 돼라, 궁둥이 까서 옆지기에게 디밀곤 살에 박힌 가시를 하나하나 뽑았다. 벌건 대낮에 그러고 있자니 멀뚱하니 서 있는 나무한테 다 부끄럽더라. 그 뒤로 산에 가면 밤송이가 있는지 꼭 살폈고 맨 궁둥이 까는 일이 더는 생기지 않았다.

그때를 떠올리며 장갑 끼고 조심조심 머위 뜯기. 살짝만 구부려도 손도 무릎도 엉덩이도 따끔한 게 마냥 쉽지만은 않네. 커다란 놈들은 주로 나무 밑에 있는지라 나뭇가지 헤치며 뜯어야 하고. 이래서 모자는 필수. 나뭇가지에 눈 찔릴 수 있으니까. 조금 힘겹지만 텃밭에서 일할 때보다 훨씬 재밌다. 산나물은 역시 산에서 뜯어야 제맛! 한 시간쯤 뜯고 보니 꽤 많다. 이거 맛이 어떨지도 모르는데 그만해야겠다.

마당 수돗가에서 갓 뜯은 머위 씻기. 두어 번 살살 헹구면 끝이다. 이 정도 양은 부엌 싱크대가 감당하기 쉽잖다. 마당에서 씻어야 더 개운하고! 집에서 젤 큰 냄비에 넣고 팔팔 데친다. 익었나 보려고 몇 가닥 입에 넣는데 좀 비릿하다. 입맛에 안 맞을 수도 있겠다. 걱정이 한 움큼 밀려오지만 이미 시작한 일 끝은 봐야지. 담에 안 먹게 되더라도.

된장, 고추장, 국간장, 참기름, 마늘 넣고 조물조물. 드디어 한

입 먹어볼 순간이 왔다. 조마조마한 마음으로 입에 넣는데…. 어떡해, 어떡해. 맛있잖아. 것도 꽤 괜찮게! 걱정 괜히 했네. 데칠 때 약간 씁쓸하고 비릿하게 느껴졌던 맛이 고추장 된장과 만나서 기품 있게 쌉쌀한 맛으로 다시 태어났다. 탱글한 줄기와 물큰한 잎사귀는 조화로운 식감을 안겨주었고. 다들 맛있다고 한 까닭이 있었구나! 처음 뜯고 무쳐본 이 나물이 맛있어서 정말 다행스럽고 기쁘다.

머위잎이랑 나란히 핀 머위꽃.
잎은 나물과 전으로, 꽃은 튀김으로 만들어 먹는다.

몇 년 동안 그 많은 봄나물 뜯으면서 유독 외면했던 머위. 이제 우리 집 새로운 봄나물 반찬으로 당당히 자리매김하게 됐으니 이 또한 얼마나 기쁜가. 항암 작용부터 천식에도 위에도 간에도 좋고 그 밖에 몸에 좋다는 온갖 성분이 들어 있다는 머위. 몸에 좋은 약은 입에 쓰다던데, 나물로 무치기 전 씁쓸 비릿했던 그 향기는 몸에 좋은 음식이라고 머위 스스로 자기 홍보를 하는 과정이었을까? 내 삶에 머위가 들어온 날. 평범하게 지나갔을 금요일이 기억하고 싶은 특별한 날이 되었다. 밥반찬 하나 더 생겼다고 이런 마음이 드는 건 분명 아닐 테지?

'머위, 살아 있네!' 쌉쌀고소한 머위전

어제 남긴 머위로 머위전을 해보면 어떨까 하는 생각이 아침부터 머리를 맴맴 돈다. 산골살이 요리생활에 늘 나침반(?)이 되는 인터넷한테 물어봐야지. 어머나? 머위전에 대한 이야기가 별로 없다. 건진 거라곤 잎에 밀가루 묻혀 부친다, 머위 쓴맛이 없어지고 고소하다는 글 정도. 머위전 먹는 사람들이 잘 없나 봐. 나라도 꼭 먹어봐야 할 것 같은 뭔지 모를 사명감이 밀려든다. 머위도 있으니 까짓것 해보는 거지!

밭일 마치니 여섯 시 가까운 시간. 지치고 배고프고. 이럴 줄 알고 미리 반죽을 만들어놨지. 먼저 조금 큰 잎을 골라 줄기를 자르고 잎에 밀가루 반죽을 입혀 부쳤다. 설레는 맘으로 한입 바삭! 어, 어? 머위맛이 거의 안 느껴진다. 고소한 맛만 입안 가득. 왠지 아쉽네. 쌉싸름한 머위 내음이 사라지니 한마디 불쑥 튀어나온다. "머위야, 기름에 이리 약한 존재더냐."

다시 도전. 이번엔 머위 잔뜩 넣고. 밀가루 반죽 먼저 프라이팬에 두르고는 그 위에 잘게 썬 머위를 손으로 처덕처덕 얹는다. 왜, 산 밑 주막에서 산나물전 부치는 모습 비슷하게. 자, 머위 잔뜩 들어간 푸릇 거뭇 노릇한 머위전을 먹어볼까? 오, 예! 바로 이 맛이지. 내가 기대했던 머위전 맛은. 고소하게 씹히다가는 목으로 넘어갈 때쯤 쌉쌀한 맛이 시작된다. 다 넘긴 뒤에는 쌉싸래한 맛이 고소함을 앞지르니, 제 아무리 밀가루와 기름에 휩싸였어도 '머위, 살아 있네!' 그 누구도 시킨 적 없지만 지극하게 쌉쌀

머위 잎에 밀가루 반죽을 입혀 부친 머위전.

고소한 '머위전' 맛있다고 여기저기 알리고만 싶구나.

머위전이 잘되니 불쑥 욕심이 생긴다. 바로 머위꽃. 튀기면 맛있다는 이야기를 또 어디서 들었지 뭐야. 작고 하얀 머위꽃 똑똑 분지르니 잎 뜯을 땐 느끼지 못했던 미안함이…. 생명을 잇는 씨앗 품은 꽃이라 그럴까, 미안한 마음이 앞서 그랬을까. 기름에 튀기면 고무도 맛있다던데 머위꽃 튀김은 그저 그랬다. 뭔가 내 입맛과 살짝 엇나간 듯 애매모호한 맛. 한두 조각 먹고는 마음을 굳혔다. 머위꽃 튀김은 산골 간식에서 빼기로.

토란대 대신 머윗대 말리기

여린 잎으로 맛좋은 머위나물 선사해준 머위. 유월이 되면 훌쩍 자라 꼭 토란대처럼 크고 굵다. 머위나물은 몰랐지만 머윗대 나물은 알았던 나. 여름이면 키 큰 머윗대 뚝뚝 끊어 묵나물을 만들었다.

연둣빛 머윗대가 서서히 마르면서 갈색으로 바뀌고 통통하던 줄기도 바싹 얇아진다.

머윗대는 삶기 전에 껍질부터 벗긴다. 까끌한 껍질이 사라져 미끈해진 머윗대를 팍팍 삶으면 담담한 연둣빛이 참 곱다. 햇볕에 서서히 마르면서 갈색으로 바뀌고 통통하던 줄기도 어느새 바싹 얇아진다. 잘 마른 머윗대를 삶아 들깨가루 넣어 보글보글 볶으면 담백한 산나물 탄생. 토란대나물이랑 비슷한 듯 다른 맛이 난다. 물론 나는 머윗대나물이 더 좋다. 토란은 길러 먹고 머위는 산에서 난 걸 그냥 가져오니 어쩌면 머위한테 입보다 마음이 먼저 가는 걸지도 모르지만.

머윗대를 길고 얇게 썰어 잡채 재료들과 섞으면 당면 빠진 특별한 나물잡채가 된다. 산나물 좋아하는 손님 왔을 때 내놓으면 만든 사람도 먹는 사람도 특별히 뿌듯해지는 귀한 요리 되시겠다. 그러니 텃밭 농사에 토란이 빠졌다고 아쉬워 마. 토란대보다 맛있는 머윗대가 산에 가득하니까.

"꽃바구니 옆에 끼고 찔레꽃 따는 아낙네야~♬"

달콤한 찔레꽃차, 생강 닮은 생강나무꽃차

앞산이 찔레꽃으로 하얗게 물들었다. 초록빛 사이로 뭉게뭉게 피어난 찔레꽃들. 더는 미룰 수 없는 일이 있으니 더는 게으름 피우지 말라고 저희들끼리 재잘대는 것만 같다. 그래, 나도 알아. 찔레꽃차 만들 때가 왔다는 걸. 미루지 말고 나서야지. 바로 코 앞이니. 작은 바구니 하나 어깨에 걸고 산으로!

꽃잎이 살짝만 피어난 것들로 조심조심 딴다. 가시에 찔릴까 조심, 벌에 물릴까 조심. 꽃향내가 엄청 달다. 처음엔 그 단 내음에 깜짝 놀랐다. '달다'는 건 입으로만 느끼는 '맛'인 줄 알았는데 코로 맡는 '내음'일 수도 있다는 게 무척 신기해서. 그 향내에 홀린 건 벌도 마찬가지인가 보다. 찔레꽃 둘레에 벌이 그리 많은 걸 보면. "꽃바구니 옆에 끼고 찔레꽃 따는 아낙네야~♬" 달달한 향기 맡으며, 작고 고운 꽃들 보며 꽃 따는 시간이 퍽 싱그럽다. 마침 바구니도 들고 있지 콧노래가 절로 난다. 나물 캘 때랑은 확실히 다른, 잠시 아가씨가 된 것 같기도 한 향긋한 기분.

첫날이니 오늘은 조금만 따기로. 바구니에 담긴 꽃잎들이 참 예쁘다. 물에 풍덩 빠뜨려 깨끗이 씻고 바로 삼단 찜솥으로! 오

초록빛 사이로 뭉게뭉게 피어난 찔레꽃들. 어서 빨리 꽃차 만들라고 재잘대는 듯하다.

로지 꽃차 만들 때만 쓰는 솥이다. 물이 펄펄 끓을 때 일 분만 찌고는 꺼내서 말리고. 다시 일 분 찌고 꺼내고, 또 일 분 찌고 꺼내고. 그렇게 서너 번 넘게 찐다. 꽃차 향을 올리고 혹시라도 숨어 있을 작은 벌레들도 없애는 방법이다. 여러 번 찌고 나니 꽃잎이 폭 오그라들었다. 향도 더 진해졌다.

이젠 꽃잎들을 하나하나 채반에 옮겨 담는다. 고사리 같은 나물은 대충 펴서 말리는데 꽃은 다르다. 눈으로도 마시는 꽃차. 꽃잎이 그대로 살아 있어야 제값을 한다. 작고 물기에 젖어 서로 엉켜 있는 꽃잎을 하나하나 떼면서 옮기자니 시간이 꽤 걸린다. 꽃잎 따는 시간이랑 거의 맞먹을 만큼! 쪼그려 앉아서 그러고 있자니 힘들다. 한숨까지 푹. 찔레꽃 따면서 행복했던 마음마저 팍 쪼그라들려고 한다. 이러면 안 되지! 이 순간 이 노동이 없이는 제대로 된 꽃차가 만들어질 수 없나니. 삐딱한 마음 꽃차에 스며들지 않도록 마음 다잡고 마저 끝냈다. 오랜만에 인내하는 시간을 가져보았군. 잘 참아내서 흐뭇.

찔레꽃 담은 채반을 그늘에 너는 것으로 사람이 할 수 있는 노동은 끝이 났다. 내일 꽃잎들 죄 뒤집어주는 일이 남긴 했지만 이제 마무리는 바람님께 맡겨야 한다. 해님은 찔레꽃이 피어나기까지 해주신 몫으로 충분. 채반에 넌 찔레꽃이 살랑살랑 부는 바람에 바짝 마르기 전, 한 번쯤 더 꽃 따러 나서야겠다. 찾아오는 손님들께 대접도 하고 운 닿는 어떤 이에게 슬쩍 선물도 하려면 오늘 딴 걸론 턱도 없을 테니.

"찔레꽃차 향기는 너무 달아요, 그래서 마셔요~♬"

그늘에서 바싹 마른 찔레꽃잎을 유리병에 담았다. 눈으로 보던 꽃이 입으로 마시는 꽃차로 새로이 자리매김하는 순간. 반나절 몸 움직인 것뿐인데 찔레꽃차 한 병하고도 조금 더 생겼으니 자연한테 거저 받은 거나 다름없다. 병뚜껑을 여니 은은하고 달콤한 향이 퍼져 나온다. 나무에 달린 찔레꽃 향과는 조금 다른 숙성된 듯한 달콤함이랄까? 찔레꽃이 지더라도 뚜껑만 열면 꽃향내를 맡을 수 있다. 일 년 내내, 언제라도.

찔레꽃이 활짝 피어나는 모습을
눈으로 먼저 마신다.

달콤한 찔레꽃차는 코로만 마셔도 참 행복하다. 살짝 우울할 때 잘 마른 꽃에 코를 슬며시 대기만 해도 기분이 많이 좋아진다. 꽃향기가 달큼하니 꽃차도 달큼. 꽃잎 활짝 피어나는 모습을 눈으로 먼저 마신다. 설탕이라도 탄 듯 달큰한 차를 입으로 마시다 보면 '찔레꽃' 노래를 저절로 흥얼거리고 있다. "찔레꽃 향기는 너무 슬퍼요, 그

으래서 울었지이~♬" 엇! 찔레꽃 향기는 다디달아서 가까이만 가도 취한 듯 기분이 좋아지는데 왜 슬프다고 했을까? 쉽게 다가서지 못하게 가시 잔뜩 나 있지, 달콤한 향기로 벌도 사람도 마구 끌어당기는데. 흠…. 나는야, 이렇게 바꿔 불러보련다. "찔레꽃차 향기는 너무 달아요, 그으래서 마셔요오, 사시사철 마셔요~♬"

맛도 향도 생강 닮은 생강나무꽃차

꽃차에 슬슬 맛이 드니 이 꽃 저 꽃 다 차 재료로 보인다. 가장 먼저 눈에 들어온 건 산 곳곳에 점점이 노랗게 찍힌 생강나무꽃. 처음에 마을 어른들이 '동박나무' 할 땐 무슨 말인지 몰랐는데 알고 보니 생강나무를 말하는 거였다. 지방 따라 동박나무, 동백나무라고 하는데 씨앗 짠 기름은 동백기름으로 통한다. 옛날에는 이 기름으로 머리를 손질하는 데 썼다나.

노란 꽃을 따는데 작은 꽃망울이 안쓰러운 건지 찔레꽃처럼 막 흔하지 않아서 그런지 왠지 미안해지네. 조금만 따야겠다. 생강나무라는 이름처럼 잎도 꽃도 생강 내음이랑 비슷하다. 그리고 몸에 좋은 것도 똑 닮았다. 당연히 감기에도 좋다는 말씀.

생강나무꽃도 찔레꽃이랑 같은 방법으로 차를 만든다. 꽃잎처럼 노란빛으로 곱게 우러난 생강나무꽃차. 냄새만 그런 줄 알았더니 맛도 생강이랑 많이 닮았다. 하지만 매운 맛 없이 부드럽게 넘어간다. 생강꽃차 한잔 마시고 나면 찾아오려던 꽃샘추위 감기도 슬그머니 물러나는 기분이다.

생강나무꽃차까지 마음에 쏙 차니 도전 정신도 쏙 일어나네. 때죽나무꽃, 인동꽃(금은화), 벚꽃, 칡꽃…. 눈으로만 만났던 꽃들을 차근차근 차로 만들었다. 그런데 찔레꽃차나 생강나무꽃차처럼 입에도 마음에도 썩 들지 않는다. 이래서 첫 만남이 중요한가보다. 꽃차 다루는 손이 야물지 못해 그랬을 텐데도 첫맛이 와닿지 않으니 이 꽃들에 가졌던 욕심이 바로 사그라진다.

하지만 봄 산 분홍빛으로 물들인 진달래꽃만은 그냥 지나칠 수 없지. 옛 시인들이 칭송했다던 '두견주'가 너무 궁금해서. 예쁜 진달래꽃에 독한 술을 붓고는 한참을 기다렸다. 드디어 맛을 보는 순간. 곱디고운 빛깔에, 달고도 그윽한 향에 먼저 취해버렸다. 꽃차 도전도 해보기 전에 진달래꽃은 '차보다 두견주'로 마무리. 다산 정약용이 '술을 마시는 나라는 망하고 차를 마시는 나라는 흥한다'고 했다던가? 그럼 꽃술도 꽃차도 잘 마시는 우리 집은 어떻게 되는 걸까. 아직까지는 탈 없이 술과 차와 더불어 향기롭게 지내고 있는 것 같은데.

"차도녀가 '차덖녀'로 등극했나이다!"

쑥차, 신나무잎차, 뽕잎차 덖기

드디어 무쇠로 만든 덖음솥이랑 부뚜막이 집에 들어왔다. 꽤 값이 나가서 사기로 마음먹기까지 고민이 참 많았지. 마침내 돈을 내고, 집에 온 솥을 보고 만지고 하니 뭔가 잘해보고 싶은 열망이 막 인다. '조금씩 차와 만나다 보면 언젠간 뭐든 되겠지? 꼭 무엇을 이루어야만 되는 건 아니야. 우리 부부가 기쁘게 마시고 또 소중한 사람들과 나눌 수 있는 건강한 차를 만들 수 있다면 이 정도 돈은 아무것도 아니라고!'

차를 덖기 전에 솥 길들이기를 먼저 한다. 쌀뜨물과 찻잎 찌끄러기를 솥에 넣고 팔팔 끓인 다음 들기름으로 닦는다. 처음 해보는 차 덖기. 잘되게 해달라고 입으로 마음으로 빌면서 정성껏 솥을 닦았다. 이제 솥과 불과 동무하며 차 덖는 세계가 열리겠구나. 잘되면 좋겠다.

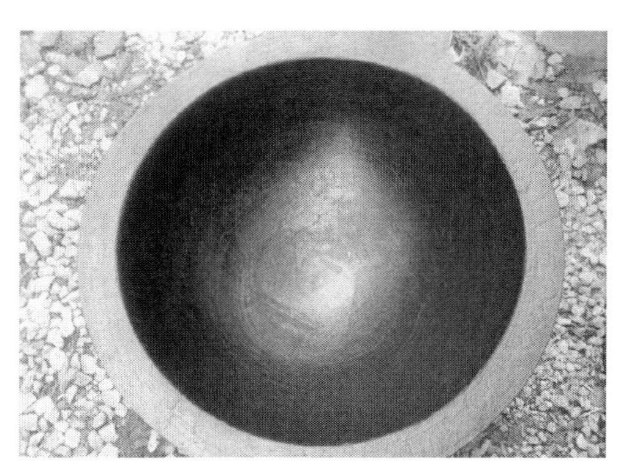

무쇠 덖음솥. 불에 달구면서 들기름으로 닦아내는 길들이기부터 해야 한다.

잘될 수 있게 온 마음과 정성을 다해야지.

덖음 하나, 달콤하게 향긋한 쑥차

정성껏 길들인 솥과 만나는 첫 주인공. 미리 뜯고 씻고 말려 둔 쑥을 달군 솥에 붓는다. 쑥 더미에 손을 넣어 휘휘 젓고 뒤집고. 장갑을 여러 개 꼈는데도 솥이 내뿜는 열기가 무척 뜨겁다. 손을 식힐 틈도 없다. 짧은 순간에 쑥이 타버릴 수도 있으니까. 옆지기랑 번갈아 솥 안에 손을 넣었다 뺐다 하면서 눈짐작으로 얼추 됐다 싶을 때 쑥을 꺼냈다. 여기서 끝이 아니다. 불기운에 어느 정도 덖인 쑥을 손으로 둘둘 말아 누르고 펴기를 되풀이한다. 차를 다루는 쪽에선 '유념'이라고 하는 이 과정을 네 번에 걸쳐 했다. 책에서 본 대로 따라 하면서도 맞는지 아닌지 확신이 안 선다. 그래도 달린다. 틀리면 어떠랴, 다시 또 하면 되지. 쑥은 지천에 널렸고 무쇠 덖음솥은 여기 내 곁에 언제나 있을 테니.

고슬고슬한 쑥차에서 달콤한 향기가
은은하게 퍼진다.

유념 마친 쑥을 따뜻한 방에 들인다. 햇볕이 아니라 온기로 말리는 시간. 은은한 쑥 내음과 며칠을 함께 지내니 백 일을 쑥과 마늘만 먹었다는 단군신화 속 곰이 생각난다. 쑥차 덕분에 나도 사람 좀 되려나, 은근히 기대까지…. 방에서 바짝 마른 쑥을 솥에서 한 번 더 덖는다. 향을 최고로 올리는 향덖음. 이로써 푸릇한 쑥이 회색빛 감도는 쑥차로 나아가는 모든 과정이 끝났다.

고슬고슬 덖은 쑥차. 쌉쌀한 생쑥에서 느끼지 못했던 달콤한 향기마저 묻어나니 기대가 된다. 우연일까 정성이 통했을까. 맛이 좋다. 쑥버무리도, 쑥 부침도 아닌 쑥차를 다 만들게 될 줄이야! 쑥과 맺은 새로운 인연 앞에 감동이 물결을 친다.

덖음 둘, '신맛'으로 느끼함 달래는 신나무잎차

가까운 산에서 신나무잎을 땄다. 단풍나뭇과라 그런지 잎도 단풍나무랑 비슷하다. 지난겨울 처음 본 신나무엔 잠자리 날개처럼 생긴 열매가 눈에 팍 띄었더랬지. 잎을 따면서 맛을 보니 조금 시다. 그래서 이름도 신나무인가?

신나무잎 딴 걸 씻고 말려 반은 덖고, 나머지는 찜솥에 쪘다. 쑥차처럼 많이 알려진 차가 아닌 만큼 여러 갈래로 실험해서 그 맛에 다가서볼 생각. 잎이 작고 얇아서 그런지 솥에서 거의 가루처럼 되었다. 어디 팔 것도 아니니 겉모양에 마음 쓰지 말자. 찻주전자에 우려 맛을 본다. 잎처럼 차 맛도 시큼하다. 약간 떫은맛도 나니 '맛있다'는 감탄이 바로 우러나지는 않는다.

단풍나무잎과 비슷하게 생긴 신나무잎.
생잎도 덖은 차도 신맛이 난다.

깊고 넓은 차의 세계가 단번에 와주는 건 아닐 테니 여러 번 더 마셔보았다. 그러다 발견한 효험. 기름진 걸 먹은 뒤에 찾아오는 느끼함을 싹 덜어준다. 신나무잎차의 쓰임새를 찾았다! 그 뒤로 튀김이나 부침을 먹고 나면 커피보다 요걸 먼저 찾게 되었나니. 참, 찜솥에 쪄서 말린 신나무잎차는 맛이 별로였다. 우리 부부 입에서 허락하지 않으니 다른 이들과 나눌 수는 없는 일. 쪄서 만든 신나무잎차는 그게 마지막이 되었다.

덖음 셋, 숭늉보다 구수한 뽕나무잎차

뽕잎을 한가득 땄다. 덖음솥까지 있는데 그 이름도 유명한 뽕잎차를 비껴갈 순 없지. 더구나 뽕나무도 둘레에 더러 보이니까. 야생에서 자란 뽕나무를 조선뽕이나 산뽕이라고 부르던데 '뽕' 이란 말은 어떻게 써도 정겹다. 뽕잎을 따다 보니 저절로 가지치기가 된다. 나무도 좋아할 것 같아서 공짜 잎 따가는 마음이 조금은 덜 미안하다. 자연에 받은 만큼 되돌려주지는 못해도 이만치라도 도움이 될 수 있으니 다행이지.

나무 타는 연기 맡으며 뜨거운 솥에서 손을 치대고 있자니 무척 힘겹다.

한 아름 따온 뽕잎 다듬기. 잎 끝에 달린 줄기를 하나하나 뗀다. 잎보다 두꺼워 잘 덖이지 않기 때문이다. 차 덖는 일에 자신도 좀 붙었고 큰 뽕잎을 보니 잘 될 것 같은 근거 없는 믿음이 생긴다. 일을 빨리 끝내려는 욕심에 많은 양을 한

꺼번에 솥에 부었다. 나무 타는 연기 맡으며 뜨거운 부뚜막에 손을 넣고 이리저리 치대자니 어렵다. 쑥차나 신나무잎차 할 땐 양도 적고 처음이라 신기한 나머지 힘든 줄 몰랐던 건지. 힘에 겨워 옆지기가 쉴 때 간간이 거드는 정도만 하는데도 마친 뒤에는 웬만한 밭일보다 더 지친다. 손수 차 만드는 일이 쉽지는 않구나. 장인들이 만든 차가 그리 비싼 값에 팔리는 것도 다 까닭이 있구나.

어느 때보다 힘들게 덖은 뽕잎차. 숭늉보다 더 구수한 맛에 힘들었던 몸과 마음이 싹 풀린다. 이래서 다들 뽕잎차, 뽕잎차 하는구나. 아니나 다를까. 집에 온 사람들에게 차를 내니 다들 좋다고 칭송이 자자하다. 쑥차도 신나무잎차도 뽕잎차 인기에는 도저히 따라오질 못하네. 조금씩 싸주니 덥석 잘도 받아 든다. 이 정도 반응이면 차 덖기가 산골살림에 당당히 한자리 차지할 수 있을 듯하다. 슬슬 말해봐도 될까? "커피 녹차만 알던 입 가벼운 차도녀, 드디어 차 덖는 여자 '차덖녀'로 등극했나이다!"

맛도 때깔도 품격 있는 자연산 두릅

물렁 가시가 개성 만점인 엄나무순

마당에 트럭 소리가 나더니 마을 아저씨가 두릅 한 무더기 털썩 안겨준다. 좀 크지만 연하다고 하시며. 안 그래도 두릅 따러 산에 가야지, 생각만 하고 몸을 부리지 못해 아쉽던 차였는데. 봄에 나무에서 나는 새순 가운데 먹는 거에 한하여 제왕 격이라고 하면 좀 지나친 표현이려나? 이래저래 귀하게 대접받는 음식이다 보니 저절로 노래가 나오고 어깨도 들썩. 어느 코미디 프로그램에서 한참 유행했던 바로 그 노래. "두릅두릅두 두릅두릅뚜 따다가~♬"

마침 달걀부침 하려던 참이라 큰 두릅 두 가닥 잘게 썰어서 넣었다. 두릅 달걀부침이 은근하게 쌉쌀하다. 달걀 맛에 새로운 품격이 더해진 듯. 맘 같아선 올해 처음 만난 두릅 양껏 데쳐 맘껏 먹고 싶지만 꾹 참는다.

이번 주말에 올 손님 그리고 또 오월 첫 주에 오실 시어머님께 맛보여드리고자 큰 두릅, 작은 두릅 따로 모아 신문지에 싸서 냉장고에 넣었다. 큰 두릅은 전 하면 좋고 작은 건 살짝 데쳐 고추장 찍어 먹으면 최고다. 나야 봄이 준 선물들로 늘 입 호강하

자연산 두릅은 귀하게 대접받는 몸. 두릅나무는 가시가 많아 새순 따기가 만만치 않다.

고 있으니 두릅쯤 안 먹어도 그리 아쉬울 일은 없다. 허나 멀리서 찾아와 주는 분들은 다르지. 도시 삶에 지친 몸과 마음들. 이 봄에 만날 수 있는 좋은 먹을거리들 하나라도 더 맛보여드리고 싶다. 특히나 품격 있게 맛 좋은 두릅은 꼭!

그래도, 그러나! 오늘 딴 두릅 오늘 맛은 봐야지. 산골 사는 특권인데. 중간 크기 두릅 딱 두 개 데쳤다. 두툼한 밑동 쪽 먼저 익히다 잎줄기까지 마저 끓는 물에 풍덩. 이야, 끓는 물에서 더 곱게 피어나는 연둣빛 때깔. 색깔부터 멋지구나! 곱게 데친 두릅을 초고추장 찍어 한 줄기 한 줄기 아끼며 찢어 먹는다. 지나치지 않게 쌉쌀하고 담백한 맛. 역시 두릅은 온전히 두릅으로 먹어야 제맛이야.

두릅 두 개 옆지기랑 하나씩 나눠 먹고 나니 입이 조금 아쉽다. 신문지 돌돌 싼 거 확 열고 싶은 마음이 불쑥 일어난다. 견물생심이라 했건만 '견두릅' 할 땐 없던 마음이 '식두릅' 하니 일어나는 형국일세. '식음생심'이란 사자성어 있던가, 없던가. 그래도 다시 참는다. 맛난 두릅 행복하게 먹을 사람들 얼굴 떠올리며. 정 먹고 싶으면, 두릅 따러 길을 떠나든가 해야지, 뭐.

'엄하게' 집 지키는 두릅 닮은 엄나무

손님 오신단다. 갑자기 온 연락이라 시장 갈 시간도 없고, 텃밭에서 장이나 봐야겠다.

그나저나 봄 하면 두릅인데 아쉽게도 다 떨어졌네. 아참, 마당 어귀에 엄나무 심은 게 있지? 가보자! 그새 많이 자랐네. 언제 이렇게 컸을까. 두릅나뭇과라 그런지 두릅이랑 살짝 비슷한 생김새. 가는 줄기에 보랏빛이 돌고, 찔려도 아프지 않은 물렁 가시가 개성 만점인 엄나무순 올해 첫 수확!

엄나무순 가시는 찔려도 아프지 않다.
두릅과는 또 다른 감칠맛이 난다.

엄나무순은 따는 것도 먹는 것도 처음. 손님들도 나와 비슷한지 밥상 위에 올라온 특별한 새순에 관심이 쏠린다. 두릅은 알아도 엄나무순 먹는 건 또 몰랐겠지? 두릅처럼 쌉쌀하되 더 감칠맛이 난다는 것도. 길쭉한 엄나무순 하나만으로도 접시 하나가 꽉 차니 존재감 제대로다.

엄나무는 표준말로 음나무라고 한다. 가시 돋아난 줄기가 워낙 '엄'해 보여 그런지 난 엄나무라는 말이 더 좋다. 옛사람들은 엄나무에 달린 날카로운 가시가 잡귀를 쫓는다고 믿었단다. 그래서 엄나무를 대문 옆에 심거나 줄기를 잘라 마루에 걸어놓았다지. 마당 어귀에 엄나무를 심은 것도 나름 들은 풍월이 있어 그랬던 것.

'엄하게' 우리 집 지켜주는 엄나무순까지 더해진 손님맞이 봄 밥상. 돈 안 들고 재미도 있고 더구나 신선하기론 우주 최강급일 자급자족 반찬들이 있어 참 뿌듯하다.

날카로운 가시가 잡귀를 쫓는다던 옛사람들 말을 좇아, 마당 어귀에 엄나무를 심었다.

고사리손 닮은 고사리순 "이 맛에 꺾지!"

연속극처럼 기다리는 고사리 말리기

봄나물은 주로 캐거나 뜯는다. 냉이랑 씀바귀, 지칭개는 캐고 쑥과 머위, 취는 뜯고. 그런데 캐거나 뜯지 않고 '꺾어서 끊는' 봄나물이 있다. 바로 산나물 중의 산나물 고사리!

아가들 고사리손이랑 꼭 닮은 고사리순.
톡 꺾는 손맛에 빠져 자꾸만 허리를 꺾는다.

봄맞이 나물하러 오른 산길에 가장 먼저 나타난 길쭉한 고사리 하나. "야, 고사리 봤다!" 산삼이라도 본 것처럼 소리를 질렀다. 첫 고사리와 허리 숙여 인사 나누곤 가뿐하게 꺾어준다. 고개를 드니 풀숲 사이로 고사리순 몇 개가 보일 듯 말 듯 손짓을 한다. "나 찾아봐라" 하는 것처럼.

길쭉한 몸통 위로 올망졸망 매달린 고사리 포자. 아가들 손을 '고사리손'이라 하는 까닭을 요 앙증맞은 모습을 보면 바로 이해가 된다. 주먹 쥔 작은 손이랑 닮아도 정말 닮았으니까. 감탄은 여기까지. 본분에 충실해야지. 눈앞에 보이는 대로 톡톡 꺾는다. 줄기 가볍게 꺾어 톡 끊어내는 이 손맛. 속된 말로 '죽인당께.' 바로 이 맛에 내가 고사리를 꺾지!

가파른 길 따라 오로지 고사리만 찾으며 오르고 또 오른다. 삐죽삐죽 솟은 고사리 한 놈 보여 무릎 꿇으면 그 옆에 또 다른 놈. 다시 고개 들면 저기 봉긋 솟은 놈…. 요리조리 잘도 숨어 있는 고사리들 찾아낼 때 그 희열이란! 산길을 걷다 가시에 찔려 잠깐 멈칫하면 바로 그 순간 발밑 가까이에 고사리가 보인다. 그냥 지나치지 말라고 가시가 붙잡아준 것만 같다. 그러니 힘들어도 자꾸만 허리를 꺾는다.

두어 시간 산을 타니 가방 가득 찼다. 그날 꺾은 건 바로 삶고 말려야 좋으니 어두워지기 전에 돌아온다. 가마솥 걸어 푹푹, 흠씬 익게 데치는 고사리. 이렇게 해야 고사리에 있는 독성이 빠진다. 말리면서는 더 맛이 들어차고. 날로 먹으면 안 되지만 데친 뒤에는 바로 먹어도 된다. 하지만 그 맛은 잘 모르겠더라. 아무래도 밤색 묵나물로 먹어야 고사리답다.

가마솥 걸어 푹푹 데치는 고사리. 독성이 있어 날로 먹으면 안 된다.

데친 고사리를 햇볕에 펼쳐 넌다. 연한 녹두빛 고사리들이 조금씩 갈색빛으로 달라질 테지. 마치 일일 연속극처럼 하루가 다르게 모습을 바꾸는 고사리 만나기, 이제부터 시작이구나. 내 사랑 고사리야, 뜻밖에도 많이 만나게 돼서 정말 반갑고 행복해. 다음에 다시 만나러 갈게. 그때 또 허리 숙이며 인사 나누자꾸나!

봄볕에 며느리, 가을볕에 딸이라더니

역시 봄볕이다. 고사리가 손대면 톡 하고 부러질 만큼 바싹 말랐다. 옛 속담 하나 스친다. '봄볕에 며느리 내보내고 가을볕에 딸 내보낸다.'

하루가 다르게 모습을 바꾸는 고사리 만나기,
일일 연속극처럼 기다려진다.

아하, 이 속담이 왜 나왔는지 알겠다. 봄볕에는 강력한 자외선이 가을볕보다 훨씬 많이 숨어 있다지. 그래서 봄에 해를 많이 맞으면 얼굴이 상하는 거고. 과학 정보가 따로 없던 옛날에도 봄볕 드센 건 어찌 알아서 저런 속담까지 나왔구나. 딸과 며느리 어쩌고 가르는 건 마음에 들지 않지만 그것도 우리네 삶이 묻어난 이야기니 마냥 외면할 필요는 없지.

과학이 뭐 별건가. 자연에서 벌어지는 일들 어려운 말로 써 놓은 것뿐. 자외선 지수 높다 낮다 할 거 없이 삶은 고사리 하루만 말려보면, 등짝을 쏘는 뜨거운 햇볕 받으며 한 시간만 밭에 있어보면 저절로 알게 되는걸. 농사짓는 할매 할배들 그리고 땀

흘려 일하는 수많은 노동자들 얼굴이 왜 그리도 검붉게 그을려 있는지를.

진한 밤색으로 잘 마른 고사리. 부러지지 않게 조심조심 비닐 봉지에 담는다. 깊은 산골짜기에서 마음껏 자란 진짜배기 산고사리 한 봉지가 탄생하는 순간. 이대로 봉지를 꽉 묶으면 일 년, 이 년까지도 말짱하다. 묵을수록 맛도 영양도 깊어지는 묵나물. 그 가운데서도 가장 사랑받는 고사리가 생겼으니 다가올 겨울에도 든든히 손님들 맞이할 수 있겠지?

‘어, 취한다’ 매혹 넘치는 취 향기

자기를 버리고 다시 태어난 채생역전

고사리 보러 갔던 산에서 발길 닿는 곳곳에 깔린 취나물도 만났다. 아직은 작고 여리다. 어린 쑥이 그렇듯 어린 취도 귀하긴 마찬가지. 양도 적고 뜯기가 수월찮으니까. 고사리랑 자라는 때가 설핏 비슷한 취가 혹시 보일까 싶어 작은 칼을 준비했지. 역시나 만나게 되는구나. 감동스런 올해 첫 만남!

봄나물의 여왕 취나물님. 나물 가운데 내가 가장 좋아하는 건 아직까진 취나물이다. 데쳐서 생으로 무치면 향긋하게 고소하고, 묵나물로 먹으면 담백하게 고소하고. 취나물전은 또 얼마나 맛있는지. 아니, 그보다 먹기 전부터 사람을 취하게 하는 풀이다. 갓 뜯은 취에서 풍기는 매혹 넘치는 향기에는 정말 취하지 않고 배겨낼 도리가 없다.

몇 년 전 산골살이 첫 봄, 태어나 처음으로 취를 뜯던 날. ‘어떻게, 세상에, 이런 내음이 다 있을까….’ 거의 충격에 가까웠다. 취 무더기에 코를 막 부빈 적도 숱했지. 사무치게 향긋한 ‘취’ 향기에 ‘취’해서 산골살림 제아무리 힘들어도 버틸 수 있었는지도 모른다. 취를 뜯으며 향기를 맡는 그 시간만큼은 세상 어디서도, 다른 무엇으로도 대체 불가한 특별하고도 강력한 그 무엇이기에.

갓 뜯은 귀한 어린 취. 서울로 돌아가는 아는 동생한테 모두 실어 보내서 맛은 보지 못했다. 내 입과 마음에 새겨져 있는 맛이기에 괜찮다. 향기에 취한 시간만으로도 충분히 뿌듯하니까. 그래도 맛은 봐야 할 테니, 묵나물로도 만들긴 해야 할 테니 다시금 취 뜯으러 가긴 해야겠지. 아마도 곧.

갓 뜯은 취에서 풍기는 매혹 넘치는 향기.
취하지 않고는 배겨낼 도리가 없다.

취 뜯을 땐 가마니가 딱 좋아!

옆지기가 뒷산에 가잔다. 그래, 힘들어도 가자. 봄에는 채취만이 살길! 집 나서기 전에 헝겊 가방이랑 가마니를 같이 챙겼다. 보통은 헝겊 가방만 쓰는데 나물할 때 꼭 가마니 들고 다니는 마을 할머니들 따라 해봤지. 쓰지 않더라도 뭐 가벼우니깐. 지난 일요일 산책 겸 와본 산길. 야호! 오밀조밀 깔린 취밭 발견. "계 탔다!" 움직이길 참 잘했지 뭐야. 종류도 가지가지다. 곰취, 참취, 서덜취, 단풍취 또….

드문드문 또는 자주 보이는 취를 뜯자니 천천히 가게 된다. 앉았다 일어나고 금세 또 앉고. 산길 오르며 하는 나물 채취는 밭일과는 또 다른 짜릿한 재미가 있지만 밭일 견줄 만하게 힘이 든다. 무릎부터 아프다. 특히 덤불 헤적이면서 취를 뜯을 때면 삐죽빼죽 나뭇가지에 긁히고 찔리면서 엉금엉금 기어야 한다. 잘못하다 눈이 찔릴 수도 있어 이때만큼은 긴장을 늦춰선 안 된다. 눈에 잘 보이는 취만 뜯으면 편할 텐데 깊고 그늘진 데서 자라는 취가 향도 맛도 좋아서 덤불 속으로 들어가는 걸 포기하기는 쉽지 않다.

산들산들 걸으며 할 땐 헝겊 가방에 담다가 취가 조금 많다 싶을 때 가마니로 바꿨다. 덤불 사이로 파고들 때도, 평탄한 산길에서 턱 하니 내려놓거나 확 던져도 안에 든 나물이 쏟아지지 않는다. 한 줌 뜯어 꾹꾹 눌러 담기도 좋고. 가마니 하나에 끝도 없이 들어갈 모양이다. 게다가 튼튼하지, 나뭇잎 달라붙지 않지. 아하, 이래서 할머니들이 가마니를 쓰는구나. 허리춤에 매단 헝겊 가방이 참 무색하다. 다음엔 이것들 없이 가마니만 있어도 되겠군.

작은 가마니 반쯤 채워 돌아오니 오후 네 시가 넘었다. 바로 데쳐서 막 사라지려는 해님께 맡기기. 끓는 물에 들어가 연하게 고운 연둣빛이 된 취야, 나는 네가 어떤 때깔로 바뀔지 이미 알고 있음이야.

취나물 '채생역전(?)', 부피랑 무게를 덜어낸 대신 긴 시간과 깊은 맛을 얻었다.

하루 만에 검은빛 묻어나는 짙은 녹색으로 바뀐 취. 매혹 넘치던 짙은 향기는 그윽하게 고소한 내음으로 갈아탔다. 부피도 무게도 십 분의 일은 훨씬 넘게 줄었고. 부피랑 무게를 덜어낸 대신 두고두고 먹을 수 있는 긴 시간을 얻었다. 오래 둘수록 더 맛있어지는 덤까지!

본디 자기 모습과 향 그리고 맛을 버리는 대신 그에 조금도 뒤지지 않는 새로운 나물로 거듭난 취. 올해 첫 취 묵나물을 마주한 날. 향기보다 더 진한 취나물 '채생역전(?)'에 더 취하는 듯하다. 먹을 때보다 향기에 취해 뜯는 시간이, 뜨거운 봄볕 아래 시시각각 달라지는 모습 바라볼 때가 더 행복한 취나물. 마음 깊이 사랑하지 않을 수가 없다. 해마다 만나는데도 그때마다 늘 감동이….

우산 닮은 우산나물, 유사품 반드시 주의

취 뜯는 길 곳곳에 우산나물도 보인다. 구리구리하게 개성 넘치는 냄새를 지닌 풀. 팔팔 끓는 물에 데칠 때도 꾸덕꾸덕 말릴 때도 독특한 향이 사라지지 않는다. 처음엔 나물로 먹긴 글렀겠다고 생각했지. 먹기 전까지 모르는 일이긴 하다만.

잘 마른 우산나물을 데쳐 고추장, 된장, 매실액, 마늘과 함께 버무렸다. 다른 어떤 것보다 맛보기가 두려웠건만….

우산 닮은 꼴과 구리구리한 냄새까지
개성 넘치는 우산나물.

뜻밖에도 입에 착 붙는 게 아닌가. 쌉쌀하고도 향긋한 이 맛. 머위 향이 세다지만 우산나물에 견주면 아무것도 아닌 듯. 혹시나 싶어 집에 온 손님에게도 맛을 보였더니 역시나 좋단다. 우산을 닮아서 이름도 우산나물이라는 요 풀. 모양도 향도 참말 개성 만점이다. 예부터 조상님들이 이 풀을 먹어온 데는 다 까닭이 있었던 게지. 이제부터 우산나물도 우리 집 공식 산나물로 인정!

그나저나 우산나물이랑 비슷하게 생긴 풀이 여기저기 보인다. 반드시 유사품에 주의할 것. 도감도 보고 이모저모 확실히 알아본 뒤에 채취도 하고 먹기도 하는 것은 산골살림 기본 중에 기본이다. '봄에 나는 풀은 아무거나 먹어도 된다'는 말만 믿고 나서는 어설픈 도전 정신은 절대 금물!

“그냥 풀만 뽑게 해주세요, 네?”

잡초 중의 잡초 쇠뜨기와 한판

밭일 제대로 하자고 마음먹은 날. 흙에서 뒹굴어도 좋을 작업복으로 갈아입고 손목 보호대를 찬다. 안 하던 호미질 갑자기 하면 무리가 가니까. 밭일에 커다란 도우미 ‘엉덩이 의자’도 챙겨야지. 요거 없이 쪼그리고 있으면 허리, 무릎, 골반 골고루 아파한다. 그다음 고무장화. 혹여 뱀이 나올 수 있으니 호미 다음으로 필수품이다. 땅속으로 마구 손을 넣어야 하니 두꺼운 장갑까지 끼고 마지막으로 모자를 쓴다. 대기오염 없는 맑고 깨끗한 산골 하늘 덕에 피부에 나쁠 수 있는 빛도 바로 들이닥칠 수 있다는 말씀. 준비에만 십 분도 더 걸리네. 이젠 밭으로.

풀을 뽑다 보면 이 생각 저 생각에 잠긴다. 좋은 일보다 미운 사람, 속상한 일이 주로 떠오른다. 『토지』의 작가 박경리 선생님도 소설 쓰다 막힐 때면 밭일하며 마음을 고르셨다지. 흉내도 내볼 겸 잡초 뿌리에 엉킨 흙 털며 미운 마음 속상한 마음도 같이 떨어내 본다. 햇볕 한 줌, 돌멩이 하나 앞에서도 솔직하게 살자는 마음을 다지면서. 한 시간쯤 지났을까. ‘헉헉’ 소리가 절로 난다. 마치기엔 이르니 한 시간만 더 하자. 마음 다잡고 호미 쥔 손 계속 움직인다. 더욱 거칠어진 숨소리에 놀라 곧바로 철수. 이러다 몸살 날라.

이불 위에 쓰러지니 질퍽한 피곤이 온몸을 휘감는다. '온전한 밭일은 조금도 만만하지 않아. 밭일하며 마음 고르네, 어쩌네? 됐다 그래!' 상실감인지 자괴감인지 모를 넋두리가 맴돈다. 밭일에 '낭만' 따위 끼어들 자리는 없다는 걸, 고작 두 시간 일하며 뼈저리게 느끼는 나. 철들기엔 여전히 멀었다, 멀었어.

바로 내가 질문 유발자였다!

그동안 왜 안 보이나 싶던 쇠뜨기. 제대로 만났다. 언뜻 보면 송곳 윗부분처럼 작게 보이는 쇠뜨기순. 어설프게 호미 들이댔다간 큰코다친다. 길고 긴 쇠뜨기 뿌리가 땅속 깊이깊이 박혀 있기 때문이다. 무조건 삽이 나서야 한다. 허나 삽질 한 번에 온전히 나와주시면 잡초 중의 잡초, 잡초 대마왕이란 이름이 무색할 터.

삽을 깊숙이 박아 무거운 흙더미 확 뒤집어도 얄밉게 뿌리 끝은 보이지 않는다. 삽질 또 삽질을 해대면 그제야 간신히 '쑤욱'. 고럴 때면 엄청 짜릿! 허나 기쁨도 잠시. 삽질한 그 자리에 불쑥 튀어나오는 또 다른 쇠뜨기. 땅 위에 순이 없어도 뿌리는 어디엔가 숨어 있다. 삽을 들이대지 않고는 있는지 없는지 알 도리가 없는 놈들. 서서 삽질하다 앉아서 호미질하고 다시 또 일어나 삽질하고. 보통 잡초랑 만날 때보다 시간도 힘도 두 배는 더 든다. 히로시마에 원자폭탄이 떨어졌을 때, 폐허가 된 땅에서 쇠뜨기싹이 가장 먼저 올라왔다더니만 그 말이 이제야 실감 난다.

진도가 너무 더디고 안 하던 삽질 길게 하니 무릎까지 시큰거린다. '그냥 팍 눈감아버려? 땅 위에 보이는 잡초만 뽑아도 어디야!' 하마터면 마음속 속삭임에 흔들릴 뻔도 했으나 묵묵하게 가던 길 계속 걷기로 했다. 쇠뜨기 뿌리를 놔두면 땅속 이리저리 가로세로로 마구 뻗기 때문에 나중에 이 밭에서 자랄 작물들이 힘겹다. 그때는 작물 다칠까 삽질도 할 수 없기에 마냥 퍼지는 쇠뜨기를 그저 바라보는 수밖에 없다. 뿌리까지 모조리 뽑아낼 절호의 기회는 오로지 지금뿐! 쇠뜨기 발본색원을 하고 말겠다는 정신으로 앉았다가 일어나기를 끝없이 되풀이한다.

땅을 헤집다 불쑥 지렁이를 만났다. 자기 딴에는 얼마나 놀랐을까. 고요한 땅이 확 뒤집어졌으니. '지렁아, 너는 놀랐겠지만 나는 참 기뻐. 네가 보이니 건강한 땅이라는 걸 알겠거든. 부디 어설픈 호미질에 치이지 않기를 바란데이.' 지렁이와 잠깐 눈인사 나누곤 땅속으로 살살 돌려보냈다.

큰 돌에 얹은 쇠뜨기. 가로세로로 뻗은 뿌리 끝까지 뽑아내려면 무조건 삽을 써야 한다.

아침부터 쉬지 않고 쇠뜨기랑 맞장 뜨고 있는데 지나가는 분들이 한마디씩 거든다. "그 밭에 뭐 있어?" "아뇨, 그냥 김매요." 앞집 할머니 물음에 간단히 답하고. 트럭 타고 가던 아랫집 아주머니는 차창을 내리더니 '아이고' 한숨 한마디 내뱉는다. 트랙터 몰고 왔다 갔다 하던 마을 아저씨도 끝내 물음을 참지 못하고 한 말씀. "거기 뭐 캐는 거여? 그거 오늘 안에 하겠어?" 이어지는 물음 속에 기분이 묘하다. '척 보면 밭매는 줄 모르나? 왜 자꾸들 묻지? 내가 뭘 잘못했나?' 시간은 흘러 오후 네 시쯤 한숨 돌리는데 트랙터 몰던 아저씨가 나를 부른다. "로타리 쳐줄까?" 트랙터로 밭을 갈아엎어주겠다는 말씀. 아, 그때서야 깨달았다. 밭 한자리에 종일 앉아있는 내 모습이 문제였다. 바로 내가 질문 유발자였다! 손 귀한 농사철에 한자리에 퍼질러(?) 앉아 있는 모습이 못내 답답하셨던 게다. 그래서 뭐 하는지 자꾸 물었던 거고.

생각해보면 그분들 마음도 이해가 된다. 그래도 쇠뜨기 가득한 고랑 드디어 끝내서 참 뿌듯하고 자랑스럽기까지 한데. 살짝 드러난 뿌리 끝을 보는 일은 중독성이 느껴질 만큼 재밌어서 쇠뜨기와 씨름하는 시간이 힘들어도 힘들지 않았는데. 자려고 누우면 쇠뜨기 뿌리가 아른거릴 만큼 그새 정도 들었지. 그래선지 꼬리 살살거리는 쇠뜨기를 봐도 전처럼 얄밉지만은 않다. 적당히 자란 쇠뜨기순으로 뱀밥 요리를 해볼까도 싶고. 이런 내 모습이 안타깝거나 안쓰럽거나 또는 한심스럽게 보였을 분들한테 이 보람찬 마음을 전할 길이 없네. 내일도 나는 저 밭에서 쇠뜨기랑 씨름할 건데 설마 또 뭐 하냐고 묻진 않겠지? 질문 들어오면 이렇게 외쳐볼까? "저, 그냥 풀만 뽑게 해주세요. 네?"

온갖 곡식 살찌우는 곡우다!

다품종 소량 텃밭 지키는 소농

길이는 짧고 폭은 좁은 밭 세 골에 무려 아홉 씨앗을 뿌렸다. 당근, 봄무, 근대, 부추, 치커리, 양상추 여기에 상추 세 종류까지. 내일부터 내리 비가 온다니 참나물, 대파, 브로콜리, 겨자씨까지 나머지 밭에 주르륵 심는다. 지난해 거두어 말린 옥수수도 한 알 한 알 떼서 마저 땅으로 보냈다. 늦봄부터 여름까지 밥상 푸릇하게 채울 다품종 씨님들을 땅에 뿌리고 나니 비님도 반가운지 냉큼 찾아오셨다. 씨앗들이 새 터에 자리잡는 데 큰 도움이 될 터. 얼마 전 무려 여섯 골이나 심은 감자도 물론이고. 제아무리 물 좋은 지하수여도 사람 손이 뿌리는 건 하늘이 내리는 물맛에 미

이탈리아, 남아공에서 넘어온 다품종 씨앗들. 하지만 옥수수만큼은 우리 집 텃밭이 원산지다.

치지 못할 테니 씨앗도, 모종도 되도록 비님 오시기 전날 심어야 좋다.

그러나저러나 큰일이다. 씨앗 담긴 봉투 찬찬히 들여다보니 원산지가 중국, 이태리, 남아공 이렇다. 그나마 상추랑 브로콜리가 대한민국이란다. 어디 이 씨앗들만 그럴까. 토종 씨앗은 보는 것도 사는 것도 정말 어렵다. 토종 씨앗을 가꾸고 지키는 일을 더는 미루면 안 될 텐데. 손쉽게 살 수 있고 적당히 자라는 씨앗들로 작은 밭 채우는 나부터 반성해야겠다. 그러고 보니 포장지 따로 없는 옥수수 씨앗 원산지는 바로 우리 집 텃밭이구나.

다품종 소량 텃밭에 터 잡은 여러 가지 씨앗들. 누가 먼저 땅을 박차고 나올지 벌써부터 기다려진다. 작은 텃밭이지만 나도 엄연히 농사꾼이다. 땅과 지구를 살리고 지켜갈 고귀한 소농!

'비야 와라, 곡우야 내려라'

아침에 일어나 인터넷을 보는데 '곡우'가 검색어 2위에 떡! 이름에서 딱 농사랑 이어진 느낌이. 아니나 다를까. 이십사절기 가운데 여섯 번째, 봄비가 내려 온갖 곡식 기름지게 한다는 곡우가 바로 오늘이란다. 하늘을 보니 흐릿흐릿 울먹울먹 딱 비 올 날씨 맞네. 곡우라…. 미리 준비한 모종 상자를 보며 고민 고민. 밤 날씨가 아직 많이 쌀쌀해서 다음 주 초에 심을 생각이었는데 곡우를 맞이해 심어야 하나 말아야 하나. 안 되겠다, 심자! 하늘이 주시는 기름진 비를 비껴가지 말자. 모종들이 알아서 밤 추위는 이겨낼 거야!

서둘러 일옷으로 갈아입고 모종 심기 시작. 파프리카, 양배추,

적양배추, 토마토, 가지, 고추, 오이 3종(가시오이, 다다기, 청오이) 심고. 단호박, 조롱박도 미리 파둔 구덩이에 푹 밀어넣고. 두 개에서 열 개 안팎으로 조금씩만 심는지라 그리 오래 걸리지 않는다. 누군가에겐 소꿉장난처럼 비칠지도 모르지만 요만치 심어도 올여름 풍족하게 보낼 수 있다오.

점심 먹기 전 일을 마치고는 '비야 와라, 곡우야 내려라' 맘속으로 자꾸 빈다. 글쎄, 얄미운 하늘님이 울먹거리기만 한 채 정작 눈물은 안 뿌려주는 게 아닌가. '곡우에 가물면 땅이 석 자가 마른다'는 옛말도 있는데. 우리 집 농사야 자잔해서 크게 상관없지만 세상 모든 농부님들을 위해서라도 곡우인 오늘 꼭 비가 오면 좋겠는데. 어느 때보다 봄비님을 기다리고 기다리는 마음. 오후 네 시 넘어 드디어 비가 온다! 떨어지는 빗방울 보자마자 어찌나 기쁘던지 "야, 비다. 드디어 곡우가 온다!" 혼자 하늘에 대고 소리를 쳤다. 기분 참말 좋다. 곡우가 내리니 올 농사는 모두들 풍년이 될 모양이로세.

곡우에 새로운 일 시작하는 사람들, 이미 무언가를 시작한 사람들 모두에게도 이 비가 그네들의 일과 삶을 풍요롭고 기름지게 해줄 거라 믿고 싶다. 하루 종일 기다렸기에 더 반가운 곡우님께 산골새댁이 올리는 전상서. '날마다 자라는 곡식들도 날마다 울고 웃어야 하는 우리네 삶도, 저마다 기름지고 풍요로울 수 있도록 남은 하루 온 누리 촉촉이 적셔주소서. 다만, 다만…. 광화문 고공 농성장만큼은 부디 비껴가 주시어서 그네들의 투쟁과 삶을 따뜻하게 안아주소서.'

"봄나물은 배신 때리는 경우가 없네!"

새콤쌉쌀한 지칭개, 향긋한 돌미나리와 민들레

'지치다'를 전라도 사투리로 하면? 아마 나도 자주 던지는 말 '지칭께' 요렇겠지? '지칭께'랑 글자가 닮은 풀 '지칭개'를 캤다. 잎만 언뜻 보면 냉이를 닮은 듯하다. 하지만 잎 뒤쪽이 하얀 걸 보면 냉이 아닌 게 맞다. 선명한 보랏빛 뿌리도 하얀 냉이뿌리와는 확실히 다르다. 뿌리만 보면 참 고운 맛이 날 거 같은데 냄새부터 쓰다. 물에 데친 작은 이파리 한 가닥 집어 먹으니 그래도 쓰다. 고와 보이던 보랏빛에 쓴맛 내는 뭔가가 있나 보다. 제대로 쓴 놈을 만났는데 과연 먹을 수 있을까.

고추장, 된장, 참기름, 매실액, 마늘 그리고 쓴맛 가리려고 설탕도 조금 넣어 휘휘 무친다. 한 입 넣으려다 잠시 숨 고르기. 이 한 입에 지칭개가 잡초로 남느냐 반찬이 되느냐가 판가름 나는 순간. "어쩜, 봄나물은 배신 때리는 경우가 없네!" 새콤달콤 맛있게 쌉쌀하다. 그 쓰던 맛 다 어디로 갔지? 이로써 우리 집 나물반찬 하나 추가요!

처음 해보는 나물이라 조금만 뜯었더니 접시에 담을 것도 없이 무친 그릇 그대로 상에 놓는다. 마주 앉은 우리 부부 "밭일로 허벌나게 지칭께, 지칭개 먹고 원기회복 하드라고!" 서로 말놀이 덕담 주고받으며 한 접시도 안 되는 걸 연신 집어먹는다. 마지막 남은 한 잎 서로 눈치만 보다 결국 반 갈라 먹기로 했지.

"쑥쑥 뽑아 나싱개(냉이), 이 개 저 개 지칭개, 잡아뜯어 꽃다지…" 충청도 쪽에서 전해지는 나물타령에 지칭개가 나온다. '이 개 저 개 지칭개' 요 말도 재밌네. 난 보자마자 '지칭께'란 말부터 떠오르던데. 전라도 사는 티가 절로 나는구먼. 이름도 재밌고 맛도 좋은 지칭개나물. 밭일로 허벌나게 지친 몸, 지칭개 먹고 바로 원기회복 되는 기분! 입에 쓴 약이 몸에 좋다니 지칭개 덕분에 쓴 나물 매력에 푹 빠질 모양이다.

세상에 이렇게 맛있는 미나리가!

텃밭 앞에 이름 모를 풀이 잔뜩 모여 있다. 알고 보니 저절로 난 돌미나리다. 미나리 하면 길쭉하니 다듬기 복잡하고, 매운탕 시원하게 해주는 음식 재료 정도로만 생각해왔다. 어쩌다 데친 미나리 초고추장에 찍어 먹던 기억이 있기도 하지만 별 존재감 없는 채소였다. 그러니 눈앞에서 쑥쑥 자라는 미나리를 보면서도 특별히 눈길이 가지는 않네. 그래도 마냥 외면할 수만은 없는 일. 먹어는 봐야지. 몸에도 좋다는데. 작은 칼 들고 작은 돌미나리 밭으로!

어디서부터 뜯어야 하지? 생전 처음 해보는지라 갸우뚱하다가는 맨 밑동을 칼로 쓱쓱 벴다. '이거 먹는 거 맞나?' 하는 생각이 자꾸 들더라니. 별 기대 없이 미나리를 데쳤고 접시에 담았고 입에 넣었다. '세상에! 이렇게 맛있는 미나리가 있다니!' 달큰하게 향긋한 맛과 통통 씹히는 맛까지. 맛있다, 맛있다는 말이 끊임없이 나온다. 살면서 먹어온 그 모든 미나리 맛은 헛것이었던가. 생각나지도 않고 생각할 수도 없다. 떠오르는 건 오로지 돌미나리 향과 맛뿐.

저절로 난 돌미나리는 달큰하게 향긋하고 통통 씹히는 맛이 일품이다

마당에서 텃밭으로 이어진 자리에 뭉쳐 있어 밭으로 갈 때 거치적거리기 일쑤였던 돌미나리밭. 아니, 뭉텅이라고 해야 맞겠네. 두어 번 뜯었더니 커다란 구멍이 숭숭 나버렸다. 보기 안쓰럽게. 그래도 아직은 많이 남았다. 좀 지나면 쇨지도 모르니 조만간 다 먹어야 할 듯. 데쳐 먹는 게 가장 맛있을 것도 같지만 작심하고 돌미나리김치라도 만들어볼지 말지, 흠흠.

돌미나리김치 어찌 만드나 여기저기 뒤적이니 봄나물로 돌미나리만 한 게 없다는 글부터 배추 나오기 전까지 김치 주재료였다는 이야기도 보인다. 논에서 자라는 건 '논미나리'라는데 시장에서 주로 본 게 그걸까? 미나리 역사가 꽤 깊구나. 뭔가 숭고한 기운이 확 밀려온다. 돌미나리김치를 조금이라도 만들어야 할 것 같은 사명감도 들고. 그동안 눈길 한번 제대로 안 줬던 돌미나리들 날마다 흐뭇하게 바라보게 생겼다. 미나리 다 먹고 저 자리가 텅 비면 많이 서운할 것도 같네.

미나리는 몸속 독소를 빼준다던데 요 며칠 자주 먹었으니 마음속 독까지도 죄다 가져가주면 좋겠다. 돌미나리가 마음 깊숙이 들어온 기념으로 마무리는 동요 한 소절만 짧게. "어깨동무 내 동무 미나리꽝에 앉았다, 어깨동무 내 동무 보리가 나도록 씨동무~♬"

초록빛 싱그러운 민들레 샐러드

노랗게 피어난 민들레가 여기도 활짝 저기도 활짝. 그냥 지나치지 못하고 여린 잎을 한 줌 뜯었다. 민들레 샐러드를 먹고 싶어서. 소스는 무척 간단하다. 국간장이 기본이고 거기에 물, 식초, 매실액, 다진 마늘 조금, 통깨 요렇게 섞어 민들레잎 위에 훌훌 뿌리면 끝.

길쭉 삐쭉 초록빛 싱그러움이 눈을 지나 마음에 와서 폭 안긴다.

민들레잎을 그냥 먹으면 향기도 맛도 쌉싸래하면서 달큰하다. 그 맛을 간간하고 옅은 간장 소스가 살짝 북돋아준다. 맛도 싱그럽기 그지없지만 싱싱한 이파리 눈으로 보는 맛도 참 좋다. 길쭉 삐쭉한 초록빛 싱그러움이 눈을 징검다리 삼아 마음에 와서 폭 안긴다. 민들레잎은 장아찌를 만들어도 아주 맛깔스럽다. 다른 장아찌보다는 간장을 덜 넣고 만들면 피클처럼 새콤달콤하게 맛나다. 덜 짠 만큼 실온 말고 냉장고에 보관해야 길게 먹을 수 있다.

텃밭 곳곳에서 민들레가 기지개를 켜고 있다. 이리 예쁜 꽃이 거기선 잡초 신세밖에 안 되다니 안타깝지만 머지않아 다 뽑아야만 한다. 뽑다가 양 많다 싶으면 장아찌로 만들어볼까 말까. 그건 그때 가서 생각하고 올봄 첫 민들레 샐러드와 만난 기념으로 민들레처럼 싱그럽게 살아보자고 다짐!

산삼이라도 캐는 기분이야

두통약 대신 '쇠똥=왕고들빼기'

아침부터 머리가 아프다. 점심 먹고 나니 더 아프다. 신경 쓰이는 일이라도 있는 걸까. 두통이란 놈 마음 따라오기 십상이니 생각 없애는 데 최고인 밭으로 나갔다. 길쭉하게 뻗은 쇠똥이 하나둘 보인다. 국어사전에는 '왕고들빼기'로 나오지만 마을 엄니들은 쇠똥이라 부른다. 줄기를 꺾으면 흰 즙이 흐르는데 꼭 새가 흰 똥 싸는 모습이랑 비슷해서 쇠똥(새똥)이라 부른다고. 이름이 정겹고 뜻도 그럴듯하니 나도 쇠똥이라 부르련다.

쌈으로 먹기도 하고 무침으로도 먹는 쇠똥. 이 봄을 맞아 한번 먹어야지 생각은 했는데 오늘따라 눈에 더 들어온다. 혹시 이 풀이 머리 아픈 데도 좋으려나? 두통약 먹는 대신 쇠똥으로 저녁상을 차려보자! 텃밭을 빙 둘러보니 얼마 없다. 개똥도 약에 쓰려면 없다더니 흔하던 쇠똥도 마찬가지네. 간신히 찾아 몇 뿌리 캤다.

먹어본 풀이지만 다른 풀이 늘 그렇듯 처음 만난 것처럼 낯설고 새롭다. 요걸로 김치도 만들어 봤으면서 맛도 생각이 잘 안 나는구먼. 아마도 쓴 풀일 거라 기억되니 물에 담그기부터. 뿌리가 작고 오동통하니 귀엽다. 깨끗이 씻은 쇠뜨을 초고추장에 팍팍 무치면서 이 생각 저 생각에 잠긴다. '물에 오래 담그지 못했는데 쓰면 어쩌지? 약으로 먹는 거니 막 써도 다 먹자.' 머리가 아파 새로운 반찬은 못 만들겠고 있는 반찬과 국에 쇠뜨무침 보태 저녁을 먹는다. 쓸까 어쩔까 걱정했더니만 너무 안 써서 오히려 섭섭할 지경. 요새 쓴 풀 자주 먹어서 쓴맛에 길들었나? 덜 쓰다지만 입이 기억하는 달큼하게 쌉싸래한 맛은 여전하다. 데치지 않고 날것 그대로 먹으니 씹는 맛도 싱그럽고. 약이 아니라 맛있는 반찬으로 싹 비웠다.

아픈 날 고른 풀이다 보니 효능도 알아보고 싶다. 간단히 찾아보니 열 내림, 진정, 마취 작용을 하고 편도선염, 인후염에 좋단다. 진정, 마취 효능이 빛을 발한 걸까? 저녁 먹은 뒤로 머리가 덜 아프다. 약풀 먹었다는 기분 때문일지도 모르지만. 풀의 효능이었든 마음이 풀어진 거였든 다른 약 먹기 일보 직전에 만난 쇠뜨 약(?) 덕분에 덜 아프니 좀 살 것 같다. 밥 먹고 어두워지니 새벽에나 온다던 비가 세차게 내리기 시작한다. 비님 조금 이르게 오는 걸 알려주려고 두통도 일찍 찾아왔으려나.

뿌리가 맛있는 쇠뜨김치 담근 날

쇠뜨무침 먹은 지 열흘쯤 지났나. 텃밭 곳곳에 쇠뜨이 꽤 많아졌다. 나물보다는 김치를 담그기로 마음먹었다. 며칠 비가 와서 땅이 촉촉하다. 이슬 머금은 쇠뜨도 촉촉하다. 덕분에 쑥쑥 잘 뽑힌다. 둥글 길쭉한 뿌리를 보면서 꼭 산삼이라도 캔 듯 흐뭇하다. 요 뿌리가 또 맛이 있거든! 한 시간 좀 넘게 텃밭 곳곳을 휘저었으나 노란 바구니 하나를 꽉 채우지 못했다. 김치를 하려면 더 있어야 좋은데 할 수 없지.

쇠뜽을 씻는다. 뿌리까지 먹어야 하니 세심하게. 부피가 그새 준다. 소금에 절이니 완전 팍 줄어드네. "에계, 요거밖에 안 되네! 누구 코에 붙이나." 김치는 양이 적어도 하루 정도 시간이 들기에 기왕이면 많이 해야 보람도 있건만. 부엌에 벌건 물 튀기며 열심히 버무리기는 했는데 맛은 잘 모르겠다. 익으면 제맛이 나려나.

둥글 길쭉한 쇠뜽 뿌리가 산삼이라도 캔 듯 흐뭇하다.

싱그러운 아침이슬 맞으며 쇠뜽 캘 때는 신나고 즐겁고 행복했다. 행복은 딱 그때까지. 다듬고 씻고 절이고 또 씻고. 양념 준비하고 무치고 담고. 이거저거 그릇들 씻고 정리하고. 김치 담그는 노동은 참 징하다, 징해. 작은 통 하나도 못 채운 김치 하면서도 하루해가 훌쩍이니. 게다가 맛있을지 어떨지 잘 모르겠으니 기운이 좀 빠진다. '너무 자란 것들로 했나? 혹시 질기려나?' 뒤늦게 걱정도 밀려오고. 삼 년 전에 한 번 만들어보곤 참 맛있던 그 기억에 기대어 또 담그기는 했는데 그저 먹을 만하게라도 익어주면 참 좋겠다. 김장 김치에 물리던 참이니 이거라도 있어서 잘됐지 뭐. 걱정은 여기까지만. 과정이 중하니까. 쇠뜽 캐면서 환하게 웃던 내 모습, 나부터 잊지 말자고!

“아, 짜! 근데 자꾸 손이 가”

소중한 인연과 함께한 장 가르기

장 가르기를 했다. 사오십 일쯤 한 몸처럼 지내던 메주와 소금물을 된장과 간장으로 각각 독립시키는 일. 소금물에 질편하게 절어든 메주는 된장으로, 메주를 짠하게 품어주던 소금물은 간장으로 나뉘게 되는 순간이다.

소금물에 전 메주를 주물러 독에 담는다.
메주에서 된장으로 새롭게 태어나는 순간이다.

된장 간장이 세상에 제 이름을 달고 태어나는 날. 산골살이가 안겨준 새로운 인연과 손도 마음도 함께 나누었다. 주인공은 두 어린이. 한 명은 간장 조교, 또 한 명은 된장 조교로 장 가르기에 손을 보탰다. 어여쁘고 야문 고사리손이 함께하니 뭉툭하고 덜렁한 산골새댁 손이 한결 수월하다. 함께해서 즐거운 시간은 덤으로 얻었고.

항아리에서 건진 메주를 주무르는데 순수하고 멋진 된장 조교, 한 입 찍어 먹곤 탄성을 지른다. "아, 짜! 근데 너무 맛있어. 자꾸 손이 가. 오늘 이걸로 된장찌개 끓여 먹자!" 된장 맛보다 더 짭짤하고 고소하고 담백한 기분에 젖는다. 사랑스러운 조교 덕분에 올 된장은 어느 때보다 감칠맛 날 것 같다. 마지막으로 된장 위에 소금 뿌리는 일까지 마무리하곤 된장독을 슬며시 보듬는다. 그 손길에 담긴 행복한 마음이 된장한테 그대로 전해지길 바라며.

"냄새가 맛있어, 짭짤하게 고소해!"

된장 조교가 바삐 움직일 때 다른 쪽에서는 간장 조교가 장작불 앞에서 분주하다. 메주를 놓아준 소금물을 커다란 가마솥에 끓이는 일을 거드느라 그렇다. 간장 익는 냄새가 진하게 구수하다. 두 시간 넘게 팔팔 끓인 간장물. 옅은 갈색 물이 어느새 검은 색깔로 바뀌었다. 소금물이 간장으로 새로이 태어남을 신고하는 이 감격스러운 빛깔이여!

옅은 갈색 물이 검게 되면서
소금물이 간장으로 바뀌고 있다.

솥에 있는 간장을 독으

로 옮기는 시간. 먼지 하나 들어가지 않도록 촘촘한 면 헝겊에 거른다. "차라라 차, 차알라앙 차알랑." 간장이 독에 떨어질 때 참 맑은 소리가 난다. 마음도 맑고 깨끗해지는 기분. "한 번에 너무 많이 부으니까 넘치잖아. 여기 가루 같은 게 있나 봐, 국물이 천천히 내려가." 초등 1학년 간장 조교는 스스로 깨친 원리를 술술 풀어놓는다. 일과 놀이가 하나 될 수 있음을 온몸으로 보여준 멋진 조교님. "냄새가 맛있어, 짭짤하게 고소해!" 감탄사도 연이어 내지른다. 우리네 간장과 된장이 아이들 입맛을 이렇게나 사로잡는다는 사실이 놀랍기만 하다.

진한 소금물과 붉은 고추, 숯, 대추와 얽히고설켜 있던 된장과 간장. 이제 서로 헤어져 온전한 자기 맛을 찾아 긴 여행을 떠난다. 사람은 이제 더 할 일이 없다. 햇살과 바람이 하늘과 땅이 된장과 간장을 가장 맛좋은 상태로 만들어줄 테니. 된장 냄새 폴폴 묻어나는 두 손 높이 치켜들고 응원 한마디 외친다. "된장 만세, 간장 만만세!"

"빨래 말리고 가는 바람 빠바밤~♬"

지구를 지키는 어여쁜 면생리대

바람 시원하게 불고 햇발이 화끈하게 내리쬐던 날. 마당 수돗가에서 빨래를 한다. 두꺼운 겨울 이불과 마루에 깐 크고 두툼한 카펫에 빨랫비누를 칠해 밟고 또 밟는다. 조금 지치면 옆지기랑 발을 바꾸며 인간 세탁기 노릇에 재미가 붙는다. 헹구는 것까지 발로 마친 다음 힘껏 물을 짜고 햇볕에 넌다.

잘도 마른다. 바람이 세차게 때리면서 한 번 더 빨래질이 되는 것만 같다. "그대 이름은 바람 바람 바람, 빨래 말리고 가는 바람 빠바밤~♬" 바람과 어울리는 노래가 많지만 빨래 마르는 모습을 보면 꼭 이 노래가 생각난다. 노랫말도 살짝 바꿔주면서. 볕 좋은 김에 행주도 말린다. 따로 삶을 거 없이 햇볕 힘만으로도 깨끗이 소독되는 기분이다.

다 마른 빨래에서 바람과 햇볕 내음이 폴폴 묻어난다. 코를 부비니 보송보송하기 이를 데 없다. 산골살이가 주는 행복 가운데 빼놓을 수 없는 게 바로 햇빛. 만일 어떤 까닭으로든 도시로 돌아가고픈 유혹이 찾아오더라도 저 해님이 더 크나큰 유혹으로 내 발목을 붙잡을 거라고 햇볕에 빨래를 맡길 때마다 생각한다.

빨래를 널 때마다 산골 해님이 안겨준 행복한 유혹에 폭 빠진다.

산골 해님이 안겨준 행복한 유혹에 폭 빠져 지내는 지금이 참 행복하다.

산골살이가 안겨준 고마운 면생리대

팔팔 끓는 물에 한 번 씻고 따땃한 햇볕으로 또 한 번 씻는 알록달록 어여쁜 면생리대. 서울에선 좁은 집 베란다에 널면서 따닥따닥 붙은 앞집 옆집에서 보일까 조심조심 말렸지만 여기선 언제나 당당하게 햇볕을 맞이한다. 지나가는 새나 저게 뭘까 쳐다보려나.

면생리대와 함께한 지 오 년쯤 되었다. 직장 다닐 땐 엄두도 못 내다 백수 되자마자 산골살이 준비 겸 큰맘 먹고 쓰기 시작했다. 갈무리가 좀 번거롭지만 몸에 좋은 건강 음식 먹을 때처럼 늘 뿌듯하다. 몸도 좋아하는 게 느껴지고. 무엇보다 지구에 해를 끼치지 않을 수 있어서 정말 다행스럽다. 만일 서울 살면서 직장 생활을 계속했다면 아마 쉽게 면생리대에 도전하지 못했을 거다.

한 달에 한 번 면생리대와 함께하게 된 것. 산골살이가 내게 준 크나큰 선물일지니. 그러고 보니 여러 빛깔 면생리대 거의가 선물 받은 것들이기도 하네. 여자가 가장 잘 아는 여자의 몸. 고마운 몇몇 여인네들 덕에 색깔별 크기별 두께별로 골라 쓰는 재미도 쏠쏠하다.

햇볕 내음 고이 품은 바싹 마른 면생리대 차곡차곡 개면서 소중한 내 몸을, 고귀한 지구를 생각한다. 나야 거의 집에 있어서 쉽지 이 일을 엄두도 못 낼 분들도 많겠지. 그래도! 간절한 '피자매 연대'의 마음으로 피 어린 호소를 던지나니. 달마다 힘겹게 피 흘리는 많은 여자 동지들께서 면생리대를 이제라도 꼭 시작하면 좋겠다. 나쁜 물질 가득하고 백 년 지나도 타지 않는다는 '화학 생리대'에서 내 몸을 보호하고 지구를 지키기 위해!

생리대를 모두 개니 이제야 정말로 생리를 마친 기분이다. 참 소중한 몸의 작용이란 걸 알지만 그래도 끝나니 참말 백 제곱쯤 좋다. 내 몸과 지구를 지키는 면생리대야, 다음 달에 건강하고 예쁜 모습으로 또 만나자.

건강과 웃음 주는 명아주 지팡이

연둣빛 솔잎이 만든 가루약

지난해 가을 창고 천장에 묶어둔 명아주 줄기가 지팡이로 환생했다. 슬쩍 휜 줄기를 바로잡고자 끈으로 꽁꽁 묶었더니 곧게 죽 펴져서 지팡이로 손색없다. 손에 쥐고 이리저리 돌려보고 땅을 푹푹 찍어보고. 가벼워서 좋고 손에 착 안기는 굵기라 또 좋다. 이야, 명아주 지팡이 '청려장' 손맛 하나 끝내준다!

가볍고, 손맛 좋고, 건강에도 참 좋은 명아주 지팡이 '청려장' 납시오.

산에 다닐 때면 발밑에 굴러다니는 나무줄기 주워 지팡이로 쓰곤 했다. 크기, 무게, 굵기까지 딱 맞춤한 지팡이 찾기가 만만치 않다. 나무 지팡이 적잖이 써봤지만 명아주 지팡이처럼 가뿐하고 손맛 좋은 건 처음. 명아주가 풀이니 나무보다 가벼운 건 당연하지만 나무 못지않게 단단한 건 참 용하다. 겨우내 꽁꽁 묶여 있으면서 단단히 시련을 이겨냈나 보다.

예부터 청려장은 장수 지팡이로 통했단다. 신경통과 중풍을 예방해 준다나? 그래서 어르신들께 주로 선물을 드린다고. 내가 사는 장수군에서 나온 지팡이니 무조건 '장수' 지팡이는 맞겠고. 다듬지 않은 뿌리 쪽을 보면 꼭 산신령 지팡이 같기도 하다. 청려장 들고 있으면 아무리 험한 산도 문제없을 것만 같다. 이 나이에 지팡이 들고 마을길 나설 수는 없으니 오늘은 만져만 본다만, 쥐고 있기만 해도 헤벌쭉 자꾸 입이 벌어지니 중풍 예방까진 몰라도 웃음을 주는 지팡이인 건 분명한 듯!

꿀에 타 먹고 베갯잇에 넣는 건강 솔잎

늘 푸르러 보이는 소나무도 해마다 잎갈이를 한다. 따사로운 봄 산에 오르면 누런 솔잎 사이로 돋아나는 연둣빛 새 이파리가 보인다. 새순만 보면 그냥 지나치지 못하는 이 마음, 소나무 앞에서도 여지없이 솟아나네. 손 닿는 곳에 있는 솔잎들을 열심히 따고야 만다.

송편 찌는 추석은 한참 멀었고 이 솔잎들을 어디에 쓸까? 다 생각해둔 게 있지. 갈아서 꿀에 타 먹거나 잘 마른 솔잎 베갯잇에 넣으면 고혈압에 좋다는 글을 어디서 봤거든. 고혈압으로 몸도 마음도 고생하는 한 사람이 늘 마음 쓰였는데 그이한테 주련다.

바늘처럼 얇은 솔잎 하나하나 다듬는다. 솔잎 끝에 있는 작은 껍질을 벗기느라 시간이 얼마나 걸리던지. 다듬는 정성까지 더해지면 고혈압 다스리는 데 보탬이 되려나. 껍질 벗긴 솔잎은 깨끗이 씻어 바싹 말린 다음 믹서에 갈았다. 조금 남긴 건 베갯잇에 쓰게끔 얇은 망에 넣었고.

솔잎 따기부터 다듬고 말리고 가루로 내기까지 몇날 며칠이 걸렸다. 솔잎 가루를 건네면서 당부를 되풀이했다. 깊은 산속에서 막 솟아난 솔잎으로 만들었으니 꼭 잘 챙겨 먹으라고. 우리 부부의 몸 정성 마음 정성이 어느 때보다 솔찬히 들어간 솔잎 가루약, 잘 먹고 있을까? 아줌마 잔소리처럼 들릴까 봐 그 뒤로 물어보지 못했지만 늘 궁금하다.

바늘처럼 얇은 솔잎을 하나하나 다듬어
고혈압에 좋다는 가루약을 만든다.

'귀신새' 이름값 톡톡히 한 호랑지빠귀

외로움 덜어준 혜워니새와 이삐요새

산 밑에 사니 날마다 새와 만난다. 물까치, 곤줄박이, 박새, 꾀꼬리, 물떼새, 꿩, 그리고 하늘 높이 고고히 떠 있는 매…. 이른 아침 온 천지에서 울어대는 새소리에 잠을 깨고, 화장실 작은 창문 너머로 들리는 짹짹 소리에 큰일 시원하게 마치고, 토마토 버팀대 차지한 새 무리들이 반가워 살짝 다가서고. 운 좋은 날은 '딱딱딱딱' 밤나무 쪼는 오색딱따구리도 만날 수 있으니 새소리에 젖어 사는 산골 음악관이 따로 없다.

밤에 다가오는 소리는 좀 다르다. '소쩍 솟쩍' '부웅 부엉.' 모습을 본 적은 없지만 소쩍새와 부엉이 소리가 밤하늘 타고 올 때면 아련하고 쓸쓸한 느낌에 젖는다. 그리고 또. 듣자마자 무서움에 벌벌 떨었던 바로 그 소리! "휘이 호오, 히—." 봄을 앞둔 어느 밤 귀를 가르듯 끊임없이 울리는 소리에 소름이 쫙 돋았다. 귀신 소리 같아서 나가지도 못하고 겁에 질렸으니. 기이한 그 소리는 자주 이어졌다. 귀에 익으니 무서움도 덜하고 그제야 새 울음소리일지 모른다는 생각이 들었다. 꼭 알고 싶었다. 저 소리의 주인공을. 온갖 새 소리 듣고 또 들어본 끝에 드디어 찾아냈다. 바로 호랑지빠귀였다. 이름만큼은 알고 있었는데 그 소리가 이럴 줄이야 정말 몰랐지.

호랑지빠귀는 워낙 처연하게 울어서 무슨 한이라도 쌓였나 싶지만 실은 암수가 짝짓기 하며 내는 소리다. 하필이면 깜깜한 밤에 그 소리를 처음 들어 귀신 어쩌고 하는 생각을 했지, 새 소리라 여기고 귀를 맡기니 깊고 맑게 들린다. 알고 보니 나만 어리석은 건 아니었다. 어느 아파트 단지 사람들이 밤마다 귀신 흐느끼는 소리에 난리가 났단다. 급기야 경찰에 신고까지 해서 끝내 새소리라는 걸 알아냈다나. '귀신새'라고도 한다더니 이름값 한번 톡톡히 한 셈. 번식을 앞두고 짝짓기 신호를 낸 것뿐인데 나도 사람들도 그걸 몰라 괜스레 마음고생만 했지.

나에게 힘을 준 혜워니새와 이삐요새

호랑지빠귀처럼 남다른 소리를 던지는 새가 또 있다. 민요 '옹헤야' 가락을 꼭 닮은 검은등뻐꾸기다. "호호호호" 하고 울면 나도 모르게 "옹헤야~" 맞받아치며 어깨를 들썩인다. 밭에 있을 때 저 소리를 만나면 힘이 불끈불끈 난다. 가까이서 보진 못했지만 소리만으로도 나에게 힘을 주는 그래서 더 마음이 가는 새다.

새소리에 얽힌 조금 우스운 이야기 하나. 어느 날 꾸역꾸역 밭을 매는데 어디선가 "혜워니, 혜워니" 하는 소리가 들렸다. 누가 나를 부르지? 아무도 없다. 이상하다, 분명 내 이름을 불렀는데. 무심결에 하늘을 보니 새가 있다. 설마 새가? 다시 또 들리는 소리 "혜워니, 혜워니." 밭일에 지쳐 헛소리를 듣나, 궁금해서 안 되겠다. 옆지기를 불렀다. 자기도 '혜워니'처럼 들린다네. 거기에

박자라도 맞추듯 연이어 들리는 또 다른 소리 "이뻐요, 이뻐~." 그날부터 우리 부부한테 그 새들은 '혜워니새'와 '이뻐요새'가 되었다.

산길에서 만난 깃털. 얼룩무늬는 꿩일 텐데 나머지 깃털은 어느 새가 떨구고 갔을까.

나중에 새 이름을 알아보니 혜워니새는 '흰눈썹지빠귀', 이뻐요새는 '되지빠귀'였다. 참 이상하지. 진짜 이름을 안 뒤론 그 새가 나타나도 '혜워니'처럼도 '이뻐요'같이도 들리지 않았다. 많은 새소리 가운데 하나로 들릴 뿐. 모르는 게 약이었을까. 어쩜 그때보다 덜 외로운 걸지도 모르고. "혜워니, 혜워니~" "이뻐요, 이뻐~" 산골살이 외로움에 젖어 있던 나를 반갑게 불러주던 그 소리를 다시 꼭 만나고 싶다.

창밖으로 수십 마리 새가 한꺼번에 날아든다. 그 가운데 혜워니새와 이뻐요새도 있을까. 내 마음을 담아 새들한테 노래 한 곡 띄운다. "날아가는 새들 바라보면 나도 따라 날아가고 싶어, 파란 하늘 아래서 자유롭게 나도 따라 가고 싶어~♪"

어른을 위한 행복한 자연놀이

꽃왕관 쓰고 꽃반지 낀 생일잔치

태어나 처음으로 꽃왕관을 썼다. 오월 황금연휴에 찾아온 두 여자가 함께 만든 작품! 어쩌다 보니 연휴에 내 생일이 껴 있었고 때맞춰 온 두 사람이 마음을 모아 깜짝 선물로 만들어준 것이다. 마당에 피어난 애기똥풀꽃, 토끼풀꽃이랑 이 풀 저 꽃 엮어 만든 꽃왕관, 그리고 토끼풀꽃 반지. 너무 예뻐서 놀라고 그 마음에 감동했다.

어릴 때부터 꽃으로 노는 일은 해본 적이 없다. 시시하게 여겼다고나 할까. 그런데 꽃왕관 쓰고 보니 다음엔 나도 해보고 싶

이 꽃 저 풀 엮어 만든 꽃왕관 쓰고 꽃반지 끼고 행복한 생일잔치를 벌인다.

다. 하루 만에 시들긴 했지만 받았을 때 두근두근 설레고 행복하던 그 마음을 다른 누군가한테도 꼭 안겨주고 싶어서.

꽃왕관 받고 며칠 뒤 고사리랑 취 뜯으러 산으로 갔다. 고사리가 잘 보이지 않고 몸도 힘들어 심드렁하니 앉아 있는데 저기 떨어져 있던 옆지기가 불쑥 다가온다. 생일 선물이라며 '나물꽃다발'을 턱 안기네. 고사리랑 커다란 취가 어우러져 단아하고 고운 자태가 흠뻑 묻어난다. 연애할 때부터 꽃다발 절대 사지 못하게 했더니 답답해하면서도 그 부탁 잘 지키던 사람이 산골에 와서야 첫 꽃다발을 안겨주네. 세상 어떤 꽃다발보다 멋진 나물 다발 앞에서 고맙고 기쁜 마음에 뭉클해진다.

자연놀이는 아이들한테만 어울리는게 아니다. 삶이 팍팍한 어른들도 마음을 어루만지고 활짝 열게도 해주는 자연놀이가 필요하다. 어른들을 위한 행복한 자연놀이, 앞으로 하나둘 더 찾아봐야겠다. 나를 위해 그리고 또 다른 어른들을 위해.

행운은 이런 것! 사랑 넘치는 토끼풀밭

자갈 깔린 마당 한 귀퉁이에 토끼풀이 사랑 모양처럼 예쁘게 뭉쳐 있다. 일부러 토끼풀 화단이라도 만든 것처럼 모여 있지 않았으면 김매기 때 다들 뽑힐 신세였을 텐데. 네잎클로버라고도 불리는 토끼풀. 혹시나

네잎클로버 없어도 좋아.
날마다 토끼풀밭 볼 수 있는 게 바로 행운이니까.

싶어 행운의 네잎클로버를 찾아보지만 역시나 없다. 그래도 좋다. 사랑 넘치는 고운 모습으로 저절로 생겨난 토끼풀밭 날마다 볼 수 있는 것. 그게 바로 가장 특별한 행운인걸!

2장

여름이 주는 행복

잠시만 서 있어도 어질어질한 한낮 열기를

풀과 나무는 아스팔트처럼 밖으로 내뿜는 게 아니라

그대로 제 안에 품고 있는 게야.

받은 만큼 튕겨내지 않고 받은 것들 제 것으로 끌어안는 자연….

딸기 맛이 짭짤해요!

"아름다워서 너무나 슬픈 이야기~♪"

딸기밭이 온통 푸르스름하다. 드문드문 남은 흰 꽃 사이로 푸른 열매가 조롱조롱 맺혔다. 꽃이 열매로 막 바뀌는 모습도 눈에 띄니 그저 경이로울 뿐! 딸기 잎과 열매에서 뿜어나오는 연둣빛 생명력에 눈도 마음도 벅차오른다. 빨갛게 익은 딸기 처음 따 먹을 그날을 고대하며 딸기밭을 보고 또 본다.

드디어 딸기밭에 붉은빛이 돌기 시작했다. 익었을까, 익었다! 몇 개 되지 않는 딸기가 먹기에 아깝지만 맛이 궁금해 참을 수가 없다. 경건한 마음으로 하나하나 고이 딴다. 작고 딴딴한 딸기를 떨리는 손으로 나르고 씻고 입에 넣기까지 짧고도 길었던 시간.

새하얀 꽃이 빨간 열매가 되기까지, 딸기가 지나온 삶이 참 용하다.

"어머나? 딸기 맛이 짭짤해! 간이라도 쳤나?" 살짝 베어 물면 짭짤한 맛이 먼저 다가오고 곧이어 달큼 시큼한 맛이 상큼하게 뒤따라온다. 과일 농사짓는 분들이 가끔 '과일에 간이 잘 들었다'고 하던데 바로 이 맛이었나?

딸기밭이 찬란하게 아름다운 순간

지난봄 채소들 밭은 새싹 소식조차 없을 때 딸기밭에는 꽃이 피었다. 겨우내 누렇게 시들어 있던 딸기밭. 다년생이라 다시 날 거라고 머리로는 알고 있지만 보기 전까진 믿기지가 않았다. 봄이 오고 시든 잎과 줄기 사이로 초록빛 잎들이 삐죽삐죽 보일 때도 여전히 미심쩍었다. 그러다 느닷없이 주르륵 핀 하얀 딸기꽃. 누가 그랬지, 봄꽃은 마치 혁명처럼 갑자기 찾아와 순식간에 퍼진다고. 작은 딸기밭도 딱 그 이야기처럼 삽시간에 하얗게 물들었다.

딸기의 삶이 참 용하다. 갈색으로 시든 잎과 줄기는 죽었다고 봐야 맞을 듯한데 어떻게, 언제부터 새로 뿌리를 내렸을까? 그것도 추운 겨울까지 지내면서. 초록 잎사귀와 흰 꽃 아래로 비쩍 마른 갈색 잎사귀에 자꾸만 눈길이 간다.

'시간이 지나면 저 잎사귀마저 사라져 흙과 한 몸이 되겠지. 아직 빨간 열매는 없지만 삶과 죽음이 함께 어우러진 지금이 딸기에게 가장 찬란하게 아름다운 순간이 아닐까.'

혼자 아릿한 마음 안고 돌아오기도 여러 번. 피었다가는 지고 졌다가도 다시 피어나고. 끊임없이 되살아나는 딸기를 보며 자연스럽게 산다는 게 무언지, 어떻게 살아야 자연스러운지 조금은 느껴지는 것 같았다. 언제 들어도 아련하게 다가오는 이 노래처럼. "봄날은 가네 무심히도 꽃잎은 지네 바람에, 머물 수 없던 아름다운 사람들… 봄은 또 오고 꽃은 피고 또 지고 피고 아름다워서 너무나 슬픈 이야기…♪"

누런 잎 진 자리에 파릇한 새잎이 나고, 새하얀 꽃 진 자리에 푸릇한 열매가 열리고, 다시 그 열매가 빨갛게 익기까지…. 잘 익은 딸기 한 알에는 딸기가 지나온 한해살이가 고스란히 담겨 있다. 딸기가 지나온 시간에는 그 모습을 애틋하게 바라본 내 마음도 함께 들어 있을 테지? 야무지게 짭짤한 맛이 든 것도 그 남다른 역사 때문이 아닐지. 사 먹는 딸기랑 맛에 차이가 나는 것도 마찬가지고. 왠지 이제부터 딸기 맛은 '짭짤하게 달다'고 말하고 다닐 것만 같아. 그 맛이 너무 진하게 남아서 전에 먹던 딸기 맛이 하나도 생각나지 않는 바람에.

오디 따러 '오디'로 갈까?

꼬마수박 대신 으름이랑 산딸기

까무잡잡한 뽕나무 열매 '오디.' 이름이 쉽고 재미나서 가끔 장난을 친다. '오디 따러 오디로 갈까나. 오디는 오디서 먹지?'

살짝 달고 시큼한 야생 오디. 몇 알만 따도 손이 보랏빛으로 물든다.

앞산 비탈진 곳에 뽕나무 한 그루가 서 있다. 거무스름한 것들이 보인다. 오디가 익었나 보다. 비 오면 막 떨어질 텐데 그전에 따야지. 뽕나무까지 가는 길이 좀 험하다. 눈앞 가리는 덤불을 헤치며 간신히 닿은 나무 아래. 고개를 드니 익은 것보다 덜 익은 오디가 많다. 기왕 나선 발걸음 그냥 돌아올 순 없지. 손에 닿는 나뭇가지 꾸역꾸역 끌어내려 고개 바짝 치켜들고 오디를 딴다. 어느새 손이 보랏빛으로 물든다.

포도 빛깔 닮은 오디 한 알 입에 넣으니 조금 달고 살짝 시큼하다. 야생에서 자란 산뽕 맛이다. 시장에서 파는 오디는 개량종이 많은데 알이 무척 굵고 맛도 약간 싱겁게 달다. 산골에 저절로 난 오디에 흠뻑 맛이 든 나머지 굵고 큰 오디는 눈에도 입에도 덜 찬다. 오디는 그냥 먹어도 맛있지만 설탕에 재면 다양한 산골 여름 간식을 만날 수 있다. 시원한 물에 탄 오디음료수, 언 우유 갈아 만든 오디 팥빙수는 한여름 찾아오는 손님들한테 최고 인기. 오디만 얼려서 얼음과자처럼 먹어도 색다른 즐거움을 안겨준다. 뜨거운 여름 공짜로 맛보는 오디가 있어서 과일 사러 시장 갈 일이 없구나.

수박 없어도 좋아, 복분자랑 산딸기가 있으니까

수박 농사 참 어렵고도 재밌다. 탁구공처럼 작은 수박 열매를 처음 봤을 때 어찌나 앙증맞은지 '꺄아!' 소리를 질렀다. 그때만 해도 이 수박이 축구공처럼 크게 자랄 줄 알았지. 하지만 야구공만 해졌을까 싶을 때 자라는 걸 딱 멈췄다. 그래도 수박이라고 시원하게 달짝지근한 꼬마수박은 꼬마 조카들 눈과 입을 한껏 기쁘게 해주었지.

탁구공보다 조금 큰 꼬마수박. 꼬마 조카들 눈과 입을 한껏 기쁘게 해주었지.(왼쪽)
산딸기를 칡잎에 얹으니 세상에서 가장 달콤하고 멋진 과일 접시가 되었다.(오른쪽)

한두 개 간신히 열리는 꼬마수박으로는 양에 안 차니 수박 속처럼 빨간 과일 찾아 산으로 떠난다. 빨간 몸에 하얗게 분칠한 듯한 무성한 가지들이 대뜸 가로막는다. 사람 없는 곳에 더 많이 보이는 복분자다. 나뭇가지에 돋아난 가시가 무척 날카롭기에 열매 딸 때도 그냥 지나칠 때도 조심해야만 한다. 가시에 찔려가며 어렵게 딴 검붉은 복분자. 남자한테 참 좋다는 어느 광고가 떠올라 웃음이 난다. 새콤달콤한 이 열매로 술이든 잼이든 만들고 싶어도 양이 얼마 되지 않아 맨입에 쏙 털어넣는다.

덜 익은 복분자랑 살짝 비슷한 산딸기도 눈에 들어온다. 바닥에 깔린 뱀딸기랑은 달리 나무에서 자라는 딸기다. 작은 알맹이가 좌르륵 붙어 있는 둥글둥글 귀여운 열매. 넓은 칡잎에 얹으니 세상에서 가장 달콤하고 멋진 과일 접시가 되었다.

검은 씨 바나나? 으뜸 여름 간식 '으름'

산골에도 바나나가 열린다. 그 이름도 재미난 으름. 조선바나나라고도 부른다. 한여름 계곡을 따라 걷다 보면 흐드러지게 늘어진 덩굴 아래 쫙 벌어진 허연 열매가 보인다. 동글 길쭉한 게 작은 바나나처럼 보이기도 한다. 저 높은 데 있는 으름 덩굴을 긴 나뭇가지로 좌악 내려 열매를 딴다. 타잔놀이라도 하듯 재미는 있지만 덩굴이 높아 많이 따기가 쉽지 않다.

재밌고도 어렵게 딴 으름을 물큰 씹으니 달다. 은근하게 퍼지는 이 단맛은 설탕 맛도 아니요, 바나나 맛도 아니니 바로 으름 맛이다. 땀 삘삘 흘리며 걷다 배 살살 고파오는 때, 으름 몇 개 까먹으니 목마름도 달래고 배고픔도 사라진다. 산골에서 만나는 으뜸 여름 간식이 아닐 수 없다. 다만 까만 씨가 엄청 많아서 하나하나 뱉어야 하니 수고를 조금 들여야 제대로 맛볼 수 있는 과일이다.

이름도 맛도 특별한 과일에 욕심이 생긴다. 잘 익어 쩍쩍 벌어진 것, 덜 익어 꽉 닫힌 것까지 열심히 따서 집으로 배달. 익은 건 그냥 먹기도 하고 열매만 발라서 냉동실에 보관한다. 재밌게 맛날 으름 얼음과자를 기대하면서. 껍질이 벌어지지 않은 으름으론 술을 담근다. 조선 바나나로 만든 술맛, 기대하시라!

으름 가까이에 물 좋아하는 다래덩굴이 더러 보인다. 봄에는 다래순 따다 묵나물을 만들기도 했는데 열매를 만나니 참 반갑다. 작고 동글동글한 다래. 주로 험한 자리에 나서 따기가 만만치 않다. 한번은 옆지기가 닿을 듯 말 듯한 다래덩굴에 아슬아슬 매달렸다가 주르륵 미끄러져 손을 다치기도 했다. 그 손 낫느라 꽤 오래 걸린 아픈 추억 때문인지 다래에 끌리는 마음은 쉽게 접는다. 바라보는 것으로 만족하고 돌아서는 길. 다래랑 짝꿍처럼 통하는 머루도 보고 싶지만 아쉽게 단 한 그루도 만나지 못했다.

덩굴에 달린 조선바나나 으름. 은근하게 퍼지는 단맛이 서양 바나나와 다르다.

까맣고 둥근 까마중, 스님 머리를 닮았나?

까맣고 동그란 열매 까마중. 스님 머리를 닮았다고 이름이

동글동글 까만 열매. 파르라니 깎은 스님 머리랑 닮았다고 이름도 까마중이다.

'까마중'이라나. 텃밭에서 저절로 자란 까마중. 이름처럼 까맣게 익은 열매를 몇 알 땄다. 가까이서 보면 스님 머리랑 비슷해 보이기도. 맛을 보니 조금 달고 그보다 조금 시다. 포도 맛 닮은 것도 같고 오디 맛 비슷도 하고. 풀에 달린 작은 열매지만 과일 먹는 기분이 난다. 인공 단맛을 몰랐던 때에 먹었더라면 아마 "아, 달고 맛있다" 하면서 먹지 않았을까.

까마중 네 알에 혓바닥이 검붉다. 마치 상어 이름 딴 어느 얼음과자 먹을 때처럼. 먹을거리 귀하던 시절에는 까마중도 허기 달래는 데 요긴하게 쓰였다던데. 특히 아이들은 까마중 먹고 서로 혀를 내보이며 누가 더 까만지 내기 하며 놀았을 것도 같다. 한 번에 많이 먹으면 좋지 않다고 하니 오늘은 네 알만 맛본다. 뿌리부터 줄기, 잎, 열매까지 두루 몸에 좋다는 까마중. 내일부터 한 알 한 알 귀하게 따 먹어볼까. 부르면 부를수록 정이 붙는 이 풀을 날마다 보고 먹을 수 있는 것. 산골살이가 안겨준, 꼭 까마중 열매처럼 작지만 찐한 행복이어라.

당근밭 고라니 습격 사건!

과일 부럽지 않은 어린 당근

당근잎이 길쭉길쭉 자란다. 씨를 흩뿌려서 촘촘하기 이를 데 없다. 슬슬 솎아줄 때가 되었다. 찰랑찰랑 긴 머리처럼 풍성한 줄기를 쑥 뽑으니 곧게 뻗은 가느다란 당근이 따라 나온다. 딱 요만치 자랄 때를 기다렸노라. 물에 씻어 냉큼 입으로. 입에 쏙 들어가는 앙증맞은 크기에 아삭하고 적당히 달고. 여느 과일 부럽지 않다. '단 뿌리'여서 '당근'이라더니 그 말이 딱 맞는 듯. 배고팠던 찰나에 훌륭한 간식이 되었구나.

긴 줄기에 따라 나오는 어린 당근. 아삭하고 달아서 여느 과일 부럽지 않다.

당근이 빽빽하게 자라면 어린 당근 양껏 먹을 수 있어서 좋다. 사람들 찾아올 때는 간식으로도 과일안주 대신으로도 인기 만점이고. 당근이 크고 튼실하게 자라도록 한꺼번에 솎아서 옮겨 심어야 제대로 된 농사일 텐데. 어린 당근 솎아 먹는 재미에 빠져 당근 농사를 알차게 지어

보질 못했다. 아무래도 '어린 당근' 농사로 바꿔야 할까 봐. 당근들아, 지금 그대로도 숨쉬기 괜찮겠니? 아님, 옆으로 자랄 수 있도록 빈틈을 만들어 주어야겠니?

온통 파헤쳐진 당근밭, 누가 이랬을까?

아침에 당근밭이 온통 파헤쳐진 것을 보고 깜짝 놀랐다. 당근 줄기 잘라 먹은 흔적과 발자국으로 범인은 백 퍼센트 고라니라는 걸 확인! 현관문에서 다섯 발자국만 가면 되는 당근밭을 습격하다니…. 다행히 줄기만 먹고 뿌리는 남겼는데 그 와중에도 맛난 당근은 왜 안 먹었는지 궁금해진다.

고라니 습격 사건 덕분에 어쩔 수 없이 반 정도를 이르게 수확했다.

고라니 습격 사건 덕분에 어쩔 수 없이 당근밭 반을 이르게 수확했다. 게으른 텃밭 농부 일감을 고라니가 줄여준 셈? 좀 더 자랐으면 큰 당근도 될 수 있었을 텐데 조금 아쉽다. 뿌리라도 남겨준 고라니를 미워할 수도 없고. 그러고 보니 전에는 당근 새순 나자마자 고라니가 모두 드셔서 아예 건질 게 없었더랬지. 그때 견주면 훨씬 낫다고 마음 달래는 수밖에 없겠군. 그나저나 아직 당근이 반은 남았는데 고라니가 또 오려나? 배고픈 고라니한텐 참말로 미안하지만 우리한텐 귀한 저장 채소인지라 더 양보해주고 싶지가 않네. 자그맣게 자란 당근도 맛나고 좋지만 농부가 누릴 수 있는 가장 큰 기쁨이자 보람은 제 양껏 튼실하고 듬직하게 자란 수확물을 바라보는 일 아니겠나. 아직 농부 발끝에도 못 미치는 나지만 그 작은 기쁨을 고라니한테 마저 빼앗기고 싶진 않구나.

모자랐기에 필 수 있는 '당근꽃'

당근밭 아닌 자리에 당근꽃이 하얗게 피었다. 지난해 당근 기르던 자리에서 어쩌다 떨어진 씨가 뿌리를 내렸나 보다. 당근꽃 피기 전 저절로 자란 당근 맛이 궁금해 한두 개 먹어보았다. 맛도 없고 질겼다. 거저먹을 욕심 갖지 말라고 일깨우려는 듯 입맛 거친 당근을 퉤 뱉었지. 한 해 지나 다시 태어난 당근은 먹을 만하지 않다는 걸 그때 알았다.

먹을 수 없으니 쓸모없어진 당근. 몇 개 안 되기에 굳이 뽑을 필요도 없어 무관심하게 놔두었다. 그러던 어느 순간 당근꽃이 활짝 핀 것을 보았다. 처음 보는 꽃. 혼인식 때 쓰는 꽃다발처럼 눈부시게 아름다운 자태에 눈길을 뗄 수가 없다. 사람 먹을거리로 쓸모없게 된 덕에 저리도 환하게 피어난 당근꽃. 살아가는, 살아 있는 모든 것들에 의미가 있음을 대신 말해주는 것만 같다. 모자람이 있기에 다른 무엇이 그 자리를 채우게 되는 거라고, 모자란 나를 다독여주는 것만 같다.

혼인식 때 쓰는 꽃다발처럼
눈부시게 아름다운 당근꽃.

마늘쫑 뽑기도 무침도 모두 '쫑!'

2년을 기다린 만남, 마늘과 양파

비실비실 마른 줄기 사이로 여봐란듯이 비쭉 솟아난 마늘쫑. '마늘종'이 표준어라지만 나는 '마늘쫑'이 더 살갑고 좋다. 마늘의 꽃줄기를 한 손으로 잡고 뽑으면 '쫑!' 하는 소리와 함께 가늘고 길쭉한 마늘쫑이 쏙 올라온다. 뽑힌 자리에 구멍이 쫑 생기면서 쫑쫑 빠져나오는 마늘쫑 뽑기가 참 재밌다. 일이 아니라 거의 놀이 수준이다.

마늘밭 세 골에 있는 거 죄 뽑아도 양은 고만고만하다. 일도 줄고 좋지 뭐. 뽑았으니 뭐라도 만들어야지? 점심 반찬으로 볶음 먼저 해본다. 살짝 매콤하게 야들야들한 마늘쫑 볶음은 언제 먹어도 일품이야. 볶음은 맛보기였고 본격으로 마늘쫑 무침을 해볼까.

칼부터 잡자. 가는 줄기가 이리 휘고 저리 휘어서 단정하게 썰기가 어렵다. 시장에서 파는 건 길고 굵게 죽 뻗었던데 우리 마늘쫑은 왜 이럴까. 써는 데 은근히 시간이 걸려서 살짝 당황했다. 다 썬 마늘쫑을 슬쩍 데친다. 김치처럼 두고 먹을 거니 많이 익히면 곤란해. 데친 걸 찬물에 씻어 건진 다음 고추장, 국간장, 매실액, 물엿, 마늘 넣고 팍팍 무친다. 보기에도 먹음직스런 한여름 대표 밑반찬 마늘쫑 무침 완성! 새콤 달콤 매콤한 맛이 참 좋다. 무더운 여름 입맛 떨어질 때 마늘쫑무침 하나만 있어도 밥 한 공기 싹 비울 수 있겠다.

마늘의 꽃줄기를 뽑으면 '쫑!' 소리와 함께 길쭉한 마늘쫑이 퐁퐁 빠져나온다.

이로써 마늘쫑 뽑기도 무침 만들기도 모두 쫑! 역시 '쫑'은 정겨운 말이야. 오늘은 두 가지나 쫑을 냈으니 푹 쉬어야지.

"마늘망, 양파망 안에서 편히 쉬소서."

지난해 11월부터 햇수로만 2년을 기다린 마늘과 양파를 뽑았다. 양파는 뿌지직 소리를 내며 잘 뽑힌다. 마늘은 땅이 말라 그냥은 꿈쩍도 안 하니 삽질로 한바탕 들썩여주고 뽑는다. 한여름 저녁에 만나는 수확의 기쁨이 남다르다. "마늘아, 고마워. 양파야, 애썼어." 허연 양파가 땅 위로 볼록볼록 솟은 모습이 꼭 아기 볼기짝처럼 귀여워 막 매만진다. 흙 묻은 양파도 마늘도 예쁘기만 해서 가끔씩 볼에 부비며 느릿느릿 앞으로 나아갔다.

뽑을 거 다 뽑고 줄기도 자르고 했는데 시간이 많이 걸리지 않는다. 빨리 끝나서 좋아했더니만 모아놓은 양이 슬쩍 허탈하다. 특히 양파가 참 적다. 눈짐작으로 보건대 이 정도면 시장에서 2~3만 원어치쯤 될까 싶다. '모종 값만 만 원도 더 들었는데. 추위 이겨내라고 뿌려준 왕겨 값도 안 나오겠네.' 얼치기 텃밭 농부

입심만 진짜 농부님 따라 하는 모양새라니. 그러고 흰소리하고 있는 내가 스스로도 좀 어이없다.

자, 다시 마음을 원위치로 돌려놓아야지. 일 년도 아니고 무려 이 년을 기다린 만남인데. 게다가 크고 토실토실한 것도 적잖이 보이고. 게으른 농부 만나 이만큼이나 자라준 것만 해도 얼마나 대견하고 고마운지 누구보다 잘 알잖아, 바로 내가! 메마른 땅과 이별하고 이제는 우리 부부랑 날마다 만나게 될 마늘과 양파. 한 알 한 알 먹을 때마다 고마운 마음 잊지 않고 떠올리도록 해야지.

허연 양파가 땅 위로 볼록볼록 솟은 모습이 꼭 아기 볼기짝처럼 귀엽다.

그건 그렇고 땅에서 나온 마늘이랑 양파가 볼수록 예쁘다. 눈에 양파깍지 마늘깍지라도 씌었나? 자꾸 만져주고만 싶은데 매워서 참는다. 대신 고마운 마음 담아 인사라도 드려야겠다. "마늘님, 양파님! 추운 겨울 이겨내고 목마른 가뭄도 버텨내어 튼실하고 건강한 모습으로 만나주셔서 참으로 진실로 고맙습니다! 저희를 위해 내어주신 귀한 생명 몸으로 마음으로 소중히 모시겠나이다. 제 아무리 뜨거운 여름도 양파님 마늘님 힘으로 잘 버틸 수 있을 겁니다. 좀 불편하시더라도 오래가려면 이게 최선이니 마늘망, 양파망 안에서 편히 쉬소서."

"감자에 싹이 나고 잎이 나서 묵찌빠!"

소금 안 쳐도 짭짤한 하지 감자

감자싹이 쫙 올라왔다. 언제 나오실까 기다린 때가 엊그제 같은데 어느새 감자밭이 푸르다. 씨감자가 백발백중으로 싹을 틔웠나 보다. 둥글넓적한 감자잎 향연을 보고 있자니 가위바위보 노래가 떠오른다. "감자에 싹이 나고 잎이 나서 묵찌빠, 가위바위보!" 문득 감자가 어쩌다 이 노래랑 얽히게 됐을지 궁금하다. 직접 확인해보기.

둥글한 감자는 주먹 모습이랑 비슷하니 '바위'! 감자에 삐쭉 솟아난 싹은 가위랑 닮았으니 '가위'! 통통하게 넓적한 잎은 손바닥이 생각나니 '보'! 아하, 이래서 감자가 이 노래 주인공이 되

삐쭉 싹 난 감자랑 넓적한 감자잎을 보니 '가위바위보' 노래랑 얽힌 까닭을 알 것 같다.

셨구나. 한데 '묵찌빠'는 감자랑 어떻게 이어지려나. '묵'은 '주먹'이랑, '찌'는 '씨'랑 비슷한 글자여서? '빠'는 손바닥 가운데 글자 '바'를 세게 발음해서? "감자에 싹이 나고 잎이 나서 묵찌빠! 가위바위보~♬" 감자싹 덕분에 당분간 이 노래 입에 달고 지내게 생겼네. 밭에 잠시라도 나오면 이렇게 재미난 일이 한두 가지씩은 생긴다니까. 이 맛 때문에라도 작은 텃밭 농사 포기하기는 쉽지 않을 듯.

못다 핀 감자꽃들, 미안하다

감자꽃이 폈다. 하얀 감자를 심었으니 하얀 감자꽃이다. 꽃을 보며 마음으로 입으로 흐르는 시. '자주꽃 핀 건 자주감자 파보나마나 자주감자, 하얀꽃 핀 건 하얀 감자 파보나마나 하얀 감자.' 권태응 시인이 쓴 시다. 『보리 어린이 노래마을』이라는 아이들 노래책으로도 나와 있고.

하얀 감자꽃을 보니 안타깝다. 감자로 갈 영양분이 꽃으로 가는 걸 막고자 마음껏 꽃피우기 전에 꺾어야 하므로. 잔인한 농사법이여, 사람이여…. 활짝 핀 감자꽃부터 작은 꽃망울까지 죄 딴다. 그냥 버리기 안쓰러워 접시에 담아 본들 꺾인 생명이 살아날 리 없지. 제사 지내듯 접시를 보며 미안한 마음만 전하고 다시 땅으로 보낸다. '이렇게까지 하면서 감자 농사 지어야 하나?' 고민하다가도 좀 더 굵은 감자를 얻을 욕심에 결국 작은 생명들을 꺾고야 만다. 못다 핀 감자꽃들, 미안하다.

감자에 본디 짠맛이 있었던가?

땅속에 비밀처럼 숨어 있던 감자를 캔다. 쏙쏙 드러나는 감자 신나게 줍다가 언뜻 껍질만 남은 시커먼 게 보인다. 씨감자다. 자기 모든 것을 자라는 감자한테 넘겨준 모습에 갑자기 뭉클. 나도 그럴 수 있을까. 스스로 밑알이 되어, 자라는 새싹들을 위해 내 한 몸 스러지는 그날까지 살아내는 것. 보이지 않게 땅으로 되돌아가는 것. 감자알 작다고 살짝 섭섭하던 마음이 씨감자 본 뒤론 싹 달아난다. 가뭄 때문인지 전보다 양이 적지만 고마운 마음으로 상자에 담는다.

자라는 감자한테 모든 걸 넘겨준 씨감자를 보며
나도 모르게 뭉클해진다.

드디어 햇감자 맛볼 차례. 제대로 입에 담으려면 단연코 쪄야지. 잘 익은 감자를 꺼내니 수더분하게 벗겨진 껍질과 그 사이로 드러나는 포실포실한 속살이 눈앞에 짜잔. 어라? 소금 하나도 안 쳤는데 짭짤하네. 감자에 본디 짠맛이 있었던가? 아님 가뭄에 애써 자라느라 저절로 짠맛이 든 걸까. 찍어 먹으려고 꺼낸 소금 다시 넣으며 혼자 어리둥절하다.

맛있게 간이 든 감자를 먹다가 불쑥 솟는 생각. '나도 참 용해. 오늘이 하지인 줄 몰랐는데 어떻게 알고 하지 감자 캘 생각을 다 했지? 누렇게 시들어 홀랑 누운 줄기가 꼭 캐달라고 하소연하는 듯해서 호미를 들었을 뿐인데. 우연일까? 아님, 철따라 살다보니 나도 모르게 철이 들기라도 했나?'

한동안 '가지가지' 하게 생겼다

가지 말리는 여자의 쫀득한 운명

여름 반찬의 백미 '가지'가 주렁주렁 열렸다. 조막만 하던 것들이 하루가 다르게 커진다. 드디어 때가 온 것이다. 여름 내내 '가지 말리는 여자'로 살아야 하는 운명의 그 시간이. 우리 부부 아무리 열심히 먹어도 몇 그루 안 되는 가지나무에서 쑥쑥 자라는 가지들을 싱싱할 때에 다 먹어치울 방법이 없다. 제때 먹지 않으면 썩고 물러지는 모습 속절없이 바라봐야 하는 쌈채소와 달리, 다행히 가지는 말려서 보관할 수 있는 고마운 채소다. '나 먹어 주세요' 말하는 듯한 길쭉 통통한 가지들. 게으르게 놔두었다간 어느새 딱딱해진다. 바로 먹든 썰어 말리든 일단 따야 된다.

한여름 채소 말리기는 봄, 가을보다 훨씬 어렵다. 바로 뜨거운 온도와 한 몸처럼 찾아드는 습기 때문. 특히 통통하니 물기 많은 가지는 이삼일 넘게 햇볕에 말려야 하는데 다 마르기 전에 하루만 비가 와도 곰팡이가 슨다. 가지 말리는 것도 때를 잘 타야 한다. 최소 이삼일은 비 없이 쨍쨍하다는 예보 정도는 등에 업고 시작해야 한다. 비 오는 하루 이틀 사이에 공든 탑 무너지기 십상이다.

같은 자리에서 시시각각 바뀌는 가지 모습이 꼭 예술작품이라도 보는 기분이다.

오늘내일 비 없이 맑다는 예보를 눈여겨보았다. 자기 전에 마음을 먹었다. 내일 아침 가장 먼저 가지를 말릴 것! 미리 따둔 가지를 아침 댓바람부터 썰어 해님께 맡겼다. 예보는 그르지 않았다. 뜨거운 여름 햇살에 쫀득쫀득해진 가지들을 더 잘 마르라고 하나하나 뒤집는다. 가지처럼 영양 많고 쫀득한 사람이 되고 싶다는 바람을 안고서. 연보랏빛 테 두른 하얀 가지랑 누런 대나무 발이 은근히 어울린다. 꼭 예술작품이라도 보는 기분. 같은 자리에서 시간에 따라 햇볕을 받은 그만큼 모습이 바뀌는 가지를 시시각각 보고 느끼기. 바로 요 맛에 가지를 말리는 것 같다.

은근히 손도 마음도 많이 가는 한여름 가지 말리기. 요 일이 귀찮거들랑 자주자주 날가지를 먹는 수밖에. 그래도 가지 말린 거 있으면 이 사람 저 사람 언제든 나눠줄 수 있고 한겨울에도 가지 반찬 만들 수 있으니 힘들어도 완전 포기는 못 함이야. 먹다 지치면 말리고, 말리다 지치면 먹고. 앞으로 한동안 '가지가지' 하게 생겼다! 긴 가뭄 거치고 튼튼하게 자라준 가지들한테 고마워서라도 올여름 곰팡이 슬어 눈물겹게 버리는 일 없이 가지를 잘 말려보리라. 딱딱해져서 버리는 일 없이 가지를 열심히 즐겁게 먹어보리라.

가지 하나로 행복한 여름 밥상

어제 썰어 말린 가지가 이틀 만에 거의 말랐다. 딱 하루만 더 말리면 완벽하겠는데 밤이슬에 눅눅해질 것을 막고자 망에 담았다. 내일 해가 나면 한 번 더 널어야지. 가지 말린 거 보관하기엔 양파망이 딱 좋다. 바람 솔솔 통하는 양파망은 쓰임이 참 많다. 서울 살 때 버리지 않고 모아둔 거랑 여기서 양파 사고 생긴 것들을 깨끗이 빨아서 다 보관하고 있다. 뭐든 말린 채소들은 거의 양파망에 담는다. 한 번 쓴 것도 구멍 날 때까지 계속 쓴다.

몽실하게 씹히는 가지무침, 고소한 가지부침으로 여름 밥상이 꽉 찬다.

가지를 기분 좋게 갈무리하고는 바로 가지밭으로. 하루 만에 또 자랐다. 자라는 속도가 참 대단하다. 갓 딴 가지를 날로 한입 베어 먹는다. 달큰한 과일처럼 맛있다. 입가심 마쳤으니 본격으로 반찬을 만든다. 먼저 가지 살짝 쪄서 무치기. 국간장, 식초, 매실액, 참기름 조금씩만 넣고 조물조물 무친다. 조금 싱겁게 하면 많이 먹을 수 있다는 말씀. 가지를 손으로 죽죽 갈라내니 두껍고 얇고 뭉개지고 모양이 제각각이다. 칼로 곱게 썰까 싶다가도 어릴 때 엄마가 하던 모습 그대로 따라 하고 싶어서 '앗 뜨거운' 가지를 계속 손으로 찢는다.

그다음 달걀 입힌 가지 부침. 보통은 기름 두르지 않고 소금 살짝 쳐서 프라이팬에 굽기만 한다. 그러면 가지 본연의 맛이 불의 도움을 받아 담백하고 그윽하게 올라온다. 구이와 부침은 확실히 다르더라. 기름과 달걀이 만나 만드는 그 맛의 세계는 역시 외면할 수도 비켜갈 수도 없는 진리. 물렁하게 씹히는 가지무침이랑 고소하고 담백한 가지부침 두 가지로 밥상이 꽉 찬다. 날마다 먹어도 질릴 것 같지 않은 이 맛. 당분간 날마다 가지를 따게 될 듯! 몽실 푸근하게 씹히는 가지 하나로 한상 푸짐히 차릴 수 있는 이 여름이 참 좋다.

가지가지 인생에 곰팡이님이 찾아오셨다!

가지 말리기 경력 4년. 다 말린 가지를 싸그리 버린 일은 처음이다. 이번 여름 애써 말린 가지들이 곰팡이한테 그만 점령을 당했다. 바싹 말려서 양파망에 담아 창고에 걸어둔 가지들. 드나들 때 한번씩 살피기도 했건만 오늘 들여다본 결과는 참혹했다.

곰팡이스런 빛깔이 슬쩍 보이기에 가지망 세 개를 꺼냈다. 그리고 보았다. 곰팡이에 완전 절은 가지들.

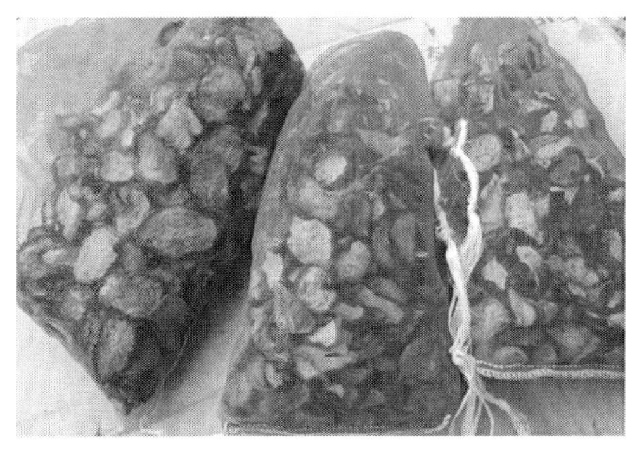

가지 담은 망 세 개를 꺼냈다. 그리고 보았다.
곰팡이에 완전 절은 가지들.

기가 너무 막혀 그런가 한숨도 나오지 않더라니. 지난 경험을 아무리 돌이켜봐도 이렇게 마른 가지가 상한 때가 없다. 지난해 말린 가지도 올봄까지 잘 먹었는데 왜 이번만? 모를 일이다. 바람 통하라고 양파망에 담는 것부터 다시 생각해봐야겠다. 고사리나 취나물처럼 비닐에 보관하는 게 맞는 걸지도.

농사는 제때 씨 뿌리고, 김매고, 거두어들이는 삼박자가 맞아야 한다. 아무리 잘 지은 농사도 갈무리를 잘못하면 말짱 도루묵일지니. "내가 왜 이러는지 몰라, 도대체 왜 이런지 몰라~♪" 나훈아 노래 '갈무리'는 무지 좋아하건만 농작물 갈무리는 왜 이리 서툴고 어설픈지. 그래서 먹음직스럽게 줄기에 매달린 가지들 앞에 두고 못난 소리를 했다. "니들 왜 또 자랐니? 도대체 나더러 어쩌라고!" 이래선 안 되는 줄 알면서도 이러는 내가 정말 싫으면서도 그 순간만큼은 정말 가지가 미웠다. 텃밭 농사 여럿 망쳐 안 그래도 기가 한참 죽어 있는데 그나마 잘됐다는 가지 말린 걸 싹 버린 어설픈 농사꾼. 작은 텃밭이 안겨주는 시련에 끝이 없도다. 곰팡이 슨 가지를 보며 멍했던 순간 잠시 궁금했다. 나는 지금 가지가 아까운 걸까, 가지 말리던 노동이 아까운 걸까?

그나저나 겨울 손님들 올 때 가지나물이 반찬 몫 톡톡히 하는데 고걸 못하게 될까 걱정이다. 아직 가지들이 힘차게 자라고 있으니 다시 말리면 될 일이지. 가지가지 인생에 어쩌다 끼어든 곰팡이님. 이제 더는 제발, 만나지 않게 되기를!

아쉬운 마음 달래주는 '대왕가지'

곰팡이 핀 가지를 폭삭 버리고 며칠 뒤, 헛헛한 마음을 달래고자 가지밭에 갔다. 며칠 새 쑥쑥 자란 보랏빛 무리가 반긴다. 우리들 계속 크고 있으니 속상해하지 말라는 듯. 그러다 엄청 큰 가지를 봤다. 대왕가지다! 길고 굵고 단단한 놈을 냉큼 따서 길이를 재니 사십 센티미터가 넘는다. 무게도 꽤 나갈 듯. 가지밭을 더 촘촘히 살피니 길쭉하게 큰 가지들이 많이 보인다. 가지가 본디 요로코롬 길게 자라던 것이었나, 아니면 요번 가지가 유독 잘 자라는 것일까.

가지로 아쉬운 마음 가지로 달래기부터 해보자. 대왕가지 탁탁 썰어 큰 솥에 찐다. 가지는 하나인데 다른 때 서너 개 찔 때랑 양이 비슷하다. 큰 값 톡톡히 하는군. 만질 땐 단단하게 느껴졌는데 속살은 말랑하다. 대왕가지 무침을 먹으면서 가지로 쓰렸던 속이 조금 물렁해진다. 기를 때 편했고 바로 반찬 만들기도 쉬웠던 가지. 용기가 생긴다. 가지가 삶을 마치기 전까지 다시금 '가지 말리는 여자'로 쫀득하게 살아보자!

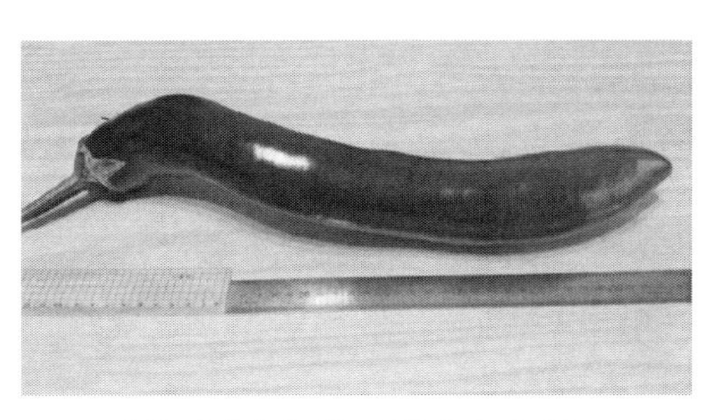

사십 센티미터 넘는 대왕가지 납시오~

난장판에서 살아남은(?) 토마토

"꺄악!" 알 없는 옥수수까지…

참외랑 수박 농사를 잘 못 짓는 우리 집. 토마토야말로 기르는 여름 과일(채소던가)로는 가장 기대주였다. 모종 갓 심을 때만 해도 버팀대 세우고 줄로 묶고 나름 마음을 썼다. 딱 그때까지만. 긴 가뭄과 장마가 지나고 시간은 흘러 토마토 먹을 때가 되었다. 그러나… 토마토밭이 풀로 한가득. 고무장화를 신어야만 갈 수 있다. 정말 난장판이 따로 없다.

그것뿐이었다면 그 정도만이라면 눈물 젖은 이야기가 나올 리 없지. 토마토 줄기가 땅으로 팍팍 스러지고 난리가 아니다. 하는 일마다 왜 이런지. 손바닥만 한 밭 곳곳에 사고투성이다. 정말 답답하고 한심스럽다. 이제라도 뭔가를 해야 할까 생각해보지만 이미 많이 늦은 것 같다. 뭘 어떻게 손봐야 할지 감도 안 오고 엄두도 안 나고. 그냥 두는 수밖에 없겠다고 마음 정리. 어차피 사람 손길 타지 않던 때에 토마토들은 저렇게 아래로 늘어진 채 자라지 않았을까 합리화를 하면서.

토마토, 방울토마토, 짭짤이 토마토까지. 한여름 토마토 실컷 먹어보려고, 잘되면 병조림도 해보겠다며 야심차게 여러 종류를 심었다. 그러나 주인 손길 덜 탄 시위라도 하는지 살아남았다는 토마토들이 성한 게 없다. 쩍쩍 갈라지고 무르고 군데군데 썩고. 속상한 마음 다잡고 애써 익은 토마토들을 딴다. 내년에는 이렇게는 살지 말아야지 다짐 또 다짐을 하면서. 그런데도 또 그럴 것만 같은 이 예감은 어쩔까나. 그냥 게으른 텃밭 농부의 정체성을 받아들여 자학하지 않고 맘 편히 사는 게 나으려나.

가녀린 옥수수야, 얼마나 힘들었으면…

가늘고 힘없이 자란 옥수숫대에 어찌어찌 열매가 열렸다. 바싹 마른 옥수수수염이 얼른 따라고 재촉한다. 딱 세 개 땄다. 올여름 첫 수확. 그나마 밭에서 열매가 가장 실했다. 아마 더는 이만한 옥수수를 만날 수 없으리. 떨리는 마음으로 옥수수를 따곤 껍질을 벗겼다. 바로 쪄야 최고의 맛을 만날 수 있으니.

작고 날씬하긴 해도 겉모습은 멀쩡했는데
옥수수 껍질 속에 알이 없다.

"꺄악!" 첫 번째 껍질을 벗기면서 비명을 질렀다. 작고 날씬하긴 해도 겉모습은 멀쩡했는데 알이 없었다. 눈으로 보면서도 믿기지 않았다. 속대는 만들었지만 수염과 껍질까지도 만들어냈지만 가장 중요한 알을 끝내 만들지 못한 옥수수의 여름살이. 얼마나 힘들었을까…. 두 번째 옥수수도 알이 없기는 마찬가지. 참말 다행히 성글긴 해도 세 번째에는 알이 있었다. 이것마저 빈 몸이었다면 그 처참함을 어찌 감당했을지.

빈 몸에 가까운 옥수수에 있는 알을 모두 떼서 저녁밥을 지었다. 눈물겹게 만든 옥수수밥. 맛있었다. 쌀이랑 옥수수가 같이 씹히는 맛이 참 좋더라. 어쩌면 처음이자 마지막이 될지도 모를 세 번째 옥수수도 쪘다. 바로 따서 바로 찐 옥수수만이 낼 수 있는 담백하게 달큰하고 고소한 그 맛! 마을 할머니가 주시는 옥수수도 시장에서 파는 것도 이 맛이 나지 않는다. 막 따서 막 찐 옥수수 양껏 먹고, 집에 오는 손님한테도 양껏 나눌 수 있는 여름을 올해는 비껴갈 수밖에 없겠다. 해마다 옥수수만큼은 괜찮았는데. 쪄 먹다 지치면 옥수수알 볶아 옥수수차도 만들고 풍성한 옥수수수염 말려서 차도 끓여 먹고 했지. 가장 튼실해 보였던 열매가 이 지경이니 나머지 옥수수는 애처로워 차마 쳐다보지도 못하겠다.

옥수수밥에 옥수수로 저녁을 먹은 뒤 마을 아저씨가 불쑥 찾아오셨다. 선물이라면서 옥수수 담긴 비닐을 주신다. 올해 농사 괜찮게 되셨단다. 그래! 옥수수는 이런 모습이지. 내일은 선물받은 걸로 제대로 된 찐 옥수수를 맛보련다. 빈 속대 깨끗이 씻어 팔팔 끓인 물도 먹어야지. 그 물이 이에 좋다고 하니까. 옥수수 농사는 물 건너갔지만 마을 분들 덕에 더러더러 구경은 할 수 있을 것 같으니 힘을 내자. 슬플 때도 노래는 나의 힘. 슬픈 옥수수 속대를 바라보며 옥수수로 슬픈 마음 날려 보낸다. "우리 아기 불고 노는 하모니카는 옥수수를 가지고서 만들었어요. 도레미파솔라시도 소리가 안 나 도미솔도 도솔미도 말로 하지요~♬"

'엄마야, 호박밭에 뱀 나왔다!'

벌레천국 산골에서 살아남기

호박밭에 쌀뜨물을 주는데 어디선가 '삐리삐리' 비스무리한 소리가 난다. 몇 차례 더 들리기에 개구리인가 했지. 그러다 보고야 말았다. 호박잎 아래 또아리 틀고 있는 뱀. '엄마야, 뱀 나왔다! 난 장화도 안 신었단 말이야.' 도망치듯 밭에서 뛰어나왔다. 당장 집 안으로 들어가 하소연. "어떡해! 호박밭에 뱀 있어. 거기서 사는 거면 어떡해, 마당하고 가까운데…."

나는 뱀이나 쥐를 보았을 때 스스로 아무것도 하지 못한다. 산골에서 계속 만나야 할 동물들인데 무서운 걸 어떡해. 하소연 들은 옆지기가 농기구 하나 들고 성큼성큼 밭으로 간다. 다른 곳에 던지기라도 해야겠다면서. "제발 조심해, 꼭꼭 조심해." 어설픈 응원 한마디 던지곤 저만치 떨어진 데서 호박밭을 바라보았다. 다행히 작고 얇은 뱀이다. 자꾸자꾸 옆으로 도망을 간다. 휴우, 도망가는 걸 보니 독사는 아닌가 보다.

며칠 뒤 다시 또 뱀이 나타났다. 이번엔 다른 자리. 훤히 드러난 밭에 당당히 멈춰 있는 저 뱀, 움직이질 않는다. 저번보다 더 크기까지. 겁에 질린 나는 아예 집 안으로 들어와 버렸다. 뱀을 살피고 온 옆지기가 말하길 막 두꺼비를 먹는 중이었단다. 자기가 가까이 가도 움직이지 않더니 식사 마치고는 유유히 사라졌다고. 뱀 보고 놀란 가슴 그제야 쓸어내린다.

"엄마야, 뱀 나왔다!" 밭에 나타난 뱀이 두꺼비를 먹고 있다.

산에 갈 때도 뱀이 싫어한다는 백반을 주머니에 꼭 넣고 가는 나. 뱀도 더불어 사는 생명일진대 나는 그리고 사람들은 왜 그렇게 뱀을 싫어하고 무서워할까? 먼저 건드리지만 않으면 사람 해치는 법 없다는데도. 어쩌면 뱀이 나를 봐서 더 무서울지도 모르는데. 가만, 지난번 '삐리삐리' 하고 들린 소리는 뱀이 자기가 있음을 알려주는 신호였을까? 맨발로 나간 내가 자칫 밟거나 하면 물 수밖에 없으니 조심하라는. 사람도 산에 갈 때 지팡이로 땅을 두드리며 뱀한테 얼른 비껴가라고 알리잖아. 그렇게 생각하니 피할 수 있게 알려준 뱀한테 고맙네.

마음이 좀 가라앉자 뱀 나타난 자리에 담뱃재를 마구 뿌렸다. 뱀한텐 조금 미안하지만 뱀이 싫어한다니까. 짧은 사이에 뱀을 두 번이나 보니 이런 생각이 다 든다. 과연 내가 사는 곳에 뱀이 온 것일까, 뱀이 살아야 할 곳에 내가 무단침입을 한 것일까.

"벌 받을 일 했나 보지?"

밭에서 일하던 옆지기가 벌에 쏘였다. 큰놈한테 물렸는지 안

쓰러울 만큼 손이 통통 부었다. 심술꾸러기 산골새댁 위로는 못해줄 망정 한마디 톡 내쏜다. "벌 받을 일이라도 했나 보지? 나 봐. 하나도 안 물리잖아." 말만 그런 게 아니라 같이 밭에 있어도 벌이건 벌레건 자꾸 옆지기한테만 간다. 온몸에 천연 재료로 만든 벌레 퇴치약 열심히 뿌린 거 소용도 없이. 한두 번이면 모를까 때마다 그러니 싹수 노란 말이 절로 튀어나온 게지. 다행히 말벌은 아니었는지 큰 탈은 없었다. 벌에 쏘인 손은 며칠 지나야 가라앉았다. 그동안 후끈후끈 많이 아팠단다.

말이 씨가 됐는지 나도 드디어 벌을 받았다. 무심하게 마당에 서 있다 벌한테 쏘인 것. 따끔한 아픔, 드디어 올 게 왔구나. 볼록하게 물린 자리를 걱정스럽게 바라보는데 조금씩 가라앉네. 통통 부을 줄 알았더니만. 벌에 물렸다고 소리소리 지른 게 민망해서 또 한마디. "역시, 난 벌 받을 일 하지 않았나 봐."

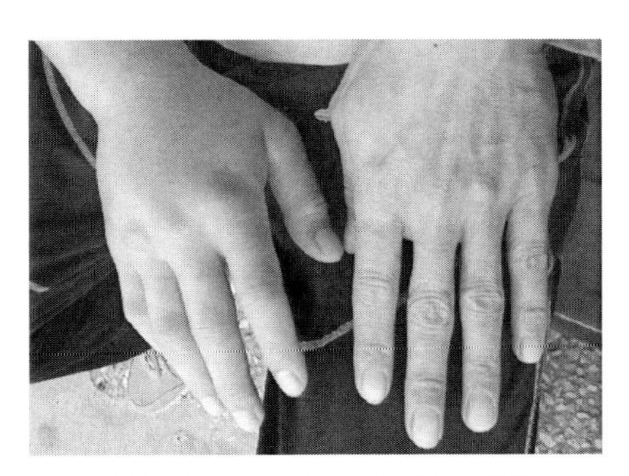

옆지기의 벌(?) 받은 오른손. 큰 벌한테 물렸는지 안쓰러울 만큼 통통 부었다.

며칠 지나 창고 천장에 벌집 하나를 발견했다. 초가집도 아니고 딱딱하고 차가운 철판에 집을 짓다니! 벌들도 쉼터 구하기가 만만치 않은 듯. 허나 어쩌랴 여기는 너희가 살 곳이 아닌걸. 미안하지만 나가줘야겠다. 119를 부를까 하다 벌집이 작아서 우리 손으로 떼어낸다. 세든 사람 내쫓는 것마냥 영 씁쓸한 날이었다.

벌레천국 산골살이 "어쩔 수 없네~♪"

도시에 살 땐 벌레 하면 모기랑 파리만 있는 줄 알았다. 허나 산골은 벌레들의 천국! 여기저기서 불쑥 나타나 톡 쏘고 가는 무서운 벌부터 파리랑 모기는 기본. 거미, 사마귀, 메뚜기, 여치, 풍뎅이, 하루살이, 개미, 진드기…. 배추, 무 갉아먹는 벌레들은 젖히더라도 온갖 벌레들이 두려움 없이 마당과 텃밭 그리고 집 안까지 가로지른다.

텃밭에 있는 사마귀알집. 툇마루를 가로지르는 사마귀도 자주 만난다.

특히나 많이 보이는 건 거미. 구석진 자리마다 그물투성이다. 날벌레 잡아주는 몫을 하니 고맙긴 하지. 끈질기게 그물을 치는 거미들 몸짓에 경외감도 들고. 텃밭 어느 자리에 당당하게 매달려 있는 오색찬란 독거미를 볼 때면 섬찟하다. 아름다운 자태 속에 숨겨져 있을 그 '독'이 무서우니까. 한여름 텃밭에서 고추나 가지를 거둘 때면 늘 조심한다. 독거미가 불쑥 튀어나올 수 있으므로. 처음엔 많이 놀라고 겁먹었지만 자주 보니 조금 느긋하게 바라볼 수는 있게 됐다. 더군다나 익충이라 하지 않던가. '너, 독거미? 나 사람. 건드리지 않게 조심할게, 너도 나한테 오면 안 돼.' 어설픈 인사쯤은 가벼이 나눌 수 있다.

아직까진 벌레를 손으로 만지지 못하는 도시내기 처자. 좋아하는 벌레가 딱 하나 있나니 "나는 개똥벌레, 어쩔 수 없네~♪"

바로 이 노래에 나오는 개똥벌레다. 다른 이름으로 반딧불이라고 하지. 깜깜한 여름밤 마당에서 반짝 반짝 빛이 나타났다 사라지는 모습을 처음 봤을 때 얼마나 신기하던지. 개똥벌레 꽁무니 빛인 걸 알면서도 피터팬에 나오는 팅커벨이라도 나타난 듯 신비로웠다. 옛사람들이 도깨비불이라며 무서워했다는 이야기도 실감난다. 전기가 없던 시절엔 정말 많이 놀랐을 거야.

어디다 대고 "나, 반딧불이랑 같이 살아요!" 외치면서 자랑하고 싶을 만큼 뿌듯했던 기억을 떠올리며 모든 동물 가운데 가장 수가 많다는 벌레들이랑 더불어 잘 살아야지 다짐해본다. 벌레들에게도 부탁 한마디만. "벌레들아, 농사 때문에 너희를 저버리는 건 부디 이해해주길 바라. 대신 적당히만 갉아먹으면 나도 눈감아줄게!"

매실액, 꼭지 따기가 젤 힘들어

이모저모 쓸모 많은 산야초액

매실이 왔다. 아는 동무네 밭에서 저 알아서 열리는 천연 매실이다. 토실토실 연둣빛 열매. 싱그러운 때깔과 내음에 눈도 코도 행복하다. 한 입 먹으면 상큼할 거 같지만 고건 또 아니지. 풋열매라 먹을 때가 아니니 바로 매실액으로 만든다.

설탕과 버무리기 전에 할 일이 있으니 바로 꼭지 따기. 작은 열매에 꼭 달라붙은 꼭지를 이쑤시개로 콕콕 찍어내는 게 처음에는 재밌다. 하지만…. 어깨 팔 저리고, 작은 이쑤시개 힘주어 잡으니 손목까지 아프고, 손가락은 물에 불고. 급기야 단순노동이 지닌 마지막 장벽과 만나야 하나니, 지겹다. 마음 수양이 절로 되거나 더 멀어지거나 둘 가운데 하나. 다행히 나보다 손도 마음도 큰 옆지기가 힘을 보태서 마음 수양에 가까워지는 쪽으로 마무리할 수 있었다. 잘 씻어 설탕과 섞는다. 매실이 이십

매실에 꼭 달라붙은 꼭지를 이쑤시개로 콕콕 찍어내기가 재밌다가도 참 힘들다.

킬로니 설탕도 그만큼 든다.

언제부턴가 매실액 없는 부엌을 상상하지 못한다. 김치를 비롯해 온갖 반찬에 달고 새콤한 맛 보탤 때 쓰는 건 기본. 밭일하다 목마를 때 마시면 물보다 잘 넘어가고, 숙취 밀려드는 아침에 먹는 매실액 한잔에 여명이 비친다. 특히 더부룩한 속 풀 때 제몫을 하니 놀러 오는 사람들 배앓이라도 하면 매실액부터 건넨다. 우리 집 대표 상비약이다.

서울 살 땐 매실액을 거의 먹지 않았다. 물에 탄 맛은 모르겠고 집에서 밥도 안 먹는데 반찬은 무슨. 시어머니께서 애써 만들어주신 큰 통 하나 싹 버린 적도 있을 지경이니. 매실액 없이 잘 살았던 도시, 없으면 못 살 것 같은 산골. 허리 배배 꼬며 꼭지를 따노라니 그때랑 지금이랑 언제가 더 나을까 궁금증이 일었는데 하나하나 따지고 보니 영판 없이 산골이 이겼네. 갑자기 꼭지 따는 노동이 훨씬 보람차게 느껴진다.

일 년에 꼭 한 번 거치는 매실액 담그기를 마친 뒤, 큰 유리병에 섞인 매실과 설탕을 바라보며 응원을 보낸다. "매실아, 설탕아, 답답하더라도 참으면서 서로 잘 지내면 좋겠다. 백 일 지나 마침내 하나 되는 그날 시원하게 세상과 만날 수 있을 거야!"

"천상의 맛이야!" 자연이 내준 천연액 이야기

산 곳곳 양지바른 터에 무덤이 많다. 예부터 죽은 자 누울 자리 산 사람 설 자리보다 귀히 여겼다는 사실을 눈으로 자주 확인한다. 사람 손길 덜 닿은 작은 무덤가에 보랏빛 고운 꽃 무리가 보인다. "엉겅퀴야, 엉겅퀴야, 홀로 사는 엉겅퀴야~♪" 어디서 들었는지 한번씩 흥얼거리곤 했던 이 노래의 주인공이다.

고즈넉한 무덤가에 핀 꽃을 딴다. 가시가 많아 두꺼운 장갑을 꼈음에도 엄청 따끔따끔하다. 몇 번 찔리고 나니 가까이 가기 겁난다. 저절로 핀 꽃 저절로 피고 질 수 있도록 조금만 모셔가야 자연에 대한 예의일 테지? 공짜 좋아하는 내가 욕심 부리지 못하게끔 가시로 따끔하게 깨우쳐준 엉겅퀴한테 고맙다.

꽃이랑 잎을 설탕과 버무린 엉겅퀴액. "천상의 맛이야!" 여러 달 지나 처음 맛보는 날 나도 모르게 외쳤지. 지극히 향긋하고 달콤한 그 맛을 달리 표현할 길이 없었기에. 조금만 땄으니 우러난 액도 적다. 천상의 기분이 필요한 그 순간에만 아껴 먹어야지.

엉겅퀴액을 비롯해 봄부터 여름까지 만들 수 있는 산야초액이 쏠쏠하다. 봄에 지천으로 깔린 질경이로 만든 액은 한여름 상추샐러드에 어울리고, 거침없이 텃밭을 뒤덮은 쇠비름으로 만든 액은 멸치볶음에 물엿 대신 쓰면 만점이다. 단오쯤 길쭉 자란 쑥을 뿌리째 뽑아 만든 액은 한 컵 쭉 들이키면 밥이라도 먹은 듯 든든하다. 한여름 산길 걷다 운 좋게 만난 개복숭아로 만든 액은 아이들이 더 좋아하는 우리 집 대표 음료수가 되었고. 물론 모든 도전이 아름답게 마무리되진 않았다. 시험 삼아 만든 민들레액은 당최 어느 음식, 어떤 때에 어울리는지 찾지 못해 몇 년 동안 고이 모셔두고만 있다. 언젠간 제 쓰임을 만날 수 있겠지?

자연이 내준 소중한 천연액들을 주르륵 들여다보니 부자라도 된 기분이다. 그냥 먹기엔 좀 껄끄러울 수 있는 산야초나 야생화. 그 안에 숨어 있을 좋은 기운을 설탕 힘을 빌려서라도 몸에 담을 수 있으니 참 좋다.

'시행착오님이 언젠간 답을 주시겠지?'

달콤 새콤 레몬밤차 첫 도전

작은 허브밭에 레몬밤 향이 가득하다. 지난해 떨어진 씨앗에서 저절로 자란 것들이 하루가 다르게 커지고 또 퍼지고 있다. 달콤 새콤한 내음에 코를 맡기자니 허브밭 처음 만들던 때가 되살아난다.

허브 따위(?)에 관심 없던 나. 그땐 허브를 '먹는다'는 것과 이어 생각하지 못했다. 박하, 당귀, 로즈마리, 라벤다, 애플민트…. 작은 화단까지 만들어 이름도 낯선 허브들 잔뜩 심는 옆지기한테 퉁명스레 내질렀다. "먹는 것도 아닌데 뭘 자꾸 심고 그래!" 한소리 던진 뒤로 허브밭에는 코빼기도 비치지 않았다.

어느 날, 허브를 남달리 좋아하는 친구가 찾아왔다. 허브밭에 눈길 주는 사람이 생기니 신이 난 옆지기는 그 친구 붙들고 라벤다랑 로즈마리를 따서 바로 차를 만들었다. 별거 없다. 따서 씻고 말렸을 뿐. 다 마른 것들 병에 담는 일은 나도 꾸역꾸역 거들었지. 그래도 집에서 자란 걸로 만들었는데 맛은 봐야겠지? '음? 먹을 만하네. 나 허브랑 안 맞는 거 아니었어? 거참, 허브 싫다는 건 완전 선입견이었군!' 그 뒤로 허브차는 자주는 아니어도 한번

개운한 허브차를 만들고자 어린 레몬밤잎을 무작정 말리기 시작했다.

씩 애용하는 차로 자리매김했다. 다른 차가 낼 수 없는 맛과 분위기. 특히 느끼한 거 먹었을 때 속이 개운해진다. 그제야 옆지기한테 쑥스럽게 한마디 건넨다. "미리 말을 하지. 이리 괜찮을 줄 알았으면 관심 좀 썼을 텐데." 그렇게 허브차는 내 삶에 슬며시 들어왔다.

잎을 살짝 건드리기만 해도 달콤 상큼 레몬향이 확 퍼지는 레몬밤. 한 잎 두 잎 따서 뜨거운 물에 우리면 그것만으로도 멋진 차가 되지만 오래 두고 먹을 수 있는 차를 만들고 싶다. 며칠 동안 생각만 하다 드디어 실행에 옮기기로 했다. 허브 싫다던 내가 일 년 만에 이렇게 바뀌었음! 레몬밤차 어찌 만드나 인터넷을 뒤지는데 나오는 내용이 별로 없다. 생잎 우려 먹는다는 말만 살짝 나올 뿐. 이상하다, 많이들 먹을 거 같은데. 어쩔 수 없지. 무작정 해보는 수밖에.

무성한 레몬밤 사이로 가장 어린잎들만 땄다. 시험 삼아 하는 거니 조금만. 씻을까 말까 고민하다 그대로 말리기로 했다. 왠지 물에 닿으면 레몬향이 녹아내릴 것만 같아서. 한데 그냥 이렇게 말리면 되는지 참 궁금하다. 찔레꽃처럼 쪄서 말려야 하는지 물에 씻어 말려야 맞는지. 그도 아니면 더 자란 뒤에 잎을 따야 하는지. 하나하나 다 시도해봐야 하려나. 에이, 물어볼 사람도 없고. 나중에 맛을 보면 저절로 알게 될 거야. 몇 번 하다 보면 시행착오님이 언젠간 답을 주시겠지?

한여름 산골밥상의 백미

깔깔한 호박잎찜과 쫄깃한 박잎전

시원한 먹을거리를 부르는 한여름엔 미역냉국이 있어야 한다. 요즘처럼 더운 날엔 팔팔 끓는 찌개는 만들기도 먹기도 어려우니까.

오이, 당근, 양파, 마늘, 방울토마토까지 미역 빼곤 다 텃밭에서 난 것들로 미역냉국을 만들었다. 하나둘 넣다 보니 두 사람 먹을 만큼만 만들려 해도 어느새 양이 많고 많아진다. 점심에 미역냉국 시원하게 먹고서 저녁에는 찌개를 끓이려 했다. 같은 걸 하루에 두 번 먹으면 지겨우니까. 뜨거운 가스불 앞에서 멸치 국물까지 애써 우려냈다. 어느덧 저녁. 여전히 후끈하다. 됐다, 찌개는 무슨. 그냥 미역냉국 먹자. 간이 배서 점심때보다 더 맛나네. 다음 날도 아침부터 덥다. 많이 덥다. 물만으로 채워지지 않는 어떤 갈증에 미역냉국을 물처럼 들이마신다. 좀 살겠다. 이래서 미역냉국은 많이 만들어도 좋다니까. 시도 때도 없이 먹게 되니.

한낮에는 밭에 나가는 일도 삼가며 미역냉국 안고 '방콕' 중이나 밤에는 바깥 날씨가 여름 같지 않게 시원하다. 마당에 잠시 나앉으면 풀벌레 우는 소리가 귀를 적시고 바람까지 솔솔 부니 꼭 가을밤 같다. 산골에 대형 에어컨이라도 틀었나? 그럴 리는 없고 자연의 힘이겠지. 잠시만 서 있어도 어질어질한 한낮 열기를, 풀과 나무는 아스팔트처럼 밖으로 내뿜는 게 아니라 그대로 제 안에 품고 있는 게야. 받은 만큼 튕겨내지 않고 받은 것들 제 것으로 끌어안는 자연….

새벽이면 아예 추워져서 창문도 닫고 자는데 기분이 좀 요상하다. 마침 서울 사는 친구한테 전화가 와서 말끝에 물었다. "서울도 밤에 안 더워? 여긴 너무 시원해서 좀 이상할 정도야." 에어컨 틀고 자야 한단다. 몰라서 물은 건 아니다. 서울 작은 빌라에 살 때 한여름이면 나도 많이 힘들었으니까. 도시 사람 누구나 겪는 열대야 때문에. 숨이 턱턱 막혀 새벽에도 몇 번이나 깨곤 했던 그 시절로 다시는 돌아가고 싶지 않아.

열대야 없는 산골 여름은 한낮 더위만 어찌어찌 비껴가면 된다. 음식 만들고픈 실낱같은 욕망마저 사그라지더라도 걱정 없어. 미역냉국이 있잖아. 그것도 잔뜩!

달달하고 깔깔하게 맛난 호박잎

호박잎이 크고 넓게 자랐다. 고무장화 신고 잎 사이로 성큼성큼 걷는다. 호박 열매 열린 게 있나 찾아볼 마음. 연신 허리 굽혀 땅을 뚫어져라 보지만 아무리 봐도 열매는 없다. 그럼 잎이라도 따 먹자. 애호박, 단호박 말고 늙은호박 잎이 맛있다지. 한 잎 두 잎 따는데 조금 걱정되네. 이 큰 잎을 뜯으면 호박 자라는 데 방해가 될까 싶어서. 소심하게 일곱 장만 뜯고 돌아왔다.

강된장과 함께 먹는 호박잎쌈. 달달한 첫맛과 뒤따라오는 깔깔한 촉감에 푹 빠진다.

여름 별미 호박잎을 물큰하게 쪄서 점심밥상에 올린다. 된장, 양파, 멸치, 청양고추, 두부 으깬 거 넣어 팔팔 끓인 강된장과 함께 먹는 호박잎쌈. 달달한 첫맛과 뒤따라오는 깔깔한 촉감. 헤어나올 수 없는 매력에 푹 빠진다. 몇 장 안 되니 우리 부부 입으로 금세 사라진다. 또 먹고 싶은데 열매 열리기 전부터 자꾸 따도 될는지 모르겠네. 그래도 호박잎이 저리 많으니 몇 번은 더 먹어도 되겠지?

수육을 누른(?) 박잎전

오늘 오신 손님을 위한 핵심 요리는 수육이었다. 잔칫상도 장례식장도 또 다른 많은 자리에서도 중요한 자리를 차지하는 그 수육. 얼마 전 텃밭 고수로 통하는 손님 덕에 알게 된 박잎전은 구색 갖추기였다. 비 오는 날 분위기도 맞출 겸 고기 못 먹는 나를 위한 안주거리도 갖출 겸.

쏟아지는 비를 뚫고 텃밭을 가로질러 박잎을 땄다. 밀가루랑 달걀 섞인 반죽과 어우러진 박잎전. 그래도 수육인데 사람들 손이 자꾸 전으로 간다. 두툼한 박잎이 쫄깃하고 고소하게 씹히니 내 손도 그쪽으로만 움직이고. 식으면 더 맛있기까지 하네. 잘들 먹으니 부치는 손이 신난다. 프라이팬 한가득 채우는 넓디넓은 박잎전은 한 잎만 부쳐도 양이 그득하다. 전 부치기 참 쉽구나. 모든 전 만들기가 박잎전만 같으면 얼마나 좋을까.

보아하니 앞으로 박잎전은 한여름 산골밥상의 대표 자리를 꿰찰 것 같아. 잎으로 입에 큰 기쁨 주는 박. 열매 따기 전부터 우리 집에 복을 톡톡히 안겨주는구나. 올여름 박잎전을 알게 된 것만으로도 넘치게 뿌듯하니 박잎전 세계를 알려준 텃밭 고수 언니께 무지무지 고마울 따름. 기다려라 박잎아, 열매 익기 전까지 박 터지게 먹어줄 테니!

프라이팬 가득 채우는 넓디넓은 박잎전.
한 잎만 부쳐도 양이 그득하다.

먹을 때 기쁘면 뭐든 좋은 음식!

징한 노동 '고구마줄거리와 부추 다듬기'

삼 년 만이다. 고구마줄거리 다듬기.

산골살이 첫 해. 무엇이든 도전해보겠다는 의기가 충만한지라 고구마줄거리도 참 열심히 다듬었다. 토란대도 머윗대도 껍질 벗겨봤지만 그리 힘들게 여기지 않았다. 고구마줄거리는 달랐다. 뜯어 가라고 아우성치는 몸짓을 외면하지 못하고 한 바구니 뜯어 껍질을 벗길 때면 좀 많이 서글펐다. 짜증도 막 밀려오고. 가느다란 한 줄기 한 줄기 죄 껍질을 벗기니 고된 노동이라기보다 길고 긴 노동이었다. 세상에 이렇게 품이 많이 드는 일이 있다니! 어릴 때 여름이면 엄마가 해주던 고구마줄거리볶음 많이 먹었는데 그때마다 그 많은 걸 혼자 다 하셨단 말인가. 이다지도 길게 일해서 나오는 음식을 세상은 그리 귀하게 여기는 것 같지 않았다. 시장에서 고구마줄거리 까는 할머니들 모습도, 그걸 값싸게 팔아야 하는 실정도 속상했다. 고구마줄거리 껍질 좀 벗겨본 뒤로는 요게 세상에서 가장 비싼 나물로 여겨졌다. 그렇게 여기저기 말하고도 다녔다.

그러면 뭐하나. 노동에 견줘 그 대가가 야속한 듯한 마음이 끓이질 않다 보니 나조차 이깟 반찬 안 먹고 말지 하면서 이 일을 하지 않겠노라 홀로 선언했다. 고구마 농사 두 번을 더 하면서 그 선언을 꿋꿋이 지켰다. 나랑은 마음 자세가 좀 다른 옆지기가 어쩌다 고구마줄거리 만질 때면 그거 뭐 하러 하냐고 핀잔하기도 일쑤. 그래도 굴하지 않고 다듬기를 이어가면서 말하길, 이 시간이 좋단다. 딴 생각 없어지고 마음도 차분해지니 두루 마음에 좋은 일거리라나. 그러든가 말든가 상관치 않고 열심히 다듬어 오면 얌체같이 볶음반찬을 해 먹었다.

올해는 슬쩍 고민이 됐다. 고구마줄거리가 굵어질수록 할까 말까 마음 주판알 튕기기에 바빴다. 끝내 마음을 먹었다. 우리 집 머물다 가는 손님들한테 제철 반찬을 맛보이고 싶다는 강한 욕구가 일어나는 바람에…. 그리하여 몸소 줄거리도 뜯고 다듬기까지 해냈다. 김치랑 볶음까지 하려고 많이 뜯었더니 옆지기랑 둘이 꼬박 붙어 앉아도 세 시간이 더 걸렸다. 다행히 전보다는 짜증이 덜 났다. 해볼 만한 일이라는 생각도 들었다. 고구마 잘 자라려면 어차피 잎을 뜯어야 하는데 버리지 않고 맛있게 먹을 수 있으니, 덩이뿌리 전에 잎부터 내주는 고구마한테 고마운 마음까지!

뜯어가라고 아우성치는 듯한
길고 통통한 고구마줄거리들.

밤 여덟 시쯤 시작해 열한 시 넘어 다듬기를 마치면서 걱정한 것보다 빨리 끝내서 좀 흐뭇했다. 손가락마다 묻어 있는 흙

빛. 고구마줄거리를 다듬었다는 확실한(?) 흔적을 바라보면서는

손가락마다 묻어 있는 흙빛. 고구마 줄거리를 다듬었다는 확실한(?) 흔적이다.

뿌듯해지고. 고되기보다는 길어서 힘들게만 느껴졌던 이 일. 삼 년 만에 해보니 괜찮다. 다음에 또 할 수 있을 것 같다. 양껏 다듬었으니 김치랑 볶음을 만들어야지. 아마 다듬기보단 쉬울 거야.

맛과 기쁨으로 보답한 고구마줄거리 반찬

삼 년 만에 다듬은 고구마줄거리로 삼 년 만에 김치를 만들었다. 가장 먼저 할 일은 살짝 데치기. 김치 만들 때 줄거리를 데치느냐 바로 소금에 절이느냐를 두고 인터넷 정보에도 설왕설래가 많다. 삼 년 전 두 가지 방법 다 해봄으로써 나름으로 검증을 마쳤다. 데쳐서 하는 게 더 낫다. 그냥 했을 때는 아무래도 조금 질겼다.

데친 뒤에 양념 준비를 하는데 오랜만이라고 조금 아리송하다. 양념에 들어가는 재료들을 죽 살피니 간단히 하려던 마음을 어쩔 수 없이 접는다. 고구마줄거리로 만들어도 김치는 김치니 정석대로 가자. 생 고추 갈아 넣어 때깔만큼은 최고인 김치 양념에 연둣빛 고구마줄거리를 풀썩 부어 버무리고 또 버무리고. 배추김치나 깍두기랑 다르게 맛을 봐도 뭔 맛인지 잘 모르겠다. 이게 싱거운 건가 아닌가. 소금에 절이지 않았으니 소금도 좀 넣고

액젓이랑 매실액도 더 붓고. 이제 더는 모르겠다. 여름에 간단히 먹을 김치니 싱겁든 맛이 없든 먹을 수야 있겠지 뭐. 저녁상에는 고구마줄거리볶음을 올렸다. 어릴 때 엄마가 만들어준 맛 떠올리며 국간장에 쇠비름액 넣어 약간 달달하게 만들었지. 언제 먹어도 맛나다.

저녁 먹고 두 시간쯤 지났을까. 얼마 전 사둔 홍어 때문인지 막걸리 한잔이 생각난다. 고구마줄거리김치 곁들여 잠깐 술자리를 했다. 아까만 해도 맛을 모르겠던 김치가 그새 맛이 든 게 아닌가. 신기한 마음에 먹고 또 먹어도 분명 맛이 있었다! 오랜만이라 잘 해낼 수 있을까 걱정이었는데 기본은 맞춘 거 같아 참말 기쁘다. 사실 고구마줄거리김치는 있어도 그만 없어도 그만인 반찬이라고 생각했다. 김장 김치도 있지 봄무 깍두기랑 쇠뜨김치까지 있으니 굳이 김치가 더 없어도 되기는 했고. 그런데 맛이 든 고구마줄거리 김치를 맛보니 먹을 때 기쁠 수 있으면 그게 뭐든 좋은 음식이겠다는 생각이 든다. 그보다 '있어도 그만 없어도 그만인 음식'이라는 말부터 잘못된 게 아닐까 싶기도. 모든 존재가 이유가 있듯 음식도 마찬가지가 아닐는지.

삼 년 만에 만든 고구마줄거리김치가 그럭저럭 맛있게 된 날. 더구나 볶음까지 싹싹 긁어 먹은 날 기쁜 마음에 대뜸 마음을 먹었다. 줄거리가 여리고 맛있을 때인 지금, 더 질겨지기 전에 한 번 더 뜯자. 여름에는 먹어줘야 해, 고구마줄거리로 만든 김치랑 볶음 정도는. 자연에 따르는 삶을 선택한 나는 특히나 더!

막걸리 도둑 부추김치로 한나절

먹을지 말지 고민했던 부추를 고마운 페이스북 친구들 도움 말씀에 힘입어 모조리 뜯어 부추김치로 만들었다. 친구들 이야기처럼 가위를 썼더니 안 그래도 얇고 수만 많은 부추 뜯기가 한결 좋았다. 그런데…. 뜯는 것만 쉬웠지 다듬는 일이 너무너무 어려웠다. 부추는 얇지, 비슷하게 생긴 풀도 따라오지 다 뜯으니 풀인지 부추인지 헷갈릴 지경이다. 그것도 모르고 뜯기부터 김치 만들기까지 한 시간이면 될 걸로 여겼건만. 다듬는 데만 두 시간이 더 걸렸다. 중간에 잠깐이지만 포기하고 싶은 유혹마저 일 정도로 예상치 못하게 길고 징한 일이었다.

힘들어도 참고 또 참으며 작은 부추 하나라도 버리지 않으려고 애쓰며 다듬었다. 부추인지 풀인지 헷갈릴 때면 입으로 씹어서 확인했다. 부추는 들큰하고 아삭한데 풀은 씁쓸하고 질겨 바로 가려낼 수 있었다. 부추가 두툼하게 제 모습을 갖췄으면 적어도 풀하고 헷갈리지는 않았을 것을. 살다 살다 입으로 부추인지 풀인지 확인하는 일을 다 해봤다. 원시시대로 돌아간 듯해서 나름 재밌긴 했지.

다듬기를 마치고 김치 만들 준비. 오이, 양파, 당근, 빨간 고추 썰고 고춧가루, 액젓, 새우젓, 마늘, 매실액도 챙기고. 물기 뺀 부추 썰어서 막 버무리니 만드는 건 금방이다. 문제는 맛일 텐데. 처음 만드는지라 간이 세야 할지 어째야 할지 모르겠다. '짭짤해야 맛있나? 달짝지근해야 좋나? 고춧가루를 너무 많이 넣었나? 매실액 더 넣을까?' 혼자 갸우뚱하며 이거 저거 넣고 또 넣고 하다가 늘 하듯 내 맘대로 마무리! 한 시간쯤 예상한 일이 한나절 가까이 걸리면서 저녁에 하려던 일도 부추김치에 싹 밀려버렸네.

한 시간에 끝난 일이면 뒤풀이 안 했을 텐데 하루 종일 걸렸으니 간단하게라도 해야겠다. 부추김치 한 접시랑 막걸리 한 사발. 짜서 그런가 막걸리가 술술 넘어간다. 다른 안줏거리 생각도 안 나니 막걸리 도둑이 따로 없네. 코에 감기는 향긋한 부추 내음과 입에 짝짝 붙는 맛. 살면서 딱히 부추 좋아한다고 생각한 적 없건만 지금은 꼭 말하고만 싶네. "나는 부추가 아주 좋아!"

내일 팔월의 마지막 손님들이 오시는데 그것도 무려 열 명 가까이. 이 정도면 고기 구워 먹을 때 밑반찬으로 기본은 하겠어! 처음으로 부추 씨로 농사지은 부추를 꼭 다른 이들과 나눠 먹고 싶었는데 그 소망을 이룰 수 있게 됐다. 부추김치 만들 수 있게 도움 말씀 주신 여러 페이스북 친구들께 머리 숙여 고마운 마음을 전한다. 님들 말씀이 없었다면 저 부추들 밭에 그냥 놔두려고 했기에 더더욱!

부추김치 한 접시에 막걸리 한 병 너끈히!
막걸리 도둑이 따로 없네.

부추김치 한 접시에 막걸리 한 병 비우니 부추 하나만 바라보고 움직인 하루가 마무리됐다. 날마다 먹는 일로 꽉 찬다. 도시에 남았더라면 평생 안 먹고 살았을지도 모를 음식들을 끊임없이 만들고 먹는다. 먹고산다, 먹고 산다. 사는 데 먹는 일은 이토록 중요한 거였어. 예전엔 미처 몰랐지. 하루 종일 부추 뜯고 다듬고 김치까지 담근 날. 수고했어, 오늘도!

"자연 음식 많이 많이 드셔요"

야근남을 위한 제철 반찬 도시락

오늘 오실 손님을 위해 특별히 도시락을 준비했다. 긴 야근으로 몸 여기저기가 힘들어서 잠시라도 자연 속에서 쉬고 싶다는 분. 컴퓨터 끼고 하는 일이라 그런지 한 달 가까이 충혈된 눈이 가라앉질 않는다니 말만 들어도 걱정 걱정.

야근에 지친 분의 옆지기와 의논하여 집으로 오기 전 자연 속으로 먼저 모시기로 결정! 아예 점심부터 밖에서 먹기로 했다. 밖이라고 외식을? 그건 아니잖아. 이번 여행은 철저히 자연과 함께하기로 했으니 도시락을 싸서 경치 좋은 곳에서 먹어야 제대로지. 아침 일찍 고속버스 타고 올 부부에게 따끈한 점심상 바로 차려주고자, 어제부터 열심히 만든 제철 반찬들 바깥으로 옮기는 것쯤 문제없음이야!

아침부터 도시락 준비로 바삐 움직였다. 호박전, 가지전 부치고 강된장 만들고 된장찌개 끓이고 단호박이랑 양배추도 찌고. 바로 해야 맛있는 것들만 빼곤 다 해놨으니 요 정도로 마무리. 밥상 차리는 것보다 살짝 손이 더 가긴 하네. 마지막으로 뜨뜻한 밥 수건에 싸고 된장찌개는 보온병에 담는다. 바깥이어도 따뜻

함은 지켜주고 싶었기에.

도시락 싸 들고 터미널로 마중을 가니 햇빛도 없는데 '야근남'께서 멋지게 선글라스를 써주셨네. 알고 보니 눈이 너무 빨개서 그렇다나. 내가 그랬지. "돌아갈 땐 눈이 하얗게 바뀌어 있을 거예요! 그러려면 제가 드리는 자연 음식 많이 많이 드셔요." 남 돈 벌어먹기 참 쉽잖다는 말을 들으며 남의 돈 어쩌다 벌어먹는 내 처지가 참 다행스럽게(?) 느껴진다. 아프면서까지 돈 벌며 사는 세상은 너무 슬퍼. 나도 그 세상 속에 꽤 오래 물들어 있긴 했지만.

아늑한 정자를 찾아 돗자리 펴고 도시락을 먹으니 꼭 함께 소풍 온 기분이다.

아늑한 정자를 찾아 돗자리 펴고 도시락 꺼내 먹자니 꼭 소풍 온 기분이다. 집에서 차려주는 것도 좋지만 밖에서 먹는 산골밥상도 꽤 괜찮구나! 참말 기쁘게도 도시락을 다들 싹 비우기까지. 밥 먹고는 서울서 온 부부를 어느 외진 자연 속에 데려다주고 왔다. 야근남께서 자연과 더불어 멍하니 푹 자보고 싶다 하여.

집에 와 도시락 설거지를 하고서 통마늘을 꺼냈다. 잘 만큼 잔 뒤에 연락 주면 데리러 나가야 하는데 그전에 나도 뭔가를 해야 하니까. 요즘 손님들이 자주 오다 보니 마늘 까는 족족 다 써서 마늘이 필요했는데 지금 이 순간이 딱 좋다. 비도 오지 사랑하고 아끼는 부부가 십 분 안팎 어느 곳에서 몸과 마음 쉬고 있지. 한 달 가까이 눈이 충혈된 우리 야근남께서 부디 오늘내일 자연 기운 받자와 제대로 쉬어 갈 수 있길 진심으로 바라면서 마늘 까기 시작! 마늘은 역시 밖에서 까야 제맛이야. 빗소리 들으며 맥주 한 모금 홀짝하고 있자니 꼭 내가 여행 온 것 같은 기분에 젖는다.

"배추도사님 무도사님께 비나이다~"

하면 되는 정직한 일 '팔월 김매기'

집 앞에서 아주머니들 목소리가 크게 들린다. 뭔 일이라도 있나. 역시 별일은 아녔고 불쑥 나갔다 들어오기 뭐해 한 분께 물었다. "수레에 있는 거 뭐예요?" "이거 배추 모종." "배추 모종이요? 벌써 심어요?" "벌써라니, 얼렁 심어야 혀. 그럴라면 밭 확 뒤엎고 비닐 씌우고 해야는데 언제 다 할라나." 그것도 몰랐냐며 막 웃으신다. 졸지에 완전 바보 됐다. 아니, 바보가 맞았다.

갑자기 머릿속이 혼란스럽다. '이게 대체 무슨 일이지? 배추 모종을 지금 심는다고? 나는 조금도 기억에 없는데? 이걸 어째. 저 풀 가득한 밭에 어떻게 심느냐고. 아직은 한여름인데 김매기를 해야만 한다는 말이잖아.' 미처 몰랐다. 팔월에도 밭을 매야만 한다는 것을, 배추랑 무를 심어야 한다는 사실을. 까먹었다는 말도 차마 못하겠다. 이렇게 머리가 새하얄 땐 모른다고 하는 게 맞지. 몰랐던 일을 알았으니 이제라도 몸을 부려야 하는데 풀이 무성한 텃밭을 보니 트랙터로 쓸어버리고 싶은 충동부터 느낀다. 마을 분들 심정도 갑자기 팍 이해가 된다. '요 작은 밭도 한숨부터 나오는데 큰 밭들은…. 김매기 그거 하면 안 돼. 사람이

할 짓이 아니야.' 어쨌거나 이 밭은 매야 한다. 배추랑 무 농사를 시작도 하기 전에 포기할 순 없으니. 비행기 접시처럼 납작한 배추가 또 나오더라도, 주먹만 하게 작은 무만 잔뜩 쏟아지더라도.

호미 쥔 지가 한참이라 낯설다. 게다가 여름 풀밭은 그 위세부터 남다르다. 앞에 서 있기만 해도 주눅이 든다. 낯설고 주눅 든 마음을 안고 땀 뻘뻘 한숨 푹푹 내쉬며 밭을 맸다. 억센 뿌리 억세게 뽑느라 손가락이 너무 아프다. 얄밉게 떠오르는 책. 보리랑 쌀도 가려 보지 못하던 나를 자연의 세계로 맨 처음 이끌어 준 바로 그 책 『잡초는 없다』. '에잇, 없긴 어디가 없어. 잡초는 많아도 너무 많다고!' 애꿎은 책한테 애꿎게 투덜댔다. 마음속으론 신줏단지처럼 여기는 책이면서.

땀이 비 오듯 쏟아져 옷을 번갈아 입으면서 밭을 맸다.

뜨거운 햇볕 아래 굵은 땀방울로 목욕하며 한 골, 또 한 골. 해가 구름에 살짝 가렸다 싶으면 밭으로 가고 어느새 등에 해가 내리쬐고 있으면 다시 그늘로 숨고 하면서 오락가락 밭매기를 했다. 쉬엄쉬엄 하는데도 땀이 비 오듯 쏟아져 윗도리 두 개를 번갈아 입으면서 일했다. 끝이 아니라 시작이 보이지 않던 '팔월의 김매기'는 결국 끝을 봤다. 때맞춰 비님까지. 온몸을 휘감던 열기가 조금씩 식는다.

끊어질 듯 아픈 허리를 안고 하늘을 본다. 쏟아지는 땀과 함께했던 밭매기. '하면 되는' 일이구나. 해도 해도 안 되는 일 천지인 세상살이에 이만큼 정직한 일이 또 있을까. 얼굴 아래로 수없이 떨어지던 땀방울도 잔뜩 젖은 옷도 모두 귀하게만 느껴진다. 코끝이 시큰, 가슴은 뻐근. 내가 왜 이러지? 밭일 처음 해보는 것도 아닌데…. 흙 묻은 손을 내려다본다. 뼈마디 시큰거리는 손가락마다 물집이 가득 잡혔다. 주부습진 대신 농부습진이라도 찾아왔나? 하면 되는 일이 어디 그냥 주어지나. 당연한 물집이고 아픔일 테지. 팔월 김매기와 배추 농사설에 놀란 가슴 이제야 좀 가라앉는다. 많이 놀라고 부끄러웠던 만큼 내년에는 혼자만 놀라는 일 없도록 살아봐야지. 팔월은 무더위 피해 쉬며 놀며 하는 달이면서 가을 농사 시작하는 달이기도 하다는 것을 머릿속과 마음속에 꽉 박아두겠음!

소심한 농사꾼 배추농사 무농사를 시작하며

배추를 심었다. 소심하게 모종 예순네 개. 김장 생각하면 더 심어야 맞지만 그럴 욕심은 애초에 버렸다. 그동안 몇 번이나 배추농사를 했지만 쌈으로 먹기 딱 좋을 비행접시 배추만 숱했으니. 나처럼 만만디 농사꾼은 처음부터 기대를 놓아야 상처가 적다. 행운처럼 속이 찬 배추가 나오면 그때 가서 고맙게 김장에 넣으면 되고. 배추랑 같이 무도 심었다. 첫 농사 때부터 깍두기도 담고 동치미까지 만들 만큼 무 농사는 지을 만했다. 배추보다는 자신(?) 있어서 모두 세 골에 씨를 뿌렸다.

나란히 놓인 배추밭 무밭이 단정하고 예쁘다. 봄 농사 여럿 말아먹은 사람으로서 김장 앞둔 농사만큼은 잘은 못 해도 열심히는 해야겠다는 의지가 불끈 솟는다. 고거 잠깐 밭일했다고 여

시작이 보이지 않던 팔월의 밭매기를 마치고 무씨(왼쪽)와 배추 모종(오른쪽)을 심는다.

지없이 노래가 떠오른다. 어릴 때 본 배추 닮고 무 닮은 할아버지들이 나오던 만화 주제가. "남에 번쩍 북에 번쩍 배추도사 무도사, 할아버지 재채기에 우르르릉 번개 치고, 할아버지 호통소리 온갖 귀신 도망치네, 동네방네 아이들도 손뼉 치며 으샤샤~♬" 몇 번이고 부르고 나니 기분 참말 신나고 좋다. 오늘의 노동요로 안성맞춤일세.

배추 심고 무도 심은 날. 오랜만에 노래로 만난 배추도사 무도사님께 어릴 적 애청자 핑계 삼아 슬쩍 도움을 청해볼까? "배추도사님, 무도사님께 비나이다. 배추벌레가 여기 번쩍 저기 번쩍 할 때, 배추랑 무가 배고파하고 목말라할 때 '어여 나가 벌레 잡앗! 얼른 물 줘!' 하고 호통 좀 쳐주세요. 제 안에 숨어 있는 온갖 게으름 귀신 싹 도망칠 수 있게요."

3장

가을이 주는 행복

마늘 수확이 한결같지 못하더라도

사람 관계가 한결같지 못하더라도

그게 자연이고, 자연스러운 삶일 테니까.

"밤이 깊었네, 밤을 다 깠네~♬"

뾰족뾰족 가시 속 동글동글 밤

긴 꼬리(?) 자랑하며 흐드러지게 늘어선 밤꽃. 밤에 피는 꽃 아니고, 밤나무에 피는 하얀 꽃이다. 지난여름 밤꽃이 내뿜는 야릇하게 비릿한 내음이 산골짜기를 휘감았다. 시큼털털한 냄새가 썩 내키지 않았다. 얼핏 보면 길쭉한 벌레처럼 보이는 꽃도 별로였고. 옛날에 밤꽃 필 때면 여자들은 외출을 삼가고 과부는 근신했다지? 꽃향내가 정액이랑 비슷하다는 까닭으로. 이것도 썩 마음에 들지 않는 이야기.

밤꽃 피고 지는 동안 밤나무에 무심하게 지내다 가을이 왔다. 슬슬 밤나무 둘레를 어슬렁거리기 시작. 우뚝 선 나무들이 알아서 떨어뜨린 밤송이가 곳곳에 널려 있으니 얌체처럼 속속 줍는다. 뾰족뾰족 가시 속에 슬그머니 숨어 있는 동글동글 귀여운 밤. 가을이 정말 오긴 왔나 봐. 여름과 이별하는 아쉬움일랑

긴 꼬리 자랑하며 흐드러지게 늘어선 밤꽃에서 시큼털털한 내음이 난다.

접고 햇밤 본 기념으로 가을맞이 노래 한 소절. "아, 가을인가. 가을인가 봐~♪"

헛헛한 가을밤에 어울리는 밤 까기

우리 집 사는 남자가 밤을 깐다. 낮에는 발로 밤에는 손으로. 둘 다 이도 안 좋고 귀찮기도 해서 잘 먹지 않는 밤을 이 남자 잘도 주워 온다. 낮에는 껍질째 주워 온 밤송이를 발과 낫을 써서 벗기더니 밤에는 벌레 먹은 거 골라내 밤 전용 가위로 껍질을 깐다. 힘들지 않냐고 물으니까, 며칠 뒤 올 사람들한테 밤밥이랑 생율 안주 줘야지 않겠느냐며 미처 생각지 못한 말을 하시네. 맞다! 가을에 오실 손님한텐 가을이 주는 달콤한 선물 '밤'을 드려야지. 또 추석에 서울에도 가져가야 하고. 해마다 산밤 가져가면 식구들이 참 좋아했으니까. 산골 사는 덕에 추석 선물로 우리는 토실토실 산밤을 준비할 수 있노라!

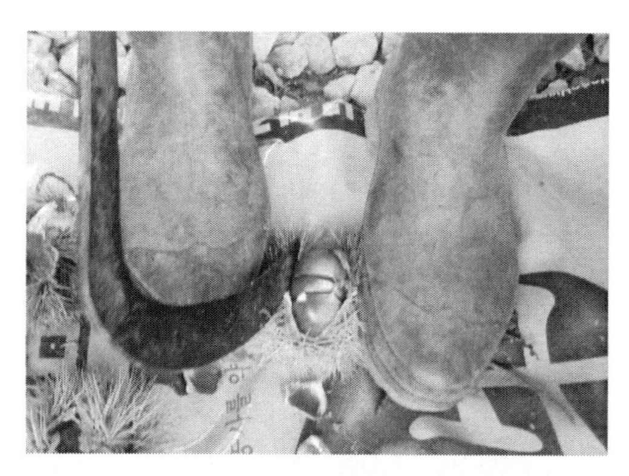
껍질째 주워 온 뾰족뾰족 밤송이를
고무장화와 낫으로 껍질을 벗긴다.

두 시간 너머 밤과 씨름하던 남자가 힘들어 더는 못하겠단다. 나머진 내일 할 테니 그냥 두라는 착한 말씀을 남기고는 누우러 떠나고. 책 좀 보며 남은 밤 촉촉이 보내려 했는데 안 되겠다. 미처 못 깐 '밤', 이 밤이 가기 전에 다 해치우자! 그리하여 정말 다 깠다. 햇밤이라 잘 되네. 아무 생각 없이 시간도 팍팍 흘러가고. 역시 헛헛한 마음 달래는 덴 책보단 손 움직이는 게 좋다는 걸 다시금 확인!

올 들어 첫 밤을 깐 깊은 밤, 뭔가 큰일 해낸 거 같아 기분 좋다. 이 밤 맛나게 먹을 사람들 모습도 흐뭇하게 떠오르면서 지킬 수 있을지 모를 다짐을 살짝 하고 싶군. 열심히 밤을 주워 껍질도 까서 오는 사람마다 죄다 밤밥을 해주리라. 밤 까기도 나름 철에 맞는 숭고한 노동이니 신나는 노동요로 이 밤을 마무리.
"밤이 깊었네 밤을 다 깠네, 시간 잘 가네 이젠 자야지, 오늘 같은 밤 오늘 같은 밤!♬"

둥글넓적한 우리 집 복덩이들

노란 늙은호박 푸른 청둥이호박

주홍빛으로 곱게 익은 늙은호박을 땄다. 여름 내내 호박잎은 참으로 무성했고 호박꽃도 무수히 열렸으나 이 가을 늙은호박 자태를 간직한 건 오직 하나뿐. 겨우내 호박죽 실컷 끓여 먹고 말린 호박으로 전도 부쳐 먹으려고 씨도 뿌리고 모종도 여러 개 심었는데 조금 아쉽다. 하나라도 남아줘서 그나마 다행이지. 이걸 만나지 못했다면 호박농사 끝이 많이 허무할 뻔했다. 늙은호박잎 덕에 여름 밥상이 행복했지만 호박농사의 백미는 역시나 열매일지니.

남아 있는 호박잎과 호박꽃을 슬쩍 아쉬운 맘으로 바라보며 저 구석에 자리한 늙은호박을 따는데 푸짐하게 크고 무겁다. 예쁘기까지 하니 호박 보는 마음이 푸근하니 좋다. 그리고 생각난다. 신데렐라에 나오는 호박마차. 늙은호박을 보면 어쩔 수

푸짐하게 고운 늙은호박을 보니
신데렐라 동화에 나오는 호박마차가 떠오른다.

없이 이 동화가 떠오르는 건 나만 그럴까? 신데렐라 하면 또 떠오르는 게 있지. '쎄쎄쎄'라는 말이 더 정겨운 손뼉치기 노래.

"신데렐라는 어려서 부모님을 잃고요, 계모와 언니들에게 구박을 받았더래요. 샤바샤바 을샤바 얼마나 슬펐을까요. 샤바샤바 을샤바 천구백팔십일년도~♬"

쎄쎄쎄 하나로도 신나게 놀았던 어린 시절이 떠오르니 흐뭇한 아줌마 웃음이 절로 난다. 딱 하나여도 오늘은 호박이 넝쿨째 굴러들어온 날! 호박 복 제대로 받은 날이니 남은 나날들 복되게 즐겁게 보내야지.

청둥이호박아, 너도 우리 집 복덩이야

얼마 전 둥글게 넓적한 호박이 보였다. 색은 푸르렀지만 몸매만 보면 꼭 늙은호박 같았다. 늙은호박이라 믿고 싶었다. 늙은호박 하나만 건져 못내 아쉬웠는데 하나 더 생기나 보다 못내 기뻤다. 두툼한 널빤지 호박 밑에 괴면서 '잘만 자라다오' 흐뭇하게 바라보았지. 근데 좀 이상하다. 때깔이 누렇게 바뀌질 않네. 둥글넓적한 게 늙은호박 모양새가 딱 맞는데. 에이, 좀 더 기다려보자. 언젠간 바뀔 거야.

하루하루 계속 눈여겨보지만 색은 계속 푸르스름하고. 집에 모셔둔 늙은호박처럼 신데렐라 호박마차 닮은 세로 굴곡도 보이지 않는다. 어느 하루 비 맞으며 처연하게 앉아(?) 있는 요 큰 호박을 보니 늙은호박이 아니겠다는, 참 하기 싫었던 결론을 내리고야 만다.

저대로 놔두었다간 썩을지 모르겠다는 걱정이 그제야 밀려오니 끝내 싹둑! 늙은호박처럼 칼질이 어렵지 않다. 역시, 아닌 게 맞군. 제발 썩지 않았길 빌며 두 동강을 냈고 다행히 조금만 골았다. 너무 익어서 그리 된 듯. 작은 벌레 몇 마리가 보이지만 그쯤이야. 씨 있는 곳 박박 긁어냈음에도 큰 놈답게 속이 엄청 많다. 때깔도 먹음직한 게 달고 부드럽게 생겼다. 이걸 언제, 어떻게 다 먹지?

둥글넓적하게 커서 늙은호박일 거라 믿었지만
실은 청둥이호박이었다.

고추장찌개부터 끓이기 시작. 그다음엔 뭘 할까. 새우젓 넣어 볶는 거 말고 뭐 또 없을까? 맞다, 호박전! 애호박처럼 얇게 썰어 부치면 될까? 채 썰어 부치는 게 나을까? 아무래도 인터넷에 물어봐야겠다. 에계? 애호박전 이야기만 좌르륵. 안 되겠다. 늙은호박전으로 다시 찾기. 옳지! 요게 좋겠다. 늙은호박처럼 크더니만 전 만드는 법도 고거 따라하면 딱 어울리겠네. 큰 놈끼린 통하는 게 있구나.

호박 채 썰어 소금, 설탕으로 밑간하고는 밀가루랑 달걀, 물 조금만 넣어 바로 부치기. 다 부친 둥근호박전, 맛있을까? 맛있다! 고소하고 달큰하고 부들하고. 고것 참 별미로세. 호박 고추장찌개랑 호박전을 놓고 특별한 저녁밥상 냠냠. 호박 덕분에 배도 부르고 마음도 꽉 찬다.

속 긁어낸 남은 호박 덩이를 냉장고에 넣으니 냉장고마저 가득 들어차네. 오래 두면 물러질 테니 열심히 호박 반찬을 해야겠구나. 채 썰어 볶고, 탕탕 썰어 새우젓 넣어 졸이고, 된장찌개랑 고추장찌개에 넣고, 그리고 또 뭐가 있을까?

애호박도 돼지호박도 아니고 단호박도 늙은호박도 아닌, 씨 뿌린 적 없는 데서 저 혼자 자라난 둥글넓적한 호박. 이름이 참 궁금했는데 페이스북 친구 덕분에 알게 됐다. 그분 어머니가 저런 호박을 '청둥이호박'이라고 부른다나. 듣는 순간 딱 마음에 와닿는 정겨운 이름. 늙은호박처럼 크고 쓸모 많은 청둥이호박아, 오늘부터 당분간 네가 우리 집 복덩이로구나!

장수댁네 박 두 개나 터진 날!

슬근슬근 톱질 대신 쓱싹쓱싹 칼질

푸르스름한 박 때깔이 다 익었노라 말하고 있다. 그것도 무려 두 개나! 박 타기를 더는 미룰 수 없겠다. 그냥 뒀다가는 썩거나 동물이 먼저 먹을 수 있으므로. 얼마나 기다린 박인데 그리 되도록 둘 수는 없지.

큼직한 박 두 덩이가 수박보다 더 무겁고 단단하다. 깨끗이 씻어 칼을 대니 너무 단단해서 내 힘으론 무리다. 흥부네 식구들이 슬근슬근 톱질로 박을 탔던 까닭이 이래서였구나. 박 타는 기쁨을 내 손으로 맛보고 싶었으나 어쩔 수 없이 영광의 순간을 옆지기에게 돌리고. 힘 좀 쓰는 이 남자도 꽤 힘들어하는 걸 보니 잘도 여물었나 보다. 쓱싹, 쓱싹쓱싹. 여러 차례 칼질 끝에 드디어 첫 번째 박이 열리고. 우와, 싱싱해! 썩지 않았어!

수박만큼 큼직한 박 두 덩이.
수박보다 더 무겁고 야무지게 딴딴하다.

씨를 긁어내고는 하얀 속을 얇게 썰었다. 지금 바

로 먹어도 맛있지만 오래 먹기 위하여 햇볕에 말릴 생각. 박속을 만지면 미끌하고 탱글하고 몰캉하고 손맛이 아주 재미나다. 생선회를 만지면 이런 느낌일까? 첫 번째 박은 껍질을 조각내며 속을 썰었는데 두 번째는 껍질 모양을 그대로 남겼다. 잘 마르면 나중에 '박박' 바가지로 써보려고. 박속 얇게 썬 것을 햇볕에 널었더니 하얀빛 좌르륵 늘어선 게 참 곱고 멋스럽다. 보랏빛 가지 말릴 때랑은 좀 다른 백색 기품(?) 같은 게 느껴진다고 할까. 날이 좋으니 박도 잘 마를 거야. 그럼 올겨울 찾아올 손님들을 위한 최고급 나물반찬으로 자리잡을 테지. 어쩜 고사리보다 더 인기가 높을지도!

박 열매를 처음 만난 때부터 이제나저제나 기다려 온 박 타기. 그러는 중에 큰 박 하나가 썩어버리기도 했고. 하나만 잘 타도 대박이라 여길 거였는데 무려 두 개나 되는 박을 탔으니 이건 거의 초대박 행운이다.

슬근슬근 톱질 대신 여러 차례 칼질 끝에
드디어 단단하던 박이 열렸다!

슬근슬근 톱질 대신 쓱싹쓱싹 칼질로 박을 탄 날. 그간 페이스북 사진으로 올렸던 우리 집 박에 따스한 애정을 보여준 콜트콜텍 노동자 친구가 생각났다. 박 탈 때 불러달라던 댓글도 떠오르고. 함께하지 못하는 대신 박 타는 동안 콜트콜텍 문제가 잘 풀리기를 빌고 또 빌었다. 그리고 흥부처럼 착하게 살지 못했음에도, 하물며 박이 열심히 자라는 동안 작은 노동력조차 보태지 않았음에도 싱싱한 박을 안겨준 자연님께 고마운 마음 담아 큰절을 올렸다. 이젠 썰다 긁다 남은 박속 부스러기들로 무슨 요리를 해볼지 궁리를 해야겠다. 장수댁네 박 두 개나 터진 날. 박 요리까지 맛나게 먹을 수 있으면 그게 바로 박이 가져다준 '복'을 제대로 누리는 거겠지?

박은 잘 말랐건만 참 애달프다

야심차게 말리기 시작한 박. 물컹물컹 끈적끈적한 박을 뒤집을 때도, 종이처럼 얇게 마르는 모습을 보는 것도 가지, 취 말릴 때랑은 또 다른 재미를 주었다. 물기가 많아 하루에도 두세 번씩 뒤집으며 애지중지 보살피던 그 박이 드디어 말랐다. 그런데!

햇볕 아래 좌르륵 늘어선 얇은 박속이 곱고 멋스럽다.

어제 해가 저물 즈음 박 말리는 채반을 지붕 밑으로 옮길 때만 해도 멀쩡하던 박이 오늘 보니 곰팡이가 싹 슬었다. 해님께 맡긴 지 4일째. 그동안 날도 죽 좋았고 어제저녁까지 맑고 깨끗했던 박인데 밤사이 무슨 일이 있었기에 이리 됐을까. 엉엉, 흑흑흑. 곰팡이 잔뜩 슨 박을 보면서 기가 막히고 어이도 없고 허망하기만 하여 어찌 손을 볼 수가 없다. 이 박만큼은 정말 지키고 싶었는데…. 너무 두껍게 썰어 문제였을까, 밤이슬 맞지 않을 곳에 두었음에도 산골 습기가 알아서 찾아간 것일까. 곰팡이님도 그렇지. 기왕 오실 거면 어제보다 훨씬 덜 말랐을 그제나 그끄저께나 오실 것이지. 그랬으면 어떡하든 조치를 했을 터인데 다 되기 일보 직전에 오시면 나더러 어쩌라는 것인지요.

마음 한구석에 휑하니 바람이 스친다. 박 따고 타고 할 때는 흥부 마누라라도 된 듯 흥겨웠건만 나오는 건 한숨뿐. 아이고, 흥부 마누라 노릇도 아무나 못하나 봐. 허망한 이 마음 어찌 달래누. 박 타기 하면 떠오르는 책 『흥부전』이라도 잠깐 거들떠볼까. 스르륵 책장을 넘기다 한 장면에서 눈길이 딱 멈춘다.

쌀 구하러 나갔다가 쌀 대신 매 맞는 값으로 서른 냥이 생기게 된 흥부, "여보 마누라, 읍내 한번 갔다 오니 돈 서른 냥이 뚝 떨어졌구려" 하며 싱글벙글 하는데 흥부 마누라, "아무래도 길에서 주웠나 본데 돈 잃은 사람이 얼마나 애가 타겠소? 여보 아이 아버지. 주운 곳으로 곧장 가서 돈 임자가 나서거든 도로 주고 오오. 고맙다고 행여 한 냥쯤 주면 고맙고. 그것이 바른 일이니 어서 가서 찾아 주오" 이러는 게 아닌가.

그만 가슴이 찌르르. 자식새끼들 굶어 죽게 된 마당에 주운 돈쯤 쓴다고 죄 될 일도 아닐 성싶은데 저리도 올곧은 소리를 하다니! 진정한 성인의 모습 바로 흥부 마누라였구나. 아무리 생각해도 나라면 저리 못했을 거다. 지나치게 순수하고 올바른 흥부 마누라를 보면서 다시 또 올라오는 생각. 이번에는 한숨이 아니라 깊은 감동과 함께. '흥부 마누라 노릇, 아무나 못 하는 게 당연하지. 암, 그렇고말고.' 박 때문에 속상했던 마음이 『흥부전』을 보면서 싹 풀렸다. 그리고 다짐했다. 아무리 힘들고 배고파도 흥부 마누라처럼 정직하고 올곧은 사람이 되어야지! 책 본 김에 남원에서 열리는 '흥부제' 구경이나 나설까. 흥부가 박 터지게 복 받았다는 흥부마을도 가까우니 거기도 같이 가면 더 좋겠군.

필시 제비가 안겨준 행운일 게야!

지난 며칠 서리가 이어지면서 싱싱하던 박잎이 깡그리 사그라졌다. 이제 더는 박잎전을 먹지 못하겠구나 아쉬워하던 차에 뜻밖에 선물이 다가왔다. 박잎 사라진 자리에 커다란 박 두 개가 나타난 것! 거참, 신기하다. 요 두 개는 코빼기도 보지 못했는데 대체 어디서 자라고 있었을까. 생각지도 않던 박이 생기니 그야말로 제비가 물어다 준 선물 같기만 하다.

서리 덕분에(?) 생각지도 않던 박이 생겼다.

그간 어떤 먹을거리든 되도록 냉동실에 넣지 않으려고 악착같이 애를 썼다. 옛날에 갈무리하던 방식을 어떡하든 따라 해보고 싶었다. 되살려내고도 싶었다. 그렇기에 첫 번째 박을 거의 곰팡이한테 넘겼음에도 두 번째도 다시 말렸다. 역시나 반 너머 실패나 다름없는 결과를 맞이했다. 바보처럼 반찬 한번 만들어 먹지 않고서. 이번엔 고집을 꺾기로 했다. 박을 냉동실에 넣기로 마음먹은 것. 제비가 물어다 준 행운 같은 이 박만은 꼭 살려서 다른 이들과 나누는 기쁨을 제대로 누리고 싶었다. 뒤늦게 박 선물 안겨준 제비(?)의 뜻도 아마 그러하지 않을까. 믿거나 말거나.

박 보관법을 찾아보니 국, 나물, 부침 등에 맞춰 썰어서 냉동실에 넣으란다. 내가 만들 수 있는 것은 탕, 나물, 조림 정도가 될 듯하여 두께만 조금 다르게 나박나박 썰어 냉동실에 나누어 담았다. 박 손질은 이렇게 마무리가 되었다. 햇볕에 말리지 않으니 빠르고 쉽긴 하구나. 제비가 물어다 준 박이라 여기기로 한 김에 씨도 고이 모았다. 잘 말려서 내년에 심으면, 혹시 거기서?

드디어 박 요리에도 도전했다. 늦가을 추위에 몸도 마음도 시리던 날 박속 넣은 낙지연포탕을 끓였다. '어, 칼칼하고 시원하다. 음, 담백해.' 말로만 듣던 낙지연포탕 이런 맛이었네. 귀한 음식으로 대접받을 만하겠어. 박도 많은데 볶음까지 해볼까. 들깨가루 넣고 지글지글 볶은 박나물. 쫄깃하고 말랑한 박이 고소한 들깨랑 입안에서 자유롭게 섞인다. 내가 이 맛을 그리며 그리 열심히 박을 말렸던 게지, 암!

어느 추운 겨울날 입김 호호 불며 들어설 누군가에게 모락모락 낙지연포탕 뜨끈하게 끓여내면 분위기 참 따스할 것 같다. 아무나 못 받는 대박 박 선물 그렇게 다른 이들과 나누면, 뜻밖에 행운을 안겨준 제비님께 작은 보답이라도 되려나?

보물찾기처럼 설레는 고구마 캐기

뼈다귀처럼 단단해서 빼대기?

고구마를 캤다. 여름내 무성한 줄거리로 맛난 반찬 해 먹으면서 보기만 해도 흐뭇했던 고구마밭. 과연 땅속에서도 열매가 잘 자랐으려나. 보기 전까진 알 수 없으니 호미 쥔 손이 살짝 떨린다. 굵직한 줄거리들을 낫으로 팍팍 베어 옆으로 넘기고 호미로 조심조심 땅을 판다. 고구마가 호미에 닿아 상처가 나면 안 된다.

'두껍아, 두껍아 헌집 줄게, 새집 다오~♪' 모래놀이라도 하듯 뿌리 둘레를 에둘러 가며 살짝살짝 파낸다. 쉽지 않다. 어쩌다 호미에 찍혀 상처 난 고구마가 생기면 어찌나 속상하던지. 조심조심 낑낑대며 땅을 파니 드디어 보인다! 땅 색과는 분명 다른, 곱게 붉은 고구마 빛깔. 때깔만 고운 게 아니고 자태도 어여쁘다. 보물이라도 찾은 것처럼 설레고 기쁜 마음. 어찌 이리 곱게 자랐는지 사랑스럽기 그지없구나.

무성한 잎이 걷히니 고구마 품었던 땅이 훤히 열렸다. 흙 위에서 마지막으로 몸을 말린 고구마를 큰 거 작은 거 나누어 상자에 차곡차곡 담는다. 아직은 춥지 않아 문제없지만 조금만 지나도 저장에 신경 써야 한다. 그럼 어디다 보관을? 방법 없다. 추워지면 무조건 집 안에! 사람보다 훨씬 추위에 민감한 게 바로 고구마인데 그걸 모르고 창고에 뒀다 죄 썩어서 눈물 서럽게 지은 기억이….

풍작은 아니지만 이만하면 넉넉하다. 식구들이랑 고마운 사람들과 나누고 겨우내 찾아올 손님들한테 군고구마 내주고, 어쩌다 밥 대신 고구마 쪄 먹고 하면 어느새 봄을 맞이하게 될 터. 나누어 먹을 일이 없다면 사실 애써 기를 까닭이 없지. 감자처럼 반찬으로 먹기보단 주로 간식거리 몫을 하는지라 더욱. 고구마 하나로 푸근하고 행복하게 다가올 시간들이 눈앞에 스르륵 펼쳐지니 생각만으로도 마음이 뜨뜻해지누나.

'두껍아 두껍아 헌집 줄게, 새집 다오~♪'
모래놀이 하듯 고구마 둘레를 살짝살짝 파낸다.

'먹기 전부터 행복을 안겨주는 고구마야, 잘 자라줘 참말 고맙데이. 소중한 사람들이랑 잘 나누어 먹을게!'

고구마 납작하게 썰어 말린 빼대기

가을 햇볕이 쨍쨍하니 가만있질 못하겠다. 뭐라도 말려야지. 고구마도 있겠다, 이번 참에 겨울 별미라는 빼대기를 해봐? 고구마를 납작하게 썰어 말린 '빼대기', 이름 참 재밌지. 바짝 마른 고구마가 뼈다귀처럼 단단하다고 빼대기가 되었다나.

가을 햇살에 몸을 맡겨 한결 더 달콤하고 쫀득해진 고구마 빼대기

이름만 들어봤지 만들어보는 건 처음. 고구마 여덟 개를 삶았다. 기왕 하는 거 많이 만들어야지. 썰면서 하나둘 집어 먹으니 달콤하다. 거름 안 줘도 잘 자란다더니 그 말이 맞나 봐. 동그랗게 썬 고구마를 채반에 빈틈없이 얹는다. 높고 구름 없이 고요한 하늘. 따스한 가을볕 맞으며 가지런히 놓인 모습이 단정하게 곱다.

정말 뼈다귀처럼 딱딱해지면 이 부실한 나부터 먹기 어려울 듯하여 말랑한 감촉이 사라지기 전에 거둔다. 가을 햇살과 바람에 몸을 맡겨 한결 더 달콤하고 구수하고 쫀득해진 고구마 빼대기. 비닐봉지에 꾹꾹 눌러 담는다. 산골 겨울별미로 남겨야지. 맛있는 건 나눠 먹어야 더 맛있으니까.

"한두 뿌리만 캐어도 대바구니 철철~♬"

삽질 되는 여자의 도라지 예찬

도라지 캘 땐 호미가 아니라 삽이나 쇠스랑이 필요하다. 다른 땐 같이 사는 남자가 들입다 삽질하면 고 뒤 졸졸 따르면서 흙 사이사이 모습 드러낸 도라지들 탈탈 털어 담기만 했다. 이번엔 반 이랑만 매면 되니 삽질도 캐기도 혼자 하겠노라 선언! 밭에서 하는 삽질 처음인데 어깨너머로 본 기억이 쓸모가 있구나. 삽을 땅속에 밀어 넣고는 지렛대 원리로 삽 언저리를 발로 누르면 흙무더기가 쑥 위로 올라오는데, 요 맛이 엄청 짜릿하더라는! "힘 좋으네!"삽질하는 모습 지켜보던 원조 '삽질남'이 감탄을 하기에 진심 담아 한마디. "아니, 이 재밌는 걸 그동안 혼자만 한겨? 나두 이젠 삽질 되는 여자이심!"

'퍽퍽 사사삭.' 도라지 찾는 삽질 소리 따라 조금씩 허연 도라지 때깔이 보인다. 마침내 온전한 모습을 드러낸 도라지님. 나도 모르게 터져 나온 소리. "삼 년 묵은 도라지 봤다아!" 밭에서 자란 지 삼 년째가 맞으니 과장된 외침은 아닐지니. 굵은 몸통에 달린 잔뿌리가 어찌나 많은지 마치 산신령 수염 같아서 영험한 기운에 휩싸인다. 산 밑에서 자랐으니 정말로 산신령 기운이 스

"도라지 도라지 백도라지, 한두 뿌리만 캐어도
대바구니 철철 넘친다~♬"

몄을지도 모를 일이지. 한 시간 삽질 끝에 도라지 한 바구니 그득. 노다지를 캐도 이보다 기쁠까. 도라지 바구니 들고 콧노래를 부른다. "도라지 도라지 백도라지, 한두 뿌리만 캐어도 대바구니 철철 넘친다~♬"

허나 성급히 좋아하기엔 이르다. 수확에 따르는 의무가 뒤따르나니 바로 다듬기. 껍질 벗겨 얇게 가르는 데만 두 시간 넘게 걸리니 물에 불어 퉁퉁해진 손가락이 애처롭다. 경험상 이 손은 로션, 크림 아무리 발라도 원상복구까지 한참 걸린다는. 다듬기를 마친 뒤 쓴맛 없애고자 소금 팍팍 쳐서 삼사십 분 두곤 흰 거품 일게끔 손으로 마구 비빈다. 역시 손이 많이 가는 고난이도 농작물. 제사상에 오르는 음식답다.

하얗게 맑은 도라지를 보며 무칠까 볶을까 생각하다 무침 반 볶음 반으로 결정. 무침은 아주 간단히. 매실액이랑 막걸리식초 넣고 고춧가루 적당히 뿌려선 젓가락으로 휘휘 저으면 끝. 볶음도 역시나 간단. 달군 프라이팬에 마늘 다진 거 먼저 살살 익히다가 도라지, 들기름, 파 넣고 들들 볶기만 하면 된다. 이때 설탕 살짝 넣으면 도라지 쓴맛을 줄일 수 있다. 다듬는 데는 시간이 걸렸지만 반찬 만드는 시간은 초간단이다.

도라지무침을 입에 넣을 땐 '아, 상큼달큼 아삭하니 너무 맛있다. 이게 볶음보다 더 맛있을 거야' 그래놓곤, 도라지볶음을 먹으면서는 '으흠, 고소하고 담백하게 씹히는 맛, 무침보다 더 맛있는걸?' 이러고 있다, 다름 아닌 내가. 딱히 맛에서 우열 가리려는 뜻이 없었는데도.

다시금 무침과 볶음을 번갈아 먹으면서 '둘 다 그냥 맛있다. 같은 도라진데 서로 다르게 완전 맛있다!' 이렇게 정리가 되더라니. 그러면서 황희정승 생각이 났다. "네 말이 옳고 네 말도 옳다"고 했다던 바로 그분. 두 시간 넘게 다듬으면서 이렇게까지 힘들게 먹어야 하나 살짝 자괴감이 일 뻔도 했는데 공들여 먹을 만하다. 황희정승까지 생각나게 만드는, '옳다구나' 싶게 담담히 맛있는 도라지는!

먹기 좋은 음식이 약이 된다

몸통에 버금갈 만큼 잔뿌리 많은 도라지들. 팔려고 키우는 거면 상품가치가 없을 테지만 우리 집에선 귀하신 몸이다. 가느다란 뿌리 하나하나 떼고 박박 씻어 말리면 겨울 감기 얼씬도 못하게 막는 귀한 도라지차가 되시나니. 햇볕에 말긴 지 열흘 좀 넘어 바짝 마른 도라지 뿌리. 대추랑 같이 물에 넣어 팔팔 끓이면 말갛게 노란 빛깔

도라지 잔뿌리를 말려서
약 대신 도라지차를 끓여 마셨다.

차가 된다.

지난겨울 내내 요 도라지차를 마셨다. 어쭙잖은 마음 병이 몸으로 도진 건지, 그때 기관지 때문에 병원 신세를 좀 졌다. 의사가 말하길 꾸준히 병원도 약도 챙기란다. 처음엔 시키는 대로 잘 따르다 어느 순간 약도 병원도 딱 끊었다. 그리고 도라지차를 마시기 시작했다. 약이 독해서 싫기도 했고 도라지가 기관지에 좋다는 널리 알려진 정보를 내 몸으로 확인하고도 싶었다. 시간이 약이 된 걸지도 모르지만 그 뒤로 더는 병원 갈 일이 없었다. 마실 때 살짝 깔깔하게 넘어가던 맛이 기관지에 좋다는 사포닌 때문일 거라 여기며, 도라지 뿌리가 내 몸을 보듬어주었을 거라는 믿음이 생겼다. '장수하는 길은 자연에 있다'는 그 흔한 말도 마음에 팍팍 와닿았고.

조금씩 쌀쌀해지는 이 가을 나는 또 도라지차를 끓인다. 대추랑 섞여 달큰 쌉쌀한 게 여느 음료수보다 더 맛있기도 하니, 『먹기 싫은 음식이 병을 고친다』던 어느 책 제목 살짝 비틀어 '먹기 좋은 음식이 약이 된다'고 믿으면서.

생명을 잇는 소중한 일 도라지 씨받기

얼마 전 거둔 도라지 열매 탁탁 털어 씨를 모았다. 열매 안에 남아 있는 것까지 싹싹 모으자면 하나하나 열매를 까는 수밖에 없다. '빠지직' 열매 깨지는 소리에 이어 '후드득' 씨앗 떨어지는 소리가 뒤따른다. 고렇게 작은 열매들 죄다 만지고 나서야 씨받는 일이 끝났다. 조금 힘들었고 좀 많이 뿌듯하다. 씨앗을 받는다는 건 생명을 잇는 자연스럽고도 소중한 일이니깐.

까무잡잡하니 작고 얇은 도라지씨를 땅에 뿌린다. 두 골을 이어 평평하고 넓게 만든 밭에 금을 긋고 씨를 흩뿌리고 다시 흙을 덮고. 쌀쌀한 기운 밀려오는 한가을에 씨앗을 심는 건 따뜻한 기운 일어나는 한봄에 심을 때랑 느낌이 많이 다르다. 추운 데 있는 자식 걱정하는 마음이랑 비슷하다고 보면 너무 나아간 걸까?

둥글게 생긴 도라지 열매에 깨처럼 작고 검은 씨앗이 들어 있다.

가을에 뿌린 도라지씨는 겨우내 땅속에서 조용히 견디다 봄이 시작할 즈음 다른 풀보다 이르게 싹이 난다. 그것만 봐도 도라지가 뭔가 귀한 힘을 지녔을 것만 같다. 부디 겨우내 힘을 잘 모았다가 새봄에 새싹 고이 틔우기를 바라는 마음으로 조심조심 흙을 덮고 물을 주었다.

어느덧 입김 펄펄 날리는 가을밤. 땅에 맡긴 작고 검은 씨가 자꾸 생각난다.

'탁탁 타다닥' 깨가 쏟아지는 소리

들깨처럼 들깨같이 고소한 마음

땅과 더불어 살자면 가을에만 할 수 있고, 가을이 가기 전에 해야만 하는 일이 있다. 들깨 털기처럼. '탁탁 탁탁탁.' 마을 곳곳에서 도리깨질이 한창이다. 양이 워낙 적고 도리깨도 없으니 우리 집은 그냥 손으로 들깨를 턴다.

화창한 일요일 오후, 얼마 안 되는 들깨를 털었다. 바싹 마른 줄기를 양손에 쥐고 '팍팍 파바박' 마구 두들기면 '탁탁 타다닥' 소리가 귀를 간지럽힌다. 작디작은 들깨 알맹이가 떨어지면서 비닐 한 겹 사이에 두고 땅과 만나는 소리다. 터는 건 금방인데 갈무리에 꽤 손이 간다. 들깨랑 함께 떨어진 큰 줄기들 골라내곤 온갖 검불과 들깨가 섞인 무리를 그물망 소쿠리에 치고 또 친다. 가벼운 검불들은 입으로 불면서 저 하늘로 날려 보내고.

손은 소쿠리를 치대고 입은 후후 불며 얼추 시간을 보내니 그제야 들깨처럼 보이는 것들만 모아진다. 하루는 햇볕을 쬐어야 좋을 듯해서 오후 내 마당에 널어놓았다. 벌레들도 슬금슬금 기어 나가고 햇볕 기운 받아 들깨가 더 고소해질 것 같다. 해가 막 넘어갈 무렵, 다시금 들깨 고르기 시작. 들깨 담은 그릇 가까이

바싹 마른 줄기를 '팍팍 파바박' 마구 두들기면 '탁탁 타다닥' 들깨가 떨어진다.

서 '후우' 하고 불면 가벼운 검불들이 화라락 날아간다. 가끔 입바람이 세서 아까운 들깨까지 땅으로 날아가는 안타까운 순간도 겪으며 이 일을 하고, 또 하고, 또 한다. 대체 언제까지 해야 좋을지 나도 모른다. 눈앞에 자꾸 들깨 아닌 것들이 보이니 그것들이 거슬리지 않을 때까지 무작정 하는 수밖에.

한 줌 조금 넘는 들깨 털기도 이렇게 손이 가는데, 들기름 짤 만큼 농사 크게 짓는 분들은 어떻게 이 일을 해내는지 모르겠다. 들깨 탈곡기라는 것도 있나 본데 마을 분들 보면 기계 없이 하는 것 같으니 들깨 거두고 털기란 참 큰 일감이지 싶다. 이런 과정을 거쳐 나온 직접 짠 들기름은, 참기름도 물론이고 백만금을 줘도 모자랄 성싶다.

모든 일에는 끝이 있는 법. 들깨 아닌 듯 보이는 것들이 더러 띄지만 털기를 이만 마치기로 한다. 나중에 먹을 때 잘 골라내면 되니깐. 긴 시간 털고 고르고 말리고, 다시 또 골라낸 들깨. 그릇에 담으니 양 참 적다. 내년에 씨로 뿌리고 남으면 맛이나 볼 수 있을까. 아무래도 갓 거둔 들깨 맛볼 마음은 접어야겠다. 지난여름 폭삭 망한 들깨농사, 혹시나 싶어 몇 개 살려둔 덕에 이나마 건진 게 어디야.

적은 양이지만 들깨를 털고 갈무리하면서 소중한 생명을 받아안는 시간이 많이 뿌듯했다. 뒷간 갈 때와 나올 때 마음 다르다는 게 이럴 때 들어맞으려나? 농사짓기는 지겹고 힘들고, 그래서 설렁설렁 때우면서 농사 끝에 만나는 수확물들 보면서는 마냥 행복해하는 모습이란. 작심 한철이어도 어쩔 수 없다. 동글동글 작고 고운 들깨를 보면서 불끈 솟아나는 이 마음을. '내년에는 들깨농사 잘 짓고 싶다!'

갓 거둔 들깨를 그릇에 담으며, 고소한 냄새를 맡으며 '어떻게 얼마나' 고소한지 표현할 말을 찾다가 곧바로 포기. 알싸한 듯 상큼한 듯 코를 간질이는 고소한 들깨를 드러낼 말로는 아무래도 이것밖에 없을 듯하여. '들깨처럼, 들깨같이 고소한 내음!'

껍질부터 씨까지 다 쓰는 대봉마님

꼭지 확 돌 때 좋은 감꼭지차

똑똑, 누군가 문 두드리는 소리에 나가 보니 마을 할아버지가 계신다. 무슨 일인가 여쭈려는데 언뜻 보이는 감 소쿠리. 설마 했는데 감 담을 그릇 챙기란다. "이걸 저희 다 주시는 거예요? 이렇게 많이 주셔도 괜찮아요?" 속은 떨 듯이 반가우면서도 냉큼 받기가 겸연쩍어 몇 번이나 묻는다. 괜찮다며 얼른 담으란다. 마당에 있는 감나무에서 딴 대봉이라면서. 안 그래도 그 집 앞 지날 때면 탐스럽게 열린 감이 탐나곤 했는데 내 집에서 맞이하게 될 줄이야. 참말 꿈에도 생각하지 못했다.

빈 소쿠리 가만히 들고 조용히 뒤돌아 가는 할아버지 모습을 보니 울컥 뜨거운 무엇이 치민다. 우린 무슨 복이 있어서 이렇게 받기만 하는지, 받기만 해도 되는지…. 시골이어서, 농촌이라서 당연한 걸까. 아닐 거야. 어쩌면 세상이 할아버지 손을 빌려 가르치는 걸지도 몰라. 너도 가진 것 널리 널리 나누라고. 아낌없이 온 마음으로.

갑자기 생긴 이 감을 어찌할까. 그냥 둬도 잘 익은 홍시로 아주 고급 겨울참거리가 될 텐데 그것만으로 두긴 좀 많다. 그래,

곶감이 있지! 근데 대봉으로도 곶감을 만드나? 인터넷한테 물어보는 수밖에. 대봉으로 뭘 만드는지 이모저모 찾다가 곶감은 물론이요 감말랭이 만드는 것까지 알게 됐다. 어디 그뿐인가! 껍질이랑 꼭지로 차를 만든다는 정보까지 보이네. 몸에 아주 좋다는 말씀까지.

점심 먹고 느긋이 쉬려던 몸과 마음이 새로운 일감 앞에 바빠졌다. 산골살이 언제 어떤 일이 닥칠지 참말 모를 일이란 말이지. 가만, 곶감 만들려면 감 너는 기구가 있어야 하는데 고게 없네? 읍내 나가서 사 와야 되나? 참, 그 기구는 꼭지가 살아 있어야 감을 걸 수 있는데 이 감은 꼭지가 없잖아! 할아버지가 꼼꼼하게도 다 자르셨네.

그럼 어쩐다. 같이 사는 만능 재주꾼에게 구원 요청을 해야지. 옛날 방식으로 하면 되겠다면서 실을 가져오라네. 명주실 비슷한 굵은 실 바로 대령하니 요렇게 조렇게 감을 엮는다. 따라 해보니 되긴 된다. 그리하여 한 줄에 감 다섯 개 달린 곶감 줄 여러 개 탄생! 햇빛을 받아야 맛있어진다니 비는 피하고 해는 맞는 처마에 꽁꽁 매달았다. 감은 무겁고 실은 얇으니 저게 온전할까 걱정이 밀려온다. 자꾸만 마당으로 눈길이 가네. 실을 두 겹으로 할 걸 그랬나. 아니나 다를까 바람이 좀 세게 분 뒤에 한 줄은 와장창 떨어졌고 조금 더 지나서는 감 한 개가 달랑 떨

명주실 비슷한 걸로 요렇게 조렇게 감을 엮으니 곶감 줄 여러 개가 만들어졌다.

어져 있고. 이거 곶감 될 수 있으려나.

땅에 떨어진 곶감을 다시 실에 맬까 하다가 꼭지 쪽이 헐거워 어려울 것 같다. 이번 참에 감말랭이도 해보는 거야! 쫀득하고 달콤한 감말랭이를 만들게 될 줄이야. 게다가 지금은 날씨가 추워서 곰팡이 걱정은 덜 해도 될 듯.

갑자기 신이 난다. 홍시로 먹으려던 감에서 많은 양을 감말랭이에 투입하기로 결정. 곶감을 위해 껍질만 깔 땐 몰랐는데 감을 반 가르니 심장 모양을 닮은 모습이 왜 그렇게나 예쁘고 맛나 보이던지. 떫을 줄 알면서도 한 조각 먹는데 역시 떫다. 대봉은 기다려야 맛있는 과실이라는 걸 다시 한 번 감을 잡고, 감 썬 것 채반에 하나하나 곱게 널었다.

아직 감 일은 끝나지 않았다. 홍시로 익힐 것 따로 담고, 껍질이랑 꼭지도 차로 만들려고 따로따로 널었다. 감 씨도 심으려고 모았다. 혹시 싹이 나더라도 십 년은 지나야 먹을 수 있을는지. 그래도 심을 거야. 언젠간 누군간 먹게 될 테니깐. 일 다 해놓고 보니 찌꺼기가 하나도 없다. 껍질부터 씨까지 죄다 쓸모 있는 대봉마님 완전 멋지셔. 그러나 방심은 금물. 곶감도 감말랭이도, 껍질이랑 꼭지도 다 해님께서 여러 날 살펴주셔야 하는 것들. 이제 시작일 뿐이니 해님 따라, 해님 사라진 뒤에도 날마다 살피고 또 살펴야 하리. 더구나

감을 반 가르니 심장 모양을 닮은 모습이
왜 그렇게나 예쁘고 맛나 보이던지.

태어나 처음으로 해보는 일이니 더욱더 몸과 마음을 내야지!

마을 할아버지 댁에서 자란 귀하디귀한 대봉. 꼬옥 맛있게, 곱게 잘 말리고 익혀서 우리 집 찾아오는 고맙고 귀한 손들께 하나하나 맛보여야지. 생각만 해도 기쁘고 신이 난다. 곶감 좋아하는 이 찾아오면 처마에 걸린 잘 익은 곶감 하나씩 따 주고. 감말랭이 찾는 이 발길이 닿으면 몰랑하고 달큰한 감말랭이 한 접시 내주고. 그 누구든 건듯 지나치더라도 냉큼 시원한 홍시 꺼내 대접하고.

아, 그러고 보니 12월은 시엄니 생신이랑 친정엄니 기일이 있는 달이네. 곶감 몇 개, 감말랭이 작은 봉지라도 챙겨가고 싶은 욕심이 마구 이는데, 과연 두 엄니 몫도 남길 수 있으려나. 먼저 먹는 사람이 임자인, 겨울 군것질의 꽃인지라 영 감이 안 잡히네. 먼저 두 엄니를 향한 마음만 저장하는 걸로.

올가을 더는 햇볕에 손 빌릴 일 없을 줄 알았는데, 뜻밖에 닥친 대봉 선물 덕에 다시 또, 해님께 기댈 일이 생겼다. 그래, 아직 가을이 끝나지 않은 게야. 맘 놓고 게으름 피워도 될 겨울은 조금 더 기다려야 하니까. 아직은 손발 쉴 때가 아니란 걸 알려주려고 팔십 넘어서도 끊임없이 몸 부리는 마을 할아버지께서 이 선물을 주셨나 보다. 아하, 이제야 감이 좀 잡히네. 감, 아니 대봉마님 선물에 담긴 깊고 넓은 뜻이.

마음까지 진정시키는 감꼭지차

대봉 껍질이랑 꼭지, 대망의 감말랭이까지 햇볕에 잘 말랐다. 아직은 가을볕이 힘이 있나 보다. 세 가지 감 식구들을 차곡차곡 거두면서 감꼭지차가 가장 궁금했다. 바싹 마른 푸르뎅뎅한 껍질에서 과연 무슨 맛이 날까. '궁금하면 오백원' 할 거 없이 바로 맛을 보면 되지요.

감꼭지를 씻어 작은 주전자에 넣고 팔팔 끓였다. 약간 식힌 다음 한잔 마시는데 덤덤하게 구수한 맛 뒤로 감이랑 비슷한 옅은 단내가 슬며시 이어진다. 음, 좋다. 책상에 앉아 천천히, 느긋이 그 맛을 입으로 몸으로 마음으로 느껴본다. 이만하면 차로 마시기에 손색이 없겠다. 어디 맛만 그러한가. 이 꼭지에 제법 괜찮은 것들이 들어 있어 몸에 그렇게나 좋단다. 기침, 기관지염은 물론이고 고혈압이나 장에도 효험이 있고. 어떤 글에서는 꼭지 하나에 감 서너 개에 든 성분이 담겨 있다는 이야기까지!

감꼭지차는 덤덤하게 구수한 맛 뒤로
옅은 단내가 슬며시 이어진다.

기막힌 차를 앞에 두고, 옆에 있는 남자한테 나름 기막힌(?) 농담이 불쑥 튀어나온다. "혹시 꼭지 확 도는 일 없어? 요 감꼭지차 먹으면 딱인데. 글쎄 콜레스테롤도 낮추고 혈액순환에도 좋고 마음도 진정시켜준다니 일단 마셔봐." 말장난 대신 찻잔만 냉큼 받더니 한마디 남긴다. "맛 괜찮네." 두 사람 입에 맞았으니 오늘부터 이 차는 우리 집 공식 차로 대접해 드려야지. 비닐에 팍 부으려던 걸 유리병에 곱게 담는다. 얼마 안 되지만 뿌듯 뿌듯.

신선이 어머니에게 준 꽃 구절초

슬픈 역사 지닌 물봉숭아와 여뀌

앞산부터 저 멀리 보이는 산까지 점점이 하얗다. 국화 가운데 하나인 구절초 무리다. 줄기가 아홉 마디로 꺾여 구절초가 된 꽃. 음력 9월 9일(중양절)에 딴 것이 가장 몸에 좋단다. 이 꽃에 얽힌 전설 하나. 옛날에 아이가 들어서지 않던 한 여자가 있었는데, 절에서 치성을 드리면서 둘레에 핀 구절초를 줄곧 달여 마셨단다. 그 뒤에 아이를 가졌다는 소문이 퍼지면서, '신선이 어머니에게 준 약초'를 뜻하는 선모초(仙母草)라 부르게 되었다고. 이 전설을 알고 나니 부쩍 관심이 생긴다. 마음 가는 데 몸 가는 법. 구절초 따러 가까운 산에 올랐다.

처음엔 쑥부쟁이랑 조금 헷갈리더니 자꾸 보니 알겠다. 구절초는 하얗고 쑥부쟁이는 연한 빛이라는 걸. 시리도록 푸른 가을하늘 아래 펼쳐진 새하얀 구절초들. 천천히 조금씩 움직이면서 그윽한 향기에 취해 꽃을 딴다. 얼추 바구니 채우고 내려오는 길에 '또르륵 똑' 맑게 흐르는 계곡이 보인다. 조용히 앉아 한 잎 한 잎 꽃을 물에 적시자니 마치 선녀라도 된 기분이다. 착각은 자유라더니 선모초를 만져서 그런가? 물도 찬데 얼른 씻고 돌아가자.

약으로 쓸 꽃은 해를 맞으면 안 되니 그늘지고 서늘한 곳에 널기부터 해야지.

여러 날 거쳐 바람결에 잘 마른 구절초를 뜨거운 물에 우린다. 산에서 온몸을 적시던 은은한 향기가 다시 피어난다. 예부터 출가한 딸이 아이 낳고 쉬러 오면 친정엄마들은 잘 마른 구절초를 정성껏 달여 먹였다지. 선모초 전설도 그렇고, '옛말 그른 거 하나 없다'는 격언을 떠올리면서 구절초차를 주로 여자들한테 선물했다. 자기한테 좋다니 다들 마음에 드는 눈치다. 바싹 마른 줄기는 잘게 잘라 망에 담았다. 집 곳곳에 걸어두고 일 년 내내 신선의 향기를 맡을 수 있도록.

'내 누님같이 생긴 꽃이여, 노란 네 꽃잎이 피려고 간밤에 무서리가 저리 내리고, 내게는 잠이 오지 않았나 보다.' 국화 하면 떠오르는 시. 나라면 노란 국화 대신 시리도록 하얀 구절초를 그려내고 싶었을 것만 같다. 시 쓸 깜냥은 안 되니 저 시의 마지막 구절만 살짝 바꿔보고 싶다. '하늘에 계신 우리 엄마같이 생긴 꽃이여, 눈부시게 흰 네 꽃잎을 만나려고 내가 이 험한 산골에 발길이 닿았나 보다….'

계곡에 앉아 한 잎 한 잎 꽃을 적시니 꼭 선녀라도 된 기분에 젖는다.

분홍빛 여뀌에 실려온 동학군의 함성

물봉선이 활짝 피었다. 물을 좋아하는 봉선화라서 이름도 물봉선이 된 꽃. 귀에 박힌 노래가 자동으로 생각난다. "울 밑에선 봉선화야, 네 모습이 처량하다~♪" 일제강점기 때 친일 음악가 홍난파가 '봉선화' 노래를 만든 뒤로 '봉숭아'를 봉선화로 부르게 되었다지. 그러니 물봉선 말고 물봉숭아라고 해야 맞지 않을까. 나라를 빼앗기고 꽃 이름마저 뒤바뀐 슬픈 역사를 잊지 않기 위해서라도.

분홍빛 하늘거리는 여뀌를 보니 동학농민군 함성이 아련히 들리는 듯한 착각이….

물 가까이서 피는 가을꽃이 또 보인다. 여뀌다. 장수 번암을 지나 남원까지 길게 흐르는 '요천'의 앞 글자가 여뀌 '요(蓼)' 자다. 여뀌가 많은 내여서 요천이라고. 남원의 젖줄로 통하는 요천은 곡성, 구례, 하동 섬진강 줄기와 만나는데 동학농민혁명 때 대접주 김개남 장군과 농민군이 훈련했던 곳이라 한다. 이들은 많이 알려진 방아치 전투를 비롯해 곳곳에서 벌어진 싸움터에서 몸과 마음을 다했다고. 요천 상류인 번암도 동학혁명 흔적이

곳곳에 살아 있다. 집에서 십 분만 걸으면 '원촌 전투' 현장이 나온다. 동학농민군을 이끌던 장수 접주 황내문이 박봉양의 민보군과 맞서 일진일퇴를 되풀이했다는 바로 그곳. '인내천(人乃天), 사람은 곧 하늘이다. 척양척왜, 보국안민!' 옅은 분홍빛으로 하늘거리는 여뀌를 보니 농민군의 함성이 아련하게 들리는 듯한 착각이….

물 가까이서 저절로 피고 자라는 물봉숭아와 여뀌. 내 삶터에서만큼은 가을을 대표하는 꽃이다. 분홍빛 고운 꽃들 덕분에 많은 것들이 지고 있는 가을 텃밭이 시릿하게 아름답다.

사랑하면 알게 되고 알면 보이나니

산이 품은 약 청미래, 잔대, 삽주

수확이 넘치는 가을. 다품종 소량 농사를 좇는 작은 텃밭이 휑하다. 거의 여름작물에다가 더러 망하기까지 했으니 당연한 일. 하지만 아쉽지 않아. 땅속 깊이 약을 품고 있는 가을 산이 있으니까.

약초 캐러 가는 길은 제 모습 활짝 드러낸 봄나물 뜯을 때랑 준비가 다르다. 작은 칼 대신 갈고랑이처럼 생긴 약초 괭이부터 챙긴다. 또 시든 잎이나 줄기만 보고도 찾을 수 있을 만큼 약초에 대해 이모저모 알고 움직여야 한다. 나름 우리 집에선 채취 여왕(?)으로 통한다지만 약초 앞에서는 무색한 이름. 이럴 땐 약풀에 남다른 애정을 쏟는 옆지기가 앞장선다. 나는 그저 뒤만 졸졸 따를 뿐.

'주르륵, 탁!' 오솔길 들어서자마자 엉덩방아를 찧었다. 둘레에 보이는 건 잔뜩 쌓인 낙엽뿐. 밟는 재미만 알았지 미끄러질 거라곤 생각도 못했지. 허나 그건 시작일 뿐 갈수록 태산이다. 한 사람 서기도 아슬아슬한 길 간신히 지나면 가파른 오르막길이 눈앞에 떡. 이 나무 저 나무 부여잡고 기다시피 엉금엉금 오르느라 숨이 벅차다. 어쩌다 나오는 내리막길도 험상궂긴 마찬가지.

손에 잡히는 아무 덩굴에나 매달려 타잔처럼 간신히 내려가지만 나뭇가지에 긁히고 찔리고 그러다 죽 미끄러지기를 되풀이한다. 이름 없는 산골짜기에서 펼쳐진 고난의 행군 앞에 서울 살 때 북한산 정상에 더러 올라본 경험 따위 아무 쓸모없다. 온몸이 굵고 날카로운 가시에 노출된 수풀을 간신히 헤쳐 나오니 눈물마저 핑 돈다. "어디까지 가는 거야? 이렇게 힘들 줄 알았으면 따라오지 않았지. 이러다 마누라 잡겠어!" 그러거나 말거나 묵묵히 걸어가는 모습에 화가 치밀어 버럭. "내가 다시는 오나 봐라!"

까짓 약초 포기하고 돌아가고 싶은 마음 굴뚝같던 그때 앵두처럼 작고 빨간 열매가 눈앞에 나타났다. 그제야 멈춰 선 얄미운 남자. 호미 쥐고 한참을 구부리더니 뿌리 하나를 턱 내민다. 길쭉하게 굵은 몸통과 사방으로 뻗은 실뿌리들이 마치 용이 승천하는 모습 같다. "고거 실하네?" 내내 투덜대다 살짝 밝아진 모습에 약초꾼(이때부터 저절로 이렇게 부르게 되더군.) 신이 나서 조근조근 이야기를 펼친다. '잎은 망개라고 하는데 천연 방부제 성분이 있다. 청미래 잎을 싸서 만든 떡이 망개떡이다. 뿌리는 몸속에 있는 중금속을 내보내준다, 어쩌고저쩌고….' 청미래 가시는 원숭이도 잡는다는 말이 재밌게 들려서 가까이 보니 작은 가시가 촘촘하다. 아까 내 발목 끈덕지게 잡던 가시 가운데 이것도 있었겠네. 산에서 흔히

청미래 뿌리. 굵은 몸통과 사방으로 뻗은 실뿌리가 어울려 꼭 용이 승천하는 모습 같다.

보는 약초니 많이 캐면 사람도 좋고 산길 다니는 동물한테도 좋겠어. 빨간 열매도 예쁘고, 이래저래 괜찮은 약초 같다. 청미래 하나 봤다고 약초에 부쩍 관심이 생긴다. 화낸 사람 어디 갔는지 약초꾼과 다시 사이좋게 산을 내려갔다.

청미래 뿌리는 다른 말로 토복령(土茯笭)이라고도 한다. 신의 기운이 담긴 뿌리쯤으로 풀이하면 될까. 청미래 덕분에 약초와 조금 가까워진 듯해 뿌듯한 날, 용을 닮은 신비스러운 청미래 뿌리를 물끄러미 바라본다. 음, 보기만 했을 뿐인데도 뭔가 마음속 독이 스르르 풀리는 기분에 빠지네.

잔대, 삽주… 가을 산 약초 대행진

청미래랑 얼굴 튼 뒤로 우리 집 약초꾼이 산에 가자면 셋에 두 번은 군말 없이 따라나섰다. 하지만 깊은 산에 들어갈 땐 알아서 혼자 다녀오곤 하던 약초꾼. 어느 날 몇 시간 산을 타고 오더니 싱글벙글하며 가방에서 무언가를 꺼낸다. 잔대란다. "이야!" 내 키에 반은 될 것 같은 엄청난 모습에 보자마자 입이 떡 벌어진다. 전에도 가끔은 작은 잔대를 캐서 굽거나 날로 먹기도 했지만 이렇게 큰 건 정말 처음.

길쭉해서 더 특별한 잔대는 무조건 술로 담근다. 산더덕술, 밭도라지술에 길쭉한 잔대술까지 나란히 있으니 마음까지 넉넉하다. "술은 물로 우려낼 수 없는 약 성분을 우려나게 해줄 뿐 아니라 치료 효능까지 높여준다." 새로운 먹을거리 만날 때 한번씩 열어보는 책 『고루 먹고 병 고치기』에 나온 글이다. 그러니 인삼 못지않게 좋다는 약초들이 담긴 이 병은 술이 아니라 모두 약.

귀하게 모시고 조금씩 먹어야지.

위에 좋다는 삽주도 약초꾼 눈매를 벗어나지 못했다. 솜털 같은 꽃술 달린 삽주꽃. 가느다란 줄기에 작게 달려 있어 그냥 지나치기 일쑨데 고걸 귀신같이 알아보네. 역시 아는 만큼 보이는구나. 꽃이 작다고 뿌리까지 작은 건 아니다. 다만 내 눈엔 좀 못생겼다. 얼핏 보면 해삼처럼도 보이니 바로 매력이 느껴지진 않네. 캘 때부터 풍기던 독특한 향내가 마르면서 더 그윽해졌다. 몇 뿌리는 말려 가루로 내고 남은 것은 술로 만들었다. 꿀에 타 먹으면 좋다는 삽주 가루는 위가 자주 아픈 한 언니한테 주었지. 향기 머금은 술은 우리 몫으로 남기고.

청미래, 잔대, 삽주, 더덕, 산도라지, 둥굴레, 칡 그리고 또…. 알던 것과 듣도 보도 못한 뿌리들까지 가을 산이 품은 약초들은 반찬으로, 약으로, 술로 하나하나 몸과 마음에 들어왔다. 마을 할머니들이 온갖 뿌리들 섞어 달여서 물보다 자주 마시던 모습이 조금씩 이해가 된다. 산길 거닐 때 옷깃을 스치는 메마른 풀도 전과는 다르게 보인다. 사랑하면 알게 되고 그때 보이는 건 전과 같지 않다고 했던가. 그 말이 딱 맞는 듯하다.

물론 몸에 좋다고 마구 가져오면 안 될 터! 산에 예전만큼 약초가 없다는 말이 들리는 것도 분별없는 욕심이 부른 결과일지니. 산이 허락해주는 만큼만 내 몸에 담아야 한다. 늦가을 지나서 약초 꽃들이 씨앗을 다 떨군 뒤에 채취하는 것도 꼭 기억할 일. 혹시 남아 있는 씨가 보이면 골고루 뿌려주는 것까지도. 거둔 만큼 뿌리고 돌아오기, 귀한 약초들 품고 내어준 산에 대한 최소한의 도리일 테지?

귀한 능이버섯 '능히' 땄노라

영지부터 목이까지 버섯 대잔치

가을에 펼쳐지는 장날 특별히 귀하게 대접받는 버섯이 있다. 한 상자에 십만 원도 훌쩍 넘는, '일 송이, 이 능이, 삼 표고' 할 때 나오는 바로 그 능이버섯. 송이버섯처럼 기를 수가 없고 오로지 산에서 저절로 난 것만 먹을 수 있기에 비싸게 팔리는 거란다. 능이버섯 땄노라고 은근슬쩍 자랑을 비치는 마을 할머니께 "어디서 봤어요?" 주책없이 물어보지만 입을 열지 않으신다. 괜히 심술이 난다. '흥, 내 힘으로 찾아내고 말 테야! 약초도 캐는데 능이 정도 능히 못 따겠어?'

그 뒤로 산에 오를 때마다 기회만 노렸다. 하지만 마음뿐 당최 보여야 말이지. 오로지 능이버섯만을 찾으며 몇날 며칠 산을 쏘다녔지만 행운은 쉽게 오지 않았다. 아무래도 능이버섯은 안 되려나 보다. 욕심을 버리고 터벅터벅 산을 내려오던 날, 두툼한 나무 밑동에 활짝 피어난 뭔가를 보았다. 설마, 설마? 이리 보고 저리 보아도 능이가 맞는걸? 산골새댁 드디어 능이를 만났구나. '야호, 능이 봤다!' 크게 외치려다 꾹 누른다. 그러다 능이 있는 곳 다 알리는 꼴이 될 테니. 이제야 알겠다. 할머니가 능이 본 곳

알려주지 않던 그 마음을. 좋은 것일수록 나눠야 도리겠으나 귀한 능이 앞에 두니 나만 갖고 싶은 이기심이 먼저 고개를 쳐든다. 못난 마음보 같으니라고.

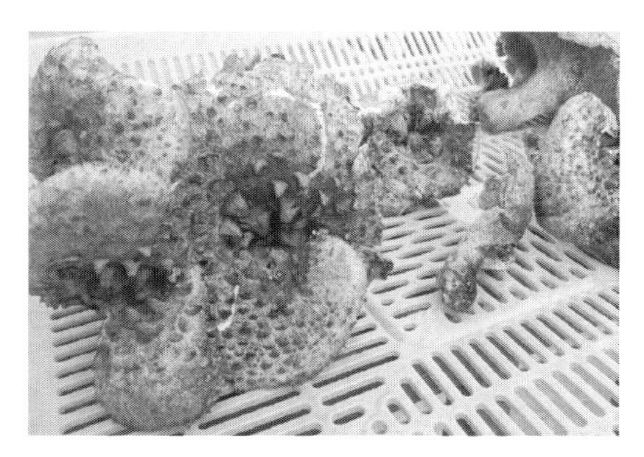

단 한 번 딸 수 있었던 능이버섯.
달콤하면서도 쌉싸래한 향기가 일품이다.

우리 능이님 다칠라 조심조심 떼서 집으로 고이 모셨다. 잘 씻어서 말리기부터. 크기가 쪼그라들수록 버섯 내음은 더욱 짙게 피어난다. 달콤하면서도 쌉싸래한 이 향기만으로도 귀한 대접 받는 까닭을 알 것 같다. 잘 마른 능이버섯은 국에도 넣고 백숙에도 넣고, 물에 불렸다 살짝 데쳐 먹으니 금세 사라진다. 다행히(?) 나는 처음 먹어본 능이버섯이 맛있는 줄 모르겠어서 신나게 손님들 입으로만 보냈지. 귀하고 귀한 거라고 자랑 잔뜩 하면서.

그 뒤로 여러 번 산을 올랐지만 능이버섯과 마주치는 시간은 다시 찾아오지 않았다. 능이버섯을 '능히' 만나는 건 단 한 번만 허락된 행운이었을까?

불로초 영지버섯, 살구향 꾀꼬리버섯, 잡채 동무 목이버섯

낙엽이 지면서 조금씩 스산해지는 가을 산. 샛노란 망사로 화려한 자태를 뽐내는 망태버섯부터 여기저기 보이는 예쁜 버섯들이 눈길을 확 끈다. 먹는 버섯이 아닌지라 그저 감탄스럽게 바라보기만 한다. 확실하게 아는 버섯이 아니면 절대로 따서도, 먹어서도 안 된다는 사실을 마음에 꼭꼭 새기면서.

이 버섯 저 버섯 보는 것만으로도 충분히 즐거웠건만 어쩌다 확실하게 아는 버섯을 보고야 말았다. 산삼에 맞먹는 불로초로 통한다는 바로 그 영지버섯. 뜻밖에 닥친 행운에 어리둥절하지만 그냥 두고 갈 순 없지. 신선이 되는 영약이라는데. 가을 산이 내준 버섯 선물은 거기서 그치지 않는다. 싸리비 닮은 싸리버섯, 살구향 꾀꼬리버섯, 잡채 동무 목이버섯까지…. 버섯 도감도 보고 인터넷에 오른 사진들도 살피고 마을 분들 덕에 미리 맛도 보면서 알게 된 이 버섯들을 눈으로 보고 손으로 따서 입으로 넣는다. 느타리, 표고, 팽이버섯만 알던 내 입과 몸이 맛 좋고 영양 넘치는 산골 버섯으로 호강 한번 제대로 누리는구나.

싸리비 닮은 싸리버섯(왼쪽), 잡채나 탕수육에 들어가는 목이버섯(오른쪽).

초록빛 스러진 자리마다 문득문득 버섯들이 눈에 밟힌다. 봄부터 여름까지 싱그러움 자랑하던 꽃과 풀과 나무들. 살아 있는 많은 것들이 생을 다하는 가을 산에, 보일 듯 보이지 않을 듯 흐르는 생명의 기운이 버섯을 타고 내 몸과 마음으로 천천히 흘러들어온다.

"망사배추가 꽃보다 아름다워~♬"

고깃국처럼 담백한 가을 배춧국

배추농사는 연둣빛 배추벌레만 잡으면 되는 줄 알았다. 한데 아니었다. 까만 쥐눈이콩보다 더 작은 둥글고 까맣고 작디작은 벌레가 배추를 마구 먹고 있었다. 어느 날 찾아온 농사 좀 짓는 분 말씀이 "이미 늦은 것 같다." 배추 육십 포기 심을 때만 해도 배추벌레만큼은 열심히 잡으려 했는데 '듣보잡' 까만 벌레가 먼저 선수를 칠 줄이야. 벌레 뭐랄 거 없이 다 내 탓이긴 하다만. 심은 지 한 달도 안 돼서 벌써 아작 난 듯 보이는 배추들을 보니 조금 섧다. 기왕 이리 된 거 태평 배추농사 결과가 어찌 될는지 느긋하게 지켜나 보자!

무심히 한 달쯤 보내고 느닷없이 배추밭으로 마실. 살짝 멀리서 보면 배춧잎이 꽤나 커 보인다. 하지만 가까이 가서 보니…. "얘야, 너는 상추냐, 배추냐. 꽁지 꽉 앙다물고 있어야 할 지금 요로코롬 활짝 피어 있으니 어쩐다냐." 겉껍질부터 속껍질까지 먹고 또 먹어댄 벌레 덕분에 구멍투성이 배추를 보니 망사배추라 부르면 그만일 듯. 마을 사람 눈길 닿지 않는 구석에 심길 참 잘했지. 누가 봤다면 한소리깨나 들었을 텐데.

꽃처럼 예쁘고 꽃보다 더 멋진, 자연이 만든 예술 작품 망사배추.

제대로 된 농부라면 망사배추를 보면서 애가 타야 맞을 텐데. 이걸 어째, 난 저 모습이 꽃처럼 아름답고 꽃보다 더 멋지게 보이니. 자연이 만든 예술작품 아니겠나! 저렇게 작은 구멍 가득한 배추는 처음 보는지라 저 모습 그대로 간직하고 싶기까지.

꽃배추로 끓인 "가을 배춧국 앞에서~♪"

아침마다 텃밭 귀퉁이에 하얀 꽃밭이 펼쳐진다. 서리 맞아 살짝 언 모습은 천상의 꽃인 듯 시리게 아름답다. 망사배추가 꽃배추로 다시 태어났나니.

시련을 거쳐 더 아름다워진 배추를 뽑았다. 요 예쁜 거에 칼을 대자니 미안스럽지만 배춧국 끓여야 하니 어쩔 수 없이 싹둑. 활짝 핀 꽃처럼 보이던 것이 금세 배추로 바뀐다. "작아도 배추는 배추네!" 아랫집 아주머니가 준 배추랑 나란히 놓으니 반에 반도 안 되는 크기. 어쩜 이리 귀여운지.

배추 다듬고 씻을 때 손에 닿는 느낌이 뽀득뽀득하다. 배추가 작으니 잎도 작다. 여느 거에 견주면 두께도 한참 얇다. 근데도 딴딴한 것이 참 옹골차게 느껴진다.

가운데 노란 속잎을 먹어보니 약간 매큼하면서 고소하다. 그 맛 참 당차다. 작은 고추가 맵다더니 작은 배추라서 매운가? 왠지 옛날 옛날 배추 맛도 이랬을 거 같아. 거기다 우리 마을이 해발 삼백 미터 넘는지라 준고랭지 배추에 드니 더 맛난 걸지도! 씹는 맛도 여느 배추와 다르군. 보통은 아삭아삭 씹히는데 우리 꽃배추는 얇고 단단해서 아작아작 씹힌다. 야무지게 씹어야 제대로 맛나는 단단하게 야문 꽃배추로세. 얼었다 녹았다 해서 그런 걸까?

망사배추랑 마을 배추랑 나란히 있으니
꼭 새끼 배추처럼 귀엽기만 하다.

이제 배춧국 맛을 볼 차례. 다른 배추는 겉잎 몇 장만 넣어도 되는데 요 꽃배추는 무려 세 통을 다 넣는다. 멸치 다시마 넣어 팔팔 끓인 국물에 된장 풀고, 마늘 넣고, 배추 썰어 붓고는 파도 퐁당 빠뜨린다. 적당히 끓여 삼사십 분쯤 놔둔다. 그러면 배추가 된장 물에 뭉근해지면서 배추 단맛은 국물에, 된장 맛은 배추에 잘 스민다. 바로 끓인 것보다 이렇게 먹어야 훨씬 맛있음!

드디어 저녁밥, 그보다 배춧국 먹는 시간. 내가 기른 제철 음식을 가장 처음 만나는 순간은 언제나 설레고 떨린다. 자주 먹어본 음식이어도 그렇다. 뜨거운 배춧국을 한입 넣는데 "고깃국 같아!" 하는 탄성이 고깃국 못 먹는 내 입에서 그냥 튀어나오네. 너무나 구수하고도 담백한 이 맛을 뭐라 달리 표현할 길이 없더라니. 멸치 국물을 넣긴 했지만 배추에서 무슨 맛이 우러났기에 이리도 지극히 담백한 맛이 날 수 있을까? 배추는 채손데, 채손데….

배춧국 하나로 입도 배도 꽉 찼던 저녁밥상이 끝나고 배춧국 담긴 냄비를 본다. 더 먹고 싶지만 배도 부르고 내일이면 더 맛있어질 테니 참기로.

배춧국 한입 떠넣으니 고깃국처럼 지극히 담백한 맛에 감탄이 절로 난다.

고깃국처럼 담백하고 고깃국보다 구수한 배춧국 푸짐하게 먹으니 노래가 다 나온다. 바람 스산하고 낙엽 우수수 떨어지는 가을밤, 배춧국 먹은 뒤에 딱 어울릴 듯한 노래. "가을 배춧국 앞에서 그대를 기다리다, 노란 은행잎들이 바람에 날려가고~♬" 배춧국 먹은 날답게 '우체국'을 '배춧국'으로 살짝 바꿔 흥얼흥얼하는데 비가 후드득 떨어진다. 비를 모셔오느라 바람은 그리 거세게 불고, 배춧국도 이렇게나 맛있었나 보다.

"무시로, 김장할 때 그때 먹어요~♪"

무 소유자, 무시 하나로 무한 행복을

땅 위로 희끗희끗 몸통 내민 무시(마을 분들은 이렇게 부른다)들이 자꾸 유혹한다. 김장 때 쓰려고 아껴두었건만 오늘은 꼭 먹어야겠다. 전부터 봐둔 가장 큰 무시 앞으로 돌진. 손만 슬쩍 댔는데 볼록 올라온다. 마치 뽑길 기다렸다는 듯 가장 먼저 뽑힐 줄 알기라도 한 듯. 손에 꽉 잡히는 희고 단단한 몸통에 매운 듯 달큰한 내음. 잠시 황홀경(?)에 빠진다. 무가 너무 사랑스러워 슬쩍 뽀뽀를.

갓 뽑은 무는 살짝만 씻어도 흙이 다 떨어진다. 껍질 벗길 필요가 없다는 말씀. "와, 이쁘다!" 물기 머금은 희고 푸른 무시 자태가 먹기 아깝지만 바로 요리 시작. 썰면서 한두 조각 씹으니 가을무답게 맵싸하면서도 달짝지근하다. 시원한 무싯국과 고소한 무나물 후다닥 만들어 밥상에 올리니 세상 부러울 게

희고 단단한 몸통에 매운 듯 달큰한 내음.
갓 뽑은 무시가 사랑스러워 슬쩍 뽀뽀를 한다.

없다. 멸치 국물에 끓인 국은 시원 담백함이 하늘을 찌를 듯하고 들기름 넣고 슬슬 볶은 무나물은 고소하고 부드럽기가 고사리 취나물 저리 가라 한다. 어디 맛만 좋은가. 가을무는 인삼보다 좋다는데 무싯국 한입에 건강한 기운이 쑥쑥 타고 들어오는 느낌이다. 무시 밥상만으로 훌쩍 건강해진 기분에 또 행복한 웃음이 터진다. 무 뽑을 때도 헤벌쭉, 무 반찬 먹는 내내 방글방글. 무 하나로 얼굴에서 웃음이 떠나질 않으니 가을무가 오늘 하루 보약 노릇 톡톡히 하는 듯.

이 좋은 무시를 날마다 밥상에서 만나고프지만 조금은 더 기다려야 한다. 보름쯤은 더 자라야 하니까. 김장할 즈음 온전히 자란 무를 죄 뽑아서 김치 속 만들고, 깍두기도 담그고, 동치미도 조금이나마 하려면 벌써부터 탐을 내면 아니 될지니. 그래도 말이지 조금 이르더라도 말이야, 다음 주에 무 부침은 한번 해 먹고 싶어. 달큰하고 아삭한 무시로 만든 부침은 생각만 해도 침 고인다니까. '무소유'를 꿈꾸지만 어쩌다 보니 '무' 소유한 나. 요 정도 욕심은 부려도 되려나 어쩌려나.

무시 하나로 무한 행복해진 날, 기념으로 노래 한 가락이나 불러야지. 한때 노래방에서 많이 불렀던 나훈아 오빠의 '무시로' 노랫말 바꿔 부르기. "이미 때 이른 수확인데 미련은 두지 말아요. 무시로, 무시로 김장할 때 그때 먹어요~♪"

삶터를 옮기면 어김없이 찾아오는 몸살

빽빽하게 자란 무를 솎았다. 뿌리 작물은 옮겨 심지 않는다는 이야기를 심을 때도 심고 난 뒤에도 들었다. 역시나 조금 지나니 옮긴 무 이파리들이 폭삭 시들었다. 뿌리 작물은 정말 옮겨 심으면 안 되나 보다, 그냥 무김치라도 만들어 먹을 걸 그랬나. 안쓰럽고 안타까운 마음으로 가끔 무밭을 바라보았다.

그런데 이게 웬일? 어느 날부턴가 누렇게 시들어 있던 무청 사이로 파릇한 새싹이 올라오는 게 아닌가! 그것도 옮겨 심은 자리마다 속속들이. 신기하고 놀랍고 대단하고. 이럴 땐 참말이지 자연과 생명이 안겨주는 경이로움에 흠뻑 빠져든다. 그 뒤로 어느 밭보다 자주 무밭에 발길이 쏠린다. 제대로 살아나는지 자꾸 궁금해져선.

오늘 바라본 무밭엔 옮겨 심은 무들이 시든 잎보다 푸른 이파리가 훨씬 많아진 모습이었다. 거의 다 확실하게 살아났다. 강제로 뿌리내린 삶터를 옮긴 뒤로 다들 많이 힘들었을 테지. 무청이 누렇게 시들고 다시금 새순을 밀어낼 때까지 땅속에서 얼마나 몸살을 앓았을까. 그럼에도 온전히 시들지 않고 새 자리에서 새 삶을 열어간 무들에게 존경 넘치는 마음 손뼉을 보낸다.

삶터를 옮겨 누렇게 시든 무 이파리.
시간이 지나면서 거의 다 살아났다.

삶터를 옮기고 어김없이 몸살을 앓는 건 무 같은 농작물만은 아닐 테다. 사람도 그렇다. 그게 바로 나고. 도시에서 산골로 삶터를 옮긴 지 어느덧 사 년이 넘었다. 그동안 숱한 마음 몸살을 앓았고 그 몸살은 아직 끝나지 않았다. 언제 끝날지도 알 수 없다. 조금씩 열어지고는 있으나. 바뀐 삶터로 인한 몸살을 딛고 쏙쏙 새 살을 내미는 무를 보면서 마음으로 말을 건넨다.

'나도 너희들처럼 몸살 중이야. 마음 몸살. 내가 선택한 삶인데도 그래. 솔직히 도시내기가 산골에서 살아간다는 게 만만치 않아. 물론 보다시피 즐거운 일도 많지만. 너희들이 다시 일어서는 모습을 보니 부끄러우면서도 힘이 나. 뿌리내린 곳이 바뀌어 몸살 앓는 것이 자연의 이치이듯, 내가 겪는 몸살도 자연스러운 일인 듯해서 마음도 좀 편해지네. 겉보기엔 파릇해 보이지만 여전히 땅속에선 몸살과 싸우고 있다는 거 알아. 너희들의 그 생명력과 인내와 노력을 배우고 싶어. 조금 덜 자라도 좋으니까 너무 애쓰진 말구, 서로의 자리에서 몸살을 잘 이겨낼 수 있도록 같이 응원하고 함께 힘내자꾸나!'

애벌레도 산도 다 같은 생명인데…

나무 찍고 산을 벌거벗기는 '이판산판'

점심 먹고 배추밭 구경을 하다가 바로 옆에 있는 갓밭에 눈길이 살짝 갔다. 너무나 느긋하게 계시는 시커먼 애벌레님들이 보인다. 눈에 팍팍 뜨이게끔! 사람이 나타나면 어디 숨기라도 할 것이지 어쩌자고 빤히 고 자리에 고대로 있는 거냐. 미안하지만 너희들 오늘 잘못 걸렸다. 망사배추에 있는 벌레도 아직 안 죽여 본 신성한 손에 드디어 피를 묻혀야겠구나. 맨손으론 자신 없으니 장갑 끼고 한 놈 두 놈 집어 땅에 눕히고 돌멩이로 눌러 죽인다. 작은 돌로 살짝만 눌러도 짓이겨지는 작은 생명체의 죽음 앞에 맘이 안 좋네.

참, 죽이지 않는 방법이 있지. 저쪽 산비탈로 던져 새 모이가 되게 하는 것. 그거나 저거나 죽는 건 마찬가지이나 내 손으로 죽이는 것보다는 낫지 싶다. 새 공격을 피할 수도 있을 테고.

갓을 살리자고 애벌레를 죽여야 하는 농사 이치가 불쑥 서글프다.

갓밭이 그리 넓지 않으니 애벌레들 싹 훑는 데 긴 시간이 걸리진 않았다.

그동안 아무 일 없이 평온하게 살던 깜장 애벌레님들. 예고도 없이 나타난 무식한 사람 손길에 평지풍파가 닥쳤을 테니 돌아서는 발길이 많이 미안스럽다. 갓도 애벌레도 다 같은 생명인데 하나를 살리자고 다른 하나를 죽여야 하는 농사 이치가 불쑥 서글프다. 부디 다음번에 갔을 땐 밭에 머물러 있지 않기를. 그래서 더는 살생의 길로 이끌지 말아주기를 깜장 애벌레님들께 비나이다. '나무아미타불 관세음보살~.'

"나는 저 산만 보면 소리 들린다~♪"

"웽, 웨엥. 웨에에엥." 기계톱 소리가 징하고 길게 하늘을 울린다. 몇날 며칠 끊이지 않는 소리에 귀도 마음도 영 껄끄럽다. 단순한 기계 소리가 아니기에, 산을 아작 내는 무섭고 서글픈 울림이기에, 꼭 산이 우는 것처럼 들리는 소리. 차를 타고 나가는 길에 보이나니 온통 민둥산. 눈은 허전하고 마음은 쓰리다. 큰비라도 오면 어쩌나. 아니 저 산을 어쩌나….

산골 살면서 보고 들은 것 가운데 아주 많이 놀라고 또 심란하기로 일 순위쯤 되는 게 바로 '산판'이다. 산판. 국어사전에는 '나무를 찍어내는 일판'이라고 나온다. 산판 모습을 몇 년째 봐오는데 나무를 찍어내되 산을 완전히 벌거벗기는 수준이다. '이판산판'이 따로 없다.

산판 소리에 복잡한 마음. 3년 전 늦가을이 아릿하게 떠오른다. 깊숙한 산골짜기에 있던 집. 마당에서 지긋이 바라보던 산을,

꽃도 산나물도 활짝 피어나던 그 산을 누군지 모르는 산 주인이 누군지도 모르는 사람을 통해 산판 한다는 통고를 내렸다. 그로부터 무려 한 달 넘게 기계톱과 포클레인 소리를 들으며 살았다. 엄청난 흙먼지 때문에 옷도 제대로 널지 못하고, 가을걷이 한 농작물 햇볕도 제대로 쏘이지 못하면서.

멀리서 들리는 오토바이 소리에도 엄청 민감하게 짖는 우리 강아지. 하루 종일 우짖는 기계 소리에 놀란 건지 지친 건지, 그도 아니면 어이가 없던 건지 언제부턴가 더는 짖지 않았다. 강아지한테 부끄러웠다. 영화 '원령공주'처럼 강아지 등에 타고서 저 산을 지키면 어떨까 하는 영화 같은 생각도 그때는 더러 했다. 어차피 전셋집이라 계속 살 수도 없었지만 마당 앞산이 무너지듯 헐벗은 모습 때문에라도 무조건 뜰 수밖에 없었다. 더구나 집

나무를 찍어내고 산을 벌거벗기는 '산판' 풍경에 눈도 마음도 아리다.

바로 뒷산도 산판 한다고 또 다른 산 주인이 드나드는 통에 정말이지 정신을 차릴 수가 없었다.

산판은 왜 할까? 모조리 베어낸 나무를 팔아 돈을 만든단다. 얼마나 돈이 되는지는 잘 모르겠다. 이 나라는 논밭에 주인이 있듯이 산에도 주인이 있다. 섬도 그렇고. 나무와 풀과 새와 꽃들이 어우러져 살아가는, 자연이 주인이어야 마땅한 그 산에 '사람' 주인이 따로 있다는 엄정한 사실. 산판으로 맨몸뚱이가 된 산을 보면서 절절히 깨닫는다.

2017년. 지리산이 국립공원으로 지정된 지 50년 되는 해라고 하지. 『지리산 아! 사람아』에서 보았던 "국립공원, 늘 마음 한 구석이 아리다"는 글쓴이 목소리가 애절하게 와닿는다. 지금 내 마음이랑 비슷한 것만 같은 책을 보며 노래 한 자락 서럽게 흐른다. 지리산에 스민 아픈 역사를 외치는 '지리산2.' "나는 저 산만 보면 소리 들린다, 헐벗은 저 산만 보면, 지금도 울리는 빨치산 소리 내 가슴에 살아 들린다~♪"

서로 다른 마늘 싹이 더 좋아

마늘밭을 보며 지구밭이 떠오른다

마늘 싹이 올라왔다. 시월 중순에 심은 뒤로 날도 계속 춥고 하여 싹이 날지 은근 걱정이었다. 나도 참 바보 같지. 벌써 몇 번 짼데, 그간 한 번도 싹 나지 않은 때가 없는데 걱정을 사서 한다. 마늘을 믿고 땅을 믿고 하늘을 믿으면 될 일을 머리로 농사지으려는 못난 농부 같으니라고.

된서리 못잖았던 시린 서리도 이겨내고 여봐란듯이 땅 위로 불뚝 솟은 마늘싹을 보니 마음 한끝이 시큰하면서도 뜨뜻하다. 너무 장하고 고맙고 기특해서는. 고개를 쏙쏙 내민 싹 모습이 가지각색이다. 껍데기 막 벗어젖히며 땅 위로 살짝 드러난 싹. 고깔모자처럼 껍데기 머리에 쓴 싹. 손가락 길이만큼 자란 것부터 이십 센티미터는 너끈하게 길쭉한 싹. 아쉽게도 싹 틔우지 못하고 마늘 채로 썩은 것까지. 참 신기하다. 분명 같은 날 같은 마늘을 갈라 심었는데 어쩜 이렇게 저마다 다를까. 땅속 양분 끌어당기는 힘도, 추위를 버텨내는 힘도, 뿌리를 뻗어 내리는 힘도 서로 다 다르기 때문일까?

하긴 사람을 봐도 그렇지. 같은 부모 밑에 자라도 언니 오빠

가지각색 마늘싹 모습에서 자연스러움이 무언지 배운다.

동생끼리 생김새도, 하는 것도 얼마나 제각각이야. 하물며 서로 다른 곳에서 나고 자란 사람들끼리는 달라도 엄청 다를 테지. 어떤 사람은 상처에 강하고 다른 사람은 작은 상처에도 쉽게 무너지고. 또 어떤 이는 상냥하고 다른 이는 새침하고. 저마다 다른 마늘싹 가득한 마늘밭을 보며 저마다 다른 사람들 가득한 지구밭이 떠오른다. 그래, 어느 책 제목처럼 마늘밭도 지구밭도 '꼭 같은 것보다 다 다른 것이 더 좋아.' 마늘 수확이 한결같지 못하더라도, 사람 관계가 한결같지 못하더라도 그게 자연이고, 자연스러운 삶일 테니까.

4장

겨울이 주는 행복

작은 텃밭에서, 골골이 이어진 산골짜기에서

들살림 산살림 하나하나 배우던 기쁨과 나누던 행복

지난 5년이 뜨겁게 차오른다.

달콤살벌하고 긴장 넘치는 김장

마늘, 무, 배추, 갓 그리고 천사들

"한 남자가 있어, 마늘을 너무 잘 까는~♬"

한 남자가 마늘을 깐다. 점심 먹고 통마늘 가르기부터 시작해선 저녁 먹기 전까지 내내 마늘을 까더니 저녁 먹고 술 한잔하면서도 계속 깐다. 한 여자도 마늘을 깐다. 한 남자와 나란히 앉아 마늘도 까고 두런두런 이야기 나누는 재미가 쏠쏠하다. 이런 게 시골 사는 맛이려나, 느끼는 것도 잠시. 삼십 분쯤 지나 설거지한다는 핑계로 마늘 쥔 손을 놓는다.

한 시간만 까도 손가락에 바로 매운 물집이 잡히는 한 여자, 끊임없이 마늘을 까는 한 남자가 너무나 신기하다. "손가락 안 아파? 난 벌써 아픈데." "다 까는 방법이 있어." "나도 마늘 깐 경력 4년은 넘는데 왜 그걸 모르지? 당신 손가락이 두꺼워 안 아픈 거 아닐까?" "칼로 잘 까면 손가락에 마늘 물 안 닿게 할 수 있어." "이상하다, 난 왜 할 때마다 아프지?" "그럼 그만 까. 내가 하면 돼." 요런 말은 또 참 잘 듣는 한 여자. 바로 마늘 까기를 접고 막걸리를 마신다.

마늘 까면서 술도 먹고 손전화 영상도 같이 보는 한 남자. 한

마늘 까고 손전화 영상 보면서 쉰다는(?)
한 남자의 야문 손.

바가지 가득 마늘을 채우고 나서야 칼도 마늘도 내려놓는다. "와, 대단하다. 어떻게 그리 오래 마늘을 까누? 웬만한 할머니들 저리 가라겠어." 한 여자의 감탄 어린 찬사에 한 남자가 살짝 피곤한 얼굴로 말한다. "나도 손 아플라 그러네." 급 미안해진 한 여자, 마음에도 없는 말을 뱉는다. "마늘 빻는 건 내가 할게. 손 아픈 일도 아닌데." 다행히도 돌아오는 대답. "봐야 할 영상도 있으니 그거 보면서 하면 돼. 난 이게 쉬는 거야, 알면서."

하루가 지났다. 일요일답게 느지막이 일어난 한 남자는 절구를 꺼내 마늘을 곱게 빻고 차곡차곡 냉장고와 냉동실에 쟁여놓는다. 갓 빻은 마늘을 찌개에 넣으며 한 여자가 슬며시 웃는다. '김장 전까지 마늘 걱정은 안 해도 되겠군.' 그러곤 마늘 까기와 어울리는 노동요로 마무리. "한 남자가 있어, 마늘을 너무 잘 까는. 한 여자도 있어, 마늘을 정말 못 까는~♬"

작고 귀여운 무, 하늘하늘 멋진 시래기

배추 절이기에 앞서 밭에 난 무부터 뽑았다. 크기가 참 제각각이다. 가장 큰 무도 마을 분한테 얻은 것 반 크기나마 되려나. 어떤 것들은 알타리무에도 못 미치니 망사배추 못지않게 귀엽기만 하다. 겨우내 뭇국, 무나물로 먹으려고 단단해 보이는 여남은 게 덜어내곤 다듬고 씻고 하다 보니 아무래도 이걸론 김치 속 못 채울 듯하다. 이곳저곳서 얻은 무를 죄 꺼냈다. 그제야 좀 안심.

무는 작지만 무청만큼은 풍성하다. 마치 시래기 만들려고 무를 심은 것처럼. 한데 시래기를 어떻게 어디다 널지? 일머리 빠른 옆지기 덕분에 고민은 단박에 해결! 그늘진 천장 밑에 빨랫줄을 만들어 하나하나 널기로 했다. 하늘하늘 나란히 늘어선 무청 모습이 너무너무 곱다. 벌써 시래깃국, 시래기볶음 잔뜩 먹은 듯 보기만 해도 배가 부르네.

나란히 늘어선 무청. 벌써 시래깃국, 시래기볶음 잔뜩 먹은 듯 보기만 해도 배부르다.

이제 남은 일은 김치 속에 들어갈 무 채썰기. 채칼에 무를 들이대는데 무가 작아 시간이 꽤 걸린다. 작디작은 무까지 거의 채칼로 쓱쓱. 그러는 데만 네 시간도 더 걸렸나? 덕분에 깍두기랑 동치미 담글 무가 팍 줄었다. 무가 자랄 때만 해도 저거면 김장 차고 넘치게 할 줄 알았건만. 이분 저분이 주신 거 없었으면 김치 속에 넣을 무도 모자랄 뻔했지 뭐야. 참, 내 농사 눈썰미는 꽝. 멀었어, 한참 멀었어.

배추 백 포기와 눈물겨운 사투

유기농 배추 칠십여 포기나 마당에 쟁여놓고(우리 부부가 참 좋아하는 유기농 부부 밭에서 직접 실어온 것) 우리 부부는 또 다른 배추밭으로 향했다. 미리 이야기된 마을 분 배추 가지러. 자식들 먹이려고 정성껏 기른 배추가 크고 알차다. 유기농 배추 들일 때처럼 거두는 일을 같이한 뒤라 그럴까, 꼭 내가 농사지은 것마냥 보람이 넘치네. '남의 것이 내 것이고 내 것이 남의 것'이라던, 책 『촌놈 되기』에서 본 말씀도 문득 떠오르고. 스무 포기 사기로 했는데 뽑아주는 대로 받았더니 서른 포기는 너끈하겠다. 자꾸만 더 주겠다는 걸 간신히 뒤로 하고 돌아와선 바로 배추 손질을 시작한다. 옆지기는 배추 가르기, 나는 소금 치기.

유기농 부부의 땀이 서린 싱싱하고 알찬 배추. 꼭 내가 농사지은 것마냥 보람이 넘친다.

처음엔 마당 가득 쌓인 배추를 보면서도 걱정이 안 됐다. "배추 얼마 안 되네." 호기롭게 시작한 백 포기 넘나드는 배추 절이기. 시간이 갈수록 너무 힘들다. 말끔하니 반 토막 난 배추가 끊이질 않고 나온다. 배추 건네는 사람한테 계속 앓는 소리만 건넨

김장 인생 최대 실수! 새벽 한 시가 되도록 생생한 배추들 앞에 몸도 마음도 무너질 뻔했다.

다. "배추 얼마나 더 있어? 왜 이리 많아…." 점심 먹고 시작해 깜깜해질 때까지 배추 절이기를 간신히 마쳤다. 그래도 끝이 났으니 뿌듯한 맘으로 밤 열두 시를 기다렸다. 경험상 그때쯤 배추 뒤집으면 적당하다는 걸 알기에. 김치 속 준비하느라 눈코 뜰 새 없이 움직이다 보니 어느새 밤 열두 시가 넘었다. 이젠 배추만 뒤집고 푹 자야지.

"어떡해, 어떡해!" 배추가 조금도 절여지지 않았다. 맨 밑에 있는 것마저도! 이맘때면 반 넘게 소금물에 잠겨야 하는데 왜지? 왤까? 날이 춥지도 않은데 대체 무슨 일이지? "어, 어? 엇! 나 몰라, 엉엉엉." 한 과정을 빼먹은 게 그제야 생각났다. 배추 가른 걸 소금물에 적신 다음 소금을 쳐야 하는데 물기 하나 없는 배추에다 바로 소금을 뿌린 거였다. 김장 인생 최대의 있을 수 없는, 있어선 안 되는 실수. 아니, 그 누구도 해낼 수 없는 기상천외한 일!

새벽 한 시쯤 그 사실을 깨달았을 때 밀려오던 절망감이란. 배추 절이기는 김장에서 가장 중요한 일인데, 그게 부실하면 김장 맛은 끝난 건데 이제 어떡하지? 하루 종일 허리 휘면서 눈물

찔끔 나게 힘들었는데 이런 시련까지 와주시다니 날보고 대체 어쩌라고. 아냐, 정신 차리자. 일 년 동안 귀중하게 먹을 김장을 망칠 순 없어. 순간 얼마 전 읽은 소설『아리랑』에서 본 독립 운동가들이 떠올랐다. 그네들 앞에 닥친 시련에 견주면 이 정돈 아무것도 아니야…. 새벽 찬바람 맞으며 생각을 가다듬으니 가장 무식하고 정직한 방법밖에는 없겠다. 배추를 하나하나 꺼내 물 뿌려가며 다시 차곡차곡 쌓는 것. 그나마 소금을 처음부터 많이 쳤던 게 다행이랄까.

스무 시간 넘게 절인 눈물겨운 배추를
눈물겹게 씻는다.

간신히 눈 붙이고 아침 일찍 일어나 배추를 살피니 건듯건듯 절긴 했다. 맨 위 배추에는 여전히 소금이 살강거리지만 이젠 진짜로 뒤집어야겠다. 소금에 덜 전 배추는 아래로 보내고, 많이 전 건 위로 보내면서 가득 쌓인 배추 하나하나 옮기자니 만만치 않다. 절일 통이 모자라 비닐까지 썼는데 그나마 비닐에 쌓은 건 거꾸로 팍 뒤집는 걸로 끝냈지. 그제야 마음이 좀 안정된다. '시간 앞에 장사 없다고 배추 지가 때 되면 절여지지 않고 배기겠어? 소금이랑 오래 같이 있어서 어쩜 더 맛있을지도 몰라.'

열두 시간이면 될 걸 스무 시간 넘게 절인 눈물겨운 배추를 눈물겹게 씻는다. 이젠 오로지 힘만 허락하면 되는 일. 백 포기 가까우니 씻는 데만 네 시간도 더 걸린다. 막걸리를 비타민 삼아 배추와 벌인 사투를 간신히 마무리. 죽 늘어선 배추가 꼭 어느 김장 공장 같은 분위기를 풍긴다. 배추까지 씻었으니 이제 삼분의 이는 온 게야. 나머지 삼분의 일, 김장 버무리기를 위해 젖 먹던 힘까지 내보자!

천사들 덕분에 해냈어요!

배추를 씻고 나니 어느덧 오후 네 시가 넘었다. 배추 얼까 봐 그 많은 걸 집 안으로 낑낑대며 들이곤 물 빠질 동안 김치 속을 만든다. 무채에다 쪽파, 대파, 양파, 당근, 갓을 넣곤 고춧가루, 마늘, 생강, 새우젓, 까나리액젓, 찹쌀풀, 매실액 들을 막 붓는다. 배추가 많으니 뭐든 많아야 할 것 같아서 양 가늠 없이 있는 거 싹 넣었다. 대체 무슨 자신감인지, 아니면 배추 씻느라 넋이라도 나갔는지 맛은 걱정도 안 된다. 이렇게 고민 없이 떨림 없이 김치 속 만들기는 또 처음.

백 포기 넘는 배추를 집에 들인다는 게 얼마나 큰일인지 뼈아프게 느꼈다.

그렇게 김치 속을 준비해놓으니 때맞춰 천사 같은 사람들이 찾아왔다. 적당히 끼니 때우곤 밤 여덟 시부터 김장 버무리기 시작. 김장하러 날아든 천사들은 어른 셋 아이 둘. 시작할 때만 해도 요 어린아이들이 무슨 일을 할까 싶었다. 김장 놀이쯤 하고 말겠지 했는데 아니었다. 처음부터 끝까지 함께한 건

물론이요, 어른 못지않게 많은 배추를 버무렸다. 우와, 이 대단하고도 사랑스런 아이들을 보라! 어디 아이들만 그랬을까. 어른들 또한 단 한순간도 멈추지 않고 배추를 버무렸다. 자꾸만 쉬자고 해도 말을 듣지 않는다. 버무린 배추 담기 전담이었던 나는 몇 번을 뻗었건만.

천사들 손길 덕분에 그 많던 배추를 무려 한 시간 반 만에 끝내고야 말았다. 우리 부부만 했더라면 분명 새벽까지 하다 지쳐 다음 날까지 넘겼을 텐데. 정말이지 이 어른들과 아이들이 없었다면 김장 마무리가 끝도 없이 힘들었을 거야. 어쩜 오랫동안 회복 못할 만큼 김장 '독'에 빠졌을 수도 있고. 이번 김장을 잘 마무리할 수 있던 건 오로지 천사 같은 당신들, 그리고 너희들 덕분이야!

김장 끝, 행복 시작 "김치 짱짱 맛있어요"

면으로 나간다. 김치 택배 보내러. 김치를 큰 비닐에 꽁꽁 묶고 이것저것 채소 거리도 담는다. 고렇게 몇 상자 싸는데 두어 시간도 더 걸린다. 시골 사는 부모들이 바리바리 싸서 보낼 때 엄청 고생하시겠다는 걸 직접 싸보니 저절로 깨닫는다. 어쨌든 첫눈 오는 날 김장 발송 완료!

"이모, 지금 김치 처음 먹는데 완전 짱짱 맛있어요. 감사해용." 조카가 보낸 소식. "지금 퇴근하고 보내준 김치에 밥 먹다가 김치가 맛있어서 밥을 두 그릇이나 먹었더니 배불러서 너무 힘들어요. 정말 맛있고 고마워요." 형부가 준 소식. 식구들이 속속 김치 맛있다는 연락을 주니 김장한 보람이 나날이 커진다. 아무래도 내년에 김장 또 해야 할 것 같아. 식구들이 이렇게 좋아하니까 자꾸 욕심이 나네.

그동안 식구들한테 잘해주지 못한 거 이렇게라도, 뒤늦게라도 해줄 기회가 있어 참 좋다. 산골로 오지 않았으면 이런 시간 없었을 거야. 쓸데없는 시간으로 여겼을 테고. 김장하고, 정리하고, 보내고…. 달콤살벌했던 김장 주간에 벌어진 일들이 하나둘 되살아난다. 많이 힘들었지만 괜찮다. 좋다. 무얼 바라고 하는 일이 아니니. 아, 바라는 게 있긴 하지. 식구들끼리 평화롭고 행복하게 살아가는 것. 그 길에 우리 삶터가 징검다리가 되는 것. 그게 내 바람이지.

'엄마, 나 잘하고 있죠? 어릴 때 새벽부터 깨워 고무장갑도 없이 배추 씻으라고 할 때 정말 원망 많았는데 그 덕에 제가 이것저것 할 수 있나 봐요. 엄마 옆에서 곁눈질한 것만으로도. 산골살림 하나하나가 엄마가 살아온 길이랑 많이 닮았어요. 그땐 소중함을 몰랐는데, 엄마처럼 집안일만 하면서 살기 정말 싫었는데….'

그러고 보니 엄마 살아계실 때 음식 한번 제대로 해드린 적이 없네. 하늘까지 갈 수 있는 택배가 있다면, 그래서 이 김치라도 맛보여드릴 수 있다면 얼마나 좋을까.

"오 마이 갓!"은 최고라는 뜻

올가을 텃밭에서 나를 가장 애태웠던 갓. 빽빽한 갓을 몇 시간 걸려 솎았음에도 그다지 자라는 기미가 없어 김장에 쓰려던 마음을 거의 접고 있었다. 그렇기에 길쭉하고 통통한 시장 갓을 샀겠지.

김장 배추 들이던 날, 혹시나 싶어 갓을 싹 거두었다. 시들게 두느니 쓰든 안 쓰든 거두고 보자! 호미로 갓을 캐면서 잎을 한두 장 떼어 먹었다. 그런데! 톡 쏘면서 알싸하니 제대로 맛이 나는 게 아닌가. 갓이 위로 솟을 생각은 없이 하도 올망졸망 땅에 붙었던지라 자라다 말았다고 막연히 생각했다. 당연히 어른(?) 갓처럼 맛이 나지 않을 줄 알았지. 한데 작아도 갓은 갓이었다. 웬만한 갓보다 더 강한 향을 지닌. 겉보기에 작아 보였을 뿐 저 나름으론 다 자란 거였다. 다듬으면서 다시 맛을 봐도 알차게 알싸하다. 계획을 바꾸기로 했다. 시장에서 산 것 대신 텃밭 갓을 김장에 넣기로.

입도 마음도 황홀하게 톡 쏴주셨던 그리운 '오 마이 갓'님!

김치 속에 다 넣기 아까워 조금 남겨둔 갓을 쌈으로 먹는다. 한 잎만 넣어도 눈물 콧물 쏙 빼놓으니 "오 마이 갓!" 소리가 입에 넣을 때마다 터진다. 정말이지 먹어본 것 가운데 최고로 갓다운 맛이었다. 마지막 남은 갓을 입에 넣으며 이 짜릿하게 톡 쏘고 황홀하게 알싸한 맛을 더는 만날 수 없음에 아쉬움이 밀려든다.

작은 잎 하나 맛보는 것만으로도 "오 마이 갓!"을 저절로 외치게 만들었던 '오 마이 갓'님. "에고, 갓 농사 와 이리 안 되노. 김장에 쓰긴 글렀다, 글렀어." 혀 끌끌 차며 발길 돌리는 게으른 농부에게 꼭 이렇게 외쳤을 것만 같다. “아니에요, 저 열심히 자라고 있어요. 키는 작아도 맛은 톡톡히 낼 수 있으니 김장 때 꼭 저를 써주세요!” 가끔 들여다볼 때마다 잘 자라라고 응원은 못할망정 한숨이나 쉬었던 시간들이 미안하고 부끄럽다. 이 마음 잘 간직했다가 내년 갓 농사 시작할 때 차근차근 되새김질하련다. 그리하여 다시 꼭 만나고 싶다. 내 입도 마음도 황홀하게 톡 쏴주셨던 그리운 ‘오 마이 갓’님을!

산골살림 끝판왕 울퉁불퉁 메주

몸과 마음 살찌우는 구수한 청국장

바람 참 세차게 불던 날. 아침부터 저녁까지 이글거리는 모닥불이랑 동무하며 메주를 쑤었다.

메주 주인공인 메주콩님. 텃밭농사엔 없는 품목이라 마을 분한테 실한 걸로 구해서는 어제부터 물에 담가두었다. 메주콩 불릴 때마다 깜짝깜짝 놀라곤 한다. 물 먹은 뒤로 거의 두 배는 커지는 듯해서. 통통하게 잘 분 콩을 솥에 붓는다. 어지간한 양은 다 받아주는 크고 듬직한 솥! 봄에 나물 데칠 때 몇 번 쓰긴 했으나 실은 메주 쑤려고 그에 맞춰 산 솥이란 말씀. 쇠부뚜막에 나무를 넣고 불 지피기 시작. 한소끔 끓기 전까진 센 불로, 슬슬 익기 시작하면 약하게 불을 잡는다. 콩 물이 솥 바깥으로 막 끓어 넘칠 땐 옛사람들의 지혜를 빌려야지. 수건에 찬물을 적셔 뚜껑을 닦으니 넘치던 물이 가라앉는다. 곧 다시 끓어오르기는 했지만 고거 참 신기해서 자꾸만 닦게 되더라니.

콩이 익을 때까지 긴긴 시간이 걸린다. 집 안에서 밥 먹기는 쉽지 않다. 그래서 점심은 가마솥 옆에서 먹는 떡과 배춧국. 불 옆에서 먹는 음식에 낭만이 흐른다. 점심때가 지나니 물도 넘치지 않고 콩도 얼추 익어간다. 바로 이때부터가 중요! 불이 세면 콩이 눌어붙을 수 있으니 잔가지들 하나하나 넣으면서 불이 살아는 있되 꺼지지는 않을 만큼만 가늘고 약하게 유지해야 한다. 가스불이라면 쉽게 조절할 수 있을 테지만 부뚜막이니 어쩔 수 있나. 내동 앉아서 잔솔가지 하나씩 둘씩 넣으며 꺼질락 말락 하는 불 살리고, 살리고! 요거 요거 시간 잡아먹는 재미난 놀일세. 특히 산에서 주운 밤송이 껍질은 불땀이 어찌나 좋던지 이글이글 타는 모습이 꼭 크리스마스트리처럼 찬란하게 아름답더라.

시간이 흐르고 콩은 천천히 익고. 콩 익는 냄새가 너무 좋다. 내 마음에 '이거다' 싶게 콱 와닿는 상태가 되기를 기다린다. 그렇게 대여섯 시간이 훌쩍 지나갔다. 하나도 안 심심하고 안 힘들고 안 춥다. 불길 따라 콩도 익었다. 한두 알 집어 먹으니 익을 때 나던 딱 그 내음처럼 달짝지근하게 고소하고 구수하다. '오메 맛난 거!' 더 먹고 싶지만 메주를 위해 참는다. 누런빛으로 곱게 익은 콩을 빻아 메주를 빚는다. 한 놈, 두식이, 석삼, 너구리, 오징어, 육개장, 칠득이…. 열 개도 넘으니 메주 풍작일세. 울퉁불퉁 나란히 늘어선 메주가 정겹다. 볏짚 꼭꼭 눌러 박아 청국장까지 만들고서야 콩과 함께 한 하루가 끝났다.

콩 물 넘을 땐 젖은 수건으로 뚜껑을 닦으면
넘치던 물이 가라앉는다.

한 해 먹을거리 살림의 끝판왕 '메주님'을 드디어 쑤었으니

헉헉대며 간신히 발맞춘 산골살림 공식 일정 끝. 해방이다! 연말 결산이라도 마친 듯 시원하다. 감격스러운 나머지 눈시울이 뜨끈해지기까지….

안방 주인장 메주와 청국장

안방에서 젤 따뜻한 자리에 메주와 청국장이 들어앉았다. 구수한 천연 방향제라도 뿌린 듯 방에만 들어서면 은은한 내음이 퍼진다. 최고로 뜨시게 모셔야 잘 '뜨시는' 청국장은 이불로 겹겹이 싸고 예쁜 메주들은 볏짚 위에서 꾸덕꾸덕 마르고 있다. 귀한 먹을거리들이랑 한동안 같은 방을 써야 한다. 아니, 지금만큼은 메주와 청국장이 주인장이다. 아랫목 꿰찬 메주와 청국장에게 넌지시 인사를 보낸다. '너희도 좋고 우리도 좋게끔 안방 따땃하게 잘 덥힐 테니 무럭무럭만 떠다오. 같은 방 쓰는 동안 사이좋게 지내자꾸나!'

메주가 어느 정도 마르자 상자에 담는다. 논두렁에서 가져온 볏짚을 다듬어 상자에 깔고 그 위에 메주를 얹는다. 서로 달라붙지 않게 짚으로 잘 감싸주면서. 메주 띄우는 법을 찾아보니 서로 다르다. 메주를 1~2주 또는 2~3일 말리고 띄운다는 사람, 아예 띄우지 않고 처음부터 바깥에 걸어 말리는 사람. 고민 끝에 어릴 적 기억을 되살려 그에 맞추기로 했다. 엄마가 상자 안에 메주를 담고 그 상자를 이불로 싸서 아랫목에 두었던 그 기억.

여러 날 지나 메주 상자를 열어보니 흰 곰팡이뿐만 아니라 꺼뭇한 것도 있고 푸르스름한 것도 있고 뭔가 복잡다단한 곰팡이가 보인다. 자주 살펴야 했는데 무심한 죗값을 이렇게 치르나 보다. 이것도 배우는 과정이겠지. 하얀 그물망에 메주랑 볏짚을 함께 담아서 바깥에 내건다. 이번 메주도 아마 잘될 거야. 겨울 하늘과 바람, 그리고 새하얀 눈이 도와주실 테니까.

장은 밥상에서 제 모습 온전히 드러내는 법이 잘 없지만 존재만으로도 든든하고 언제든 기댈 수 있는 어머니 같은 먹을거리다. 아무 때고 손님이 와도 걱정되지 않는 건 직접 쑨 메주로 담근 된장 덕분. 구수한 된장찌개 하나가 열 반찬 부럽지 않을 수 있기 때문이다. 선무당이 사람 잡는다더니 산골살림 첫 해부터 겁 없이 만들어 온 메주, 된장, 간장이 하늘이 도우사 대체로 맛이 좋았다. 장을 만들어봤고 만들고 있다는 것, 그리고 앞으로도 계속 만들 거라는 믿음. 산골살림에서 얻은 가장 큰 보람이자 뿌듯함이다.

메주가 꾸덕꾸덕 잘 마르면
볏짚과 함께 상자에 담아 아랫목에서 띄운다.

담백하고 구수한 우리들의 청국장님!

대망의 청국장을 열었다. 과장님, 실장님 말고 우리들의 청국장님! 보통 청국장을 사나흘 띄운다고 하던데 난 열흘 정도 잡아왔다. 아무 근거 없다. 그 정도면 될 것 같다는 내 코와 눈의 판단을 따르는 것뿐. 방 온도를 지글지글 끓게 만들지 못하니 그저 길게 하면 어떡하든 되겠지 하는 막연한 기대심리도 있고.

청국장 싼 보자기를 열면서 며칠 더 둘까 말까 고민 고민. 지

볏짚 꾹꾹 박은 청국장.
이불 겹겹이 싸서 뜨신 곳에 둬야 잘 뜬다.

난해 기억을 더듬으니 그때 도 딱 열흘 띄웠더라. 같은 집이니 비슷이 가자 해서 열기로 결정! 볏짚 쏙쏙 뽑아내니 '나, 어느 정도는 됐어요' 하듯 김이 폴폴 난다. 청국장 대명사인 끈적이게 늘어지는 실끈도 더러 보인다. 냄새는 구수하게 구릿하다. 내 수준에 이거면 된 거다. 볏짚 걷어낸 청국장에 굵은소금 넣고 나무주걱으로 팍팍 다져서 그릇에 담는다.

청국장은 가끔 먹는 음식이다. 어쩌다 먹어야 맛도 있고. 호불호가 확실해서 꼭 물어본 뒤에 선물도 하고 손님한테도 끓여준다. 내 입에 맛있어야 대접도 하고 선물도 할 수 있으니 청국장찌개 맛부터 좀 봐야겠다.

"뿌글뽀글 꾸룩끼룩." 각자 자리에서 오래오래 잘 묵은 청국장과 묵은지가 만나 맛난 소리를 낸다. 시원하고도 담백하고, 칼칼하고도 구수하고, 시큼하고도 달큼하고. 된장찌개도 김치찌개도 흉내 내지 못하는 이 맛. 청국장찌개를 끓이고 먹으면서 청국장처럼, 묵은지처럼 내 자리에서 잘 묵은 사람이 되고 싶어진다. 내 안에 들어와 몸살도 마음살도 찌우는 청국장찌개가 행복하게 맛있다. 구수한 내음 가득한 집. 밤 깊도록 손에서는 여전히 청국장 향기가…

부부 눈 청소단 출동!

내 집 앞부터 저 아래 마을회관까지

전국이 눈이라는데 눈 많기로 소문난 장수인들 어찌 비껴갈쏘냐. 바람과 함께 휘몰아치던 눈이 점심 지나 잠시 잦아든다. 차라리 치울 엄두도 못 내게 계속 내리길 바라기도 했으나 이 순간을 놓치면 안 되지. 내 집 앞 눈을 쓸고자 밖으로 나간다. 산골마을에서 몇 년째 겨울을 보내는 우리 부부는 알고 있다. 온통 하얀 저 마을길이 모두 내 집 앞이라는 걸. 눈 치우러 나서면서 막걸리 한 모금 마셔준다. '눈 치우다 지치지 않게 해주옵소서, 지치더라도 님의 기운으로 일으켜주소서.'

부부 눈 청소단 출동! 나는 집과 가까운 마을길을, 옆지기는 저 아래 마을회관까지 눈을 쓴다. 젖 먹던 힘까지 마구 쓴다. '바그작 벅벅' 눈삽에 눈 쓸리는 낯익은 소리에 마을 분들 하나둘씩 등장. "걸어 다니는 길만 쓸어도 되는데." "택배도 오고 차도 다녀야 하니까요. 계속 눈 온다니 치워놓아야 나중에 좋죠." "그랴." 그러면서 싸리비 들고 곁에서 비질을 하신다. "들어가세요. 허리도 안 좋으신데 제가 할게요." "내가 오늘만 세 번째 쓸어." 그러고 나니 슬슬 들어가신다. 눈이 없을 때도 지팡이 짚고 다니는 앞집 할머니가 마을회관 가시기 좋게끔 그 집 앞도 열심히 쓸었다. 끙끙대며 눈을 미는데 한 아주머니가 또 보인다. "뭘 거기까지 쓸어." "네, 새해 복 많이 받으세요!" 올해 처음 뵙는다. 눈 쓸길 참 잘했지, 이렇게라도 새해 인사를 드릴 수 있으니. 눈이 많이 와서 오히려 고맙다.

눈도 쓸고 운동도 하고. 산골 겨울나기는 눈 덕분에 살찔 틈이 없다나.

두 시간쯤 쓸고 나니 온몸이 힘겹다. 그래도 좋다. 눈이 덜 와서 겨울가뭄 들까 걱정이었는데. 또 눈 덕분에 마을 분들하고 인사도 나누었고. 무엇보다 눈 쓰는 일이 엄청 운동 된다. 움직일 거리 적은 산골 겨울에는 눈님이라도 와주셔야 살님이 덜 붙어주신다. 혹여 날마다 눈이 온다면 살 빼는 데도 효과만점일 듯!

"눈 다 치우신 거예요?"

눈발 드세게 몰아치는 아침에 우체국에서 연락이 왔다. 오늘 택배 온단다. 반가운 마음보다 걱정부터 앞선다. 눈길에 어찌 오시려나…. 바로 전화를 했다. "저희 것만 있으면 나중에 오셔도 되는데요. 눈이 너무 많이 와서 힘들까 봐요." 다른 배달도 있어

택배기사님을 위해서라도 열심히 눈을 치워야지. 내 집 앞부터 저 아래 마을회관까지!

와야만 한단다. 어쩔 수 없지. 저렇게 눈이 쏟아지는데 어찌 올지 걱정 걱정. 다행히 점심 먹고 눈이 잦아들어 열심히 치웠고 때마침 택배기사님이 오토바이 몰고 나타나셨다. “눈 다 치우신 거예요?” 어느 때보다 환히 웃는 얼굴로 상자랑 함께 인사말을 건네신다. “네, 기사님 오시기 좋으라고 열심히 치웠어요.” 나도 같이 웃는다.

눈 오는 날 받는 택배는 어느 때보다, 다른 무엇보다 가슴 애타고도 찡하다. 그전에는 집까지 못 오겠다며 하소연하는 택배기사님들을 이해하지 못했다. 도시에서 만만하게 누렸던 택배 생활. 산골 산다고 못 온다, 마을회관에 놓겠다, 면으로 나오라는 둥 할 때마다 열이 나기만 했다. 하지만 이제는 그분들 처지를 좀 더 넉넉하게 바라볼 마음을 얻은 것 같다. 이 마음 잊지 않고 꼬불꼬불 산길과 마을길 다니느라 고생 많은, 수많은 택배 기사님들 삶도 마음도 이해하며 살아가 보련다. 다 떠나서 그분들이 없으면 보내는 것 많은 마을 어르신들도, 우리처럼 받는 것 많은 집도 타격은 이루 말할 수 없음일지니.

눈 치우고 하루를 넘기자마자 다시금 눈이 온다. 사람과 차가 다녀야 하기에 어쩔 수 없이 새하얀 눈을 밀어내기는 하지만 눈은 햇볕에 녹아야 지구에도 자연에도 이치에 맞는 일이 아닐까. 눈이 아무리 많이 와도 최소한만 길목을 내거나 그조차 내지 않는 삶을 다시금 꿈꿔본다. 지금은 차가 다닐 수 있게 길이 나야만 마음이 놓이기에 나부터 아직 멀었다. 그래도 그런 삶에 가까워지도록 노력하고 싶다. 조금씩, 끈질기게…. 그전까지는 택배기사님 반갑게 맞이하기 위해서라도 열심히 눈을 치워야지. 내 집 앞부터 저 아래 마을회관까지!

"썰매를 타고 달리는 기분~♬♪"

겨울에만 탈 수 있는 산골 썰매장

텃밭 끝에 좁은 웅덩이가 있다. 겨울이 되니 당연히 얼었다! 이 겨울이 떠나기 전 여기서 썰매 한번 타야지 했는데, 산골체험 즐기는 친구 덕에 창고에 갇힌 나무썰매가 드디어 세상 밖으로 나왔다. 갑자기 바빠진 산골 썰매장 관리인. 첫 체험 고객님께 최상의 미끄럼을 선사하고자 열심히 물을 뿌린다. 둘레에 늘어진 찔레나무 가지 쳐낸 뒤에는 바로 그 낫으로 썰매를 미는 진기명기 고객만족 프로그램까지. 나중엔 그 큰 몸으로 썰매를 타면서 얼음에 살짝 금도 내주시고.

바깥 활동은 뭐든 좋아하는 친구는 썰매마저도 야무지게 잘

낫으로 썰매를 미는 진기명기 고객만족 프로그램. 산골 썰매장에서만 가능하다!

타건만 나는 허우적허우적. 노는 것도 영 '허당'일세. 잘 나가건 끙끙대며 나가건 좁은 웅덩이 사이로 썰매 타는 기분만큼은 어린애로 돌아간 듯 행복한 설렘이 넘친다. 미끈하게 닦인 넓은 썰매장도, 매끈하게 날 선 썰매도 아니건만. 좁고 울퉁불퉁한 얼음장이라서, 사람 손길 깃든 투박한 나무썰매라서 우리들은 더 빨리 어린 시절로 여행을 떠날 수 있었을까?

자연이 준 위대한 얼음 웅덩이 선물. 겨울과 함께 곧 사라질 텐데 어린애로 돌아가고픈 삶에 지친 어른들에게 체험 신청이라도 받아야 하려나. 그러다 아이들까지 몰려 신청이 밀리기라도 하면? 당연히 진짜 어린애가 일 순위지. 소중한 우리 아이들이 드넓은 자연의 아이로 자랄 수 있도록!

천연 눈썰매장이 안겨준 고요한 짜릿함

겨울을 맞아 엄마 아빠 따라 산골로 찾아온 아이들. 마침 잘 됐다. 눈도 막 그쳤고 날도 추우니 제대로 된 눈썰매 타기엔 지금이 딱 좋지. 플라스틱 눈썰매는 없어도 돼. 퇴비 포대 한 장만 있으면 충분하니까.

손에 손에 자루 하나씩 들고 길을 나선다. 눈 두툼하게 쌓이고 비탈진 곳이면 안성맞춤. 아이들에게 앞서 시범을 보인다. 먼저 자루에 엉덩이를 깐다. 한 손으론 자루 앞을 쥐고 또 다른 손으로 눈을 설설 밀면서 앞으로 조금씩 나가다 보면 어느 순간 '좌르륵' 하며 단박에 저 아래까지 미끄러진다. 처음에 머뭇하던 아이들도 뒤에서 밀어주고 앞에서 끌어주며 몇 번 맛을 보니 이젠 저 알아서 잘도 탄다.

타면 탈수록 더 재밌는 게 바로 눈썰매. 앞 사람이 나아간 그만큼 눈이 반들반들 미끄러워지니까. 어른들도 신나긴 마찬가지다. 아예 집에 갈 생각들을 않네. 그래, 마음껏 즐겨라. 사람들로 바글거리는 인공 눈썰매장에서 맛볼 수 없는, 천연 눈썰매장이 안겨주는 이 고요한 짜릿함을.

산골 천연 눈썰매장이 안겨주는 고요한 짜릿함에 아이도 어른도 푹 빠져든다.

"고드름 고드름 수정 고드름~♬"

해가 활짝 떴다. 해님의 따스함으로 눈이 물로 바뀌는 소리가 처마 이곳저곳에서 합창을 한다. '추르륵 주르륵, 축축 차라락.' 한여름 논 개구리 소리마냥 크게 울린다. 처마를 보니 고드름이 반짝반짝. 우와, 예쁘다! "고드름 고드름 수정 고드름, 고드름 따다가 발을 엮어서~♬" 길쭉한 고드름을 보니 정말 발을 엮어도 될 것만 같다. 역시 노랫말은 괜히 만들어지는 게 아닌 듯. 수정 고드름 맛은 어떨까? 가장 투명하게 빛나는 걸로 똑 끊어 아작아작 씹는다. 얼음과자랑 비슷한 듯 다른 듯 시원하게 알쏭달쏭한 맛이 재밌다. 또 먹어야지. 이 고드름 뚝 저 고드름도 뚝. 고드

길쭉한 고드름 똑 따서 아작아작 씹으니 얼음과자 없어도 아쉽지 않다.

름 뜯는 손맛도 짜릿한걸.

오후 네 시가 넘으니 해님은 그새 모습을 감췄다. 똑똑 녹아 내리던 고드름은 그대로 다시 얼음! 저 고드름은 내일 떠오를 해님께 아무 의심 없이 다시 제 몸을 맡기고 땅으로 떨어지겠지? 다 녹기 전에 추워지면 또 얼 테고. 녹았다 얼고 얼다가는 또 녹는 고드름 덕분에 얼음과자 없어도 아쉬울 게 없는 겨울이구나.

동물 천국에 깃든 행복한 이방인

검은 별 쫓는 명탐정 "잡았다, 더덕열매!"

겨울 산을 오른다. 잎이 지고 눈까지 덮여 있어 앞이 훤하다. 조금 나아가니 고라니 발자국이 있다. 그 가까이엔 동글동글 귀여운 고라니 똥도 보인다. '휘리릭.' 무언가 번개같이 눈앞을 스쳤다. 고라니 한 마리가 껑충껑충 저 너머로 뛰어간다. 옹달샘 꽁꽁 얼어 마실 물도 없을 텐데 어디로 그리 바삐 가니? 잠시만 기다려주지. 가까이서 만나고 싶었는데.

고라니를 산에서 만나는 일이 처음은 아니다. 멀리서 사람 모습만 비쳐도 어찌나 빠르게 도망치는지. 뿔은 없지만 사슴이랑 비슷하게 생겼다. 우리 집 가까이도 많이 사는지 사철 내내 울음소리를 듣는다. 생김새는 아담하니 예쁜데 소리만큼은 좀 괴이쩍다. 어두컴컴한 밤 '왜액 왝!' 하는 소리를 처음 들었을 땐 커다란 산짐승이라도 나타난 줄 알았지 뭔가. 얼마나 조마조마했는지. 고라니 울음이란 건 조금 지나서야 알았다.

눈 덮인 외딴 산에 온통 동물 발자국이다. 멧돼지, 삵, 토끼 발자국쯤 되려나? 그 뒤만 졸졸 따르면 신기하게도 평탄한 길이 나온다. 동물들도 험한 곳보다 편한 길을 좋아하나 봐. 고요

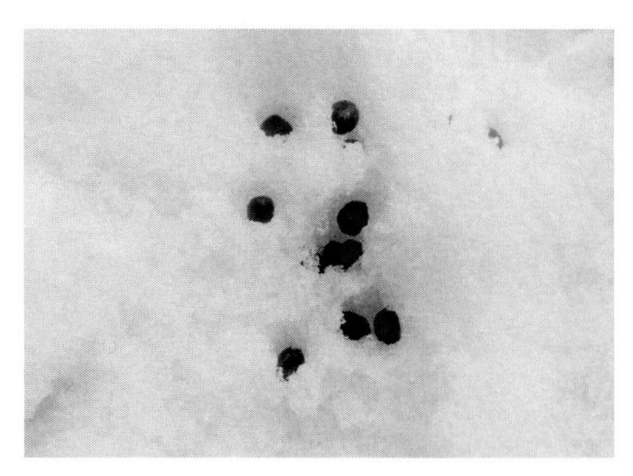
눈길 곳곳에서 동글동글 작고 까만
고라니 똥을 만날 수 있다.

한 산길이 참 좋다. 동물 천국에 깃든 행복한 이방인이 된 기분. 봄여름 이곳저곳에서 만났던 다람쥐, 청솔모, 수달, 고슴도치, 족제비들은 이 겨울을 어찌 보낼지 궁금해진다. 다들 겨울잠이라도 자고 있을까? "아니, 이게 뭐지?" 둥근 밧줄이 나뭇가지에 헐렁하게 걸쳐 있다. 올무인가? 동물 잡는 슬픈 올가미. 밧줄이 덜 삭은 걸 보니 오래되지 않은 듯하다. 언제, 누가, 대체, 왜 이걸 여기에…. 혹시라도 걸려 몸부림쳤을 생명들이 있을까 봐 안타깝다. 미안한 마음에 올무를 쥐고 얼른 산을 내려왔다. 부디 아무도 여기에 다치지 않았기를 바라면서.

"안개 속에 바람인가, 검은 별 검은 별~♬"

눈 덮인 산에 다시 오른다. 욕심 하나 마음에 안고. 바로 '더덕열매' 찾기! 더덕 잘 캐기로 유명한 마을 할머니가 이런 이야기를 하셨지. 잘 보면 어디선가 검은 별 같은 게 대롱대롱 매달려 있는데 그게 바로 더덕열매라고. 딱 이즈음 많이 보인다나. 그러니 궁금해서 참을 수가 있어야지.

말만 듣고 사진으로만 본 걸 찾기란 쉽지 않은 일. 저거다 싶어 다가가면 아니고 이건 맞겠지 기뻐하면 역시 아니다. 그렇게 하기를 한 번 두 번 세 번…. "안개 속에 바람인가 검은 별 검은 별, 나타났다 잡히고 잡혔다가 사라지네~♬” 보이지 않는 검은 별 열매를 쫓고 있으니 만화 노래가 다 생각나네. 정의를 좇는 명탐정이라도 되는 것처럼.

첫술에 배부르랴. 반은 포기하고 터벅터벅 돌아오는데 뭔가 또 보인다. 별처럼 생긴 꽃받침에 달린 까만 열매…. 잡았다, 더덕열매! 혹시 뿌리도 살아 있을까? 날카로운 돌멩이로 열매 달린 줄기 끝을 파헤친다. 땅이 얼어서 어렵다. 파고 또 파고. 드디어 나타난 검은 별 뿌리. 두툼하고 실한 더덕이 정말 있는 게 아닌가. 심봤다! 겨울 기운까지 머금어 더 깊고 짙은 향기가 난다. 정의가 이긴 게 아니라 노력이 빛을 발하는구나.

잡힐 듯 잡히지 않던 검은 별 더덕열매,
드디어 잡았다!

뿌듯한 마음 안고 돌아와 식구들한테 더덕 사진과 함께 새해 인사를 보냈다. 모두에게 복이 ‘더덕더덕’ 붙길 바란다는 말을 살짝 섞어서. 그러고 나니 마음이 훈훈하고 속상했던 일도 조금 너그럽게 바라보게 된다. 이것만으로도 벌써 더덕이 준 복이 크다. 한겨울에 만나 더 복스럽게 느껴지는 더덕처럼 다가오는 새해도 복스럽게 맞이해야지.

"된다, 도끼질이 된다!"

나무하고 톱질하는 산골아낙

땔감 구하러 가까운 산으로 간다. 부러진 나뭇가지랑 쓰러져 죽은 나무를 마당까지 질질 끌고 온다. 더러 큰 나무는 손수레에 꾸역꾸역 실어오기도 하고 잔가지들은 자루에 담아온다. 산이 코앞이니 크게 어려운 일은 아니다. 물론 나는 잔가지만 취급하고 큰 나무는 모두 우리 집 나무꾼 몫이다. 여기저기 널브러진 나무를 가져오면 산도 좋아하는 것 같다. 부러진 가지에 엉켜 있던 나무들한테 생기도 느껴지고. 산도 좋고 우리도 좋은 일이 맞겠지?

보기만 해도 든든한 나무 뭉치들. 하지만 진짜 일은 이제부터다. 가지 꺾고 몸통 자르고 해야 땔감으로 쓰일 수 있나니. 먼저 슬근슬근 톱질 시작. 처음엔 나무꾼이 하는 걸 구경만 했다. 식칼보다 큰 칼은 무섭기부터 하니 톱질은 나와 상관없다고 생각했지. 그런데 자꾸 보니까 재밌어 보이네? 땀 뻘뻘 흘리던 나무꾼이 숨 고르기 하면서 슬쩍슬쩍 던지는 이야기에도 끌리긴 마찬가지. "톱질 하다 보면 나뭇결이 느껴져. 단단한 옹이라도 만나면 뜨끔하고…. 나무와 마음을 주고받는 느낌이야."

끌리는 건 다 해본다, 실패해도 좋다. 산골살이 철칙 아닌 철칙을 마음에 담고 드디어 톱질 도전. 톱을 손에 잡는 것부터 난생처음이다.

나무꾼이 알려주는 대로 한 손으로 나무를 잡고 다른 손으로 톱을 움직였다. '쓱싹쓱싹' 소리만 크지 얇은 톱으로 나무속까지 파고들자니 힘도 시간도 많이 든다. 손가락 타고 팔뚝으로 넘어오는 진동도 만만치 않고. 온 정신 모아서 하니 그거 잠깐에 땀이 다 난다. 한 토막 자르면서 몇 번이나 쉬고 또 쉰다. '열 번 톱질에 안 떨어져나가는 나무 없다'고 마음도 손도 다지면서 계속 이어지는 톱질. 떨어질 듯 말 듯 달랑거리던 나무토막이 끝내 '툭' 떨어졌다. 우와, 짜릿한 이 손맛. 그 맛에 홀려 나무 한 통 다 잘랐다. 그래봤자 네 토막뿐이지만.

한 번 성공했으니 나무꾼과 함께 계속 이 일을 했어야 맞겠으나 딱히 그러지는 않았다. 처음엔 하려고도 했지. 한데 다른 나무는 토막 내기가 너무 어려워. 아예 안 돼. 알고 보니 톱질 첫 경험 때 만난 나무는 특별히 준비된 거였더라고. 얇고 가볍고 잘 말라서 누가 하더라도 톱질이 될 수밖에 없는 그런 나무. 그보다 조금만 두꺼워져도 잘리긴커녕 나무가 톱을 먹어버리기 일쑤니 톱질은 그냥 우리 집 나무꾼이 전담하기로!

'산'이시여, 드디어 도끼질을 허락하셨나이까

도끼질 하나 몸에 익히지 못하고 산골서 살아온 시간이 벌써 몇 년째인지. 뭔 죄가 그리 많아서 도끼가 제 발등 찍을까 지레 겁먹고 내려치다 뒤로 물러나기만 몇 년. 정 가운데 조준은커녕 둥근 나무에 열십자만 수십 개 그려 넣기를 또 몇 년. 그럼에도 자세만은 프로 나무꾼 못지않다는 슬픈 나무꾼. '도끼질은 정말 안 되는가, 도끼질도 못하는 산골아낙 과연 산골서 살 자격이 있는가' 자괴감에 빠져 지내기를 또 몇 년.

바람 세고 햇빛은 따사롭던 어느 날 창문 너머로 도끼질 소리가 살살 귀를 간질였다. 잘하겠다는 욕심 같은 거 없이 운동 삼아 도끼 몇 번 치려는 마음으로 신발 질질 끌고 나갔다. 한도끼질하는 우리 집 나무꾼께서 먼저 시범을 보인다.

잘 마른 나무는 정중앙을 내려찍기! 옹이가 있는 나무는 가장자리부터 쪼개기. 한 방에 두 방에 쩍쩍 갈라지는 나무를 보니 탄성이 절로 난다. 도끼질 잘하는 모습은 보기만 해도 가슴이 뻥 뚫린다.

나무에 열십자 그려 넣기만 수년째, 드디어 도끼질이 된다!

구경 그만하고 나도 해보자. 무거운 쇠도끼 내리치는 것만으로도 온몸 운동이 따로 없으니까. 지극히 단순한 마음으로 도끼를 들었는데…. 그만 도끼질을 해내고야 말았다! 열십자도 찍히지 않고 서너 번 네댓 번에 쩍 갈라진다. 우연도 실수도 아니었음을 쪼갠 나무들이 계속 늘어나는 것에서, 옆에서 지켜본 나무꾼 증언으로도 확인할 수 있었다. '산'이시여, 드디어 제게도 도끼질을 허락하셨나이까.

도끼질에 실패만 한다는 핑계로 노력도 하지 않고 지낸 그 무심하고 게을렀던 시간이 헛되지만은 않았나 보다. 한 철 한 철 산과 더불어 보내는 동안 몸으로 스민 어떤 기운 같은 게 있기라도 한 건지.

여전히 어설프지만 도끼질을 할 수는 있게 되고 보니 이제야 산골 살아갈 자격이 생긴 것만 같다. 좀 맛깔나게 산골살이 해볼 수도 있을 듯하다. 도끼질 맛을 얄게나마 터득한 지금 '하산'이 아니라 산 더 깊숙이 들어가야 할 것도 같지만, 그냥 지금 이 삶터에서 도끼질 되는 산골아낙으로 살아가련다.

그리운 겨울손님과 나물밥상

밤하늘 별빛에 새긴 애틋한 사연

드디어 그분들이 장수에 뜬다! 기다리느라 목 빠질 뻔한, 학창 시절 노래패 언니오빠들이 찾아오는 날이 오고야 만 것이다. 한 달쯤 전에 잡힌 약속. 하루하루 이날이 오기만을 손꼽아 기다렸고 드디어 하루 앞으로 다가왔다. 산골밥상 기대하라고 큰소리 뻥뻥 쳐놨으니 미리 이것저것 해놓아야지.

맨 먼저 할 일은 나물반찬! 시간과 정성 엄청 드는 음식이다. 말린 고사리, 취나물, 가지 푹푹 삶고 불려서 지글지글 볶고 조물조물 무치고. 귀한 손님 위해 아껴둔 무, 박속, 머위도 꺼내 나물을 만든다. 모두 직접 채취하거나 기른 것들이라 맛이 있든 없든 뿌듯한 마음으로 내줄 수 있는 음식들.

드디어 그날이 왔다. 두근두근 설레는 맘이 알람시계보다 먼저 나를 깨웠다. 미리 맛 들도록 배춧국도 끓였지 밥은 압력솥이 알아서 해주지. 도착하자마자 먹을 수 있게 상만 차리면 되는 일! 최대한 예쁘게 정성껏 상을 차린다. 상다리 휘어지게 하고 싶었는데 은근히 빈자리가 많네. '언니 오빠들이 맛나게 먹었으면 좋겠다, 정말 좋겠다….' 상을 보고 또 보면서 기다렸다. 오후 한 시 반이 되자 밥상 주인공들이 도착했다. 인사할 틈도 없이 밥 푸고 국 푸고 먹기 시작. 잘들 먹는다. 서울서 일찍 출발했으니 배가 고파 그랬겠지만 어쨌거나 열심히 먹는 모습을 보니 한없이 기쁘다. 이 맛에 내가 음식을 하는 거야, 할 수 있는 거야. 바로 이 맛에!

그리운 손님맞이 나물밥상. 상다리 휘어지게 하고팠는데 빈자리가 많아 아쉽다.

저녁이 되고 기다리고 기다리던 술자리가 시작됐다. 노래로 만나고 엮인 우리들이 어찌 이 밤을 그냥 보낼쏘냐. "바위처럼 살아가 보자 모진 비바람이 몰아친대도… 마침내 올 해방 세상 주춧돌이 될 바위처럼 살자꾸나~♬" 열린 광장에서, 아슬아슬한 무대에서 함께 내질렀던 노래를 목청껏 부른다. 신명이 넘치고 '바위처럼' 노래에 맞춰 잊힐 듯 잊히지 않던 그 몸짓을 함께 나눈다. 그때 그 시절 얼마나 많이 부르던 노래이고 추었던 춤인가….

나름 잘 알려진 노래 '임을 위한 행진곡'도 '광야에서'도 몰랐던 스무 살 그때. 친구들이 음악상자라고 부를 만큼 무작정 노래를 좋아했던 새내기는 오디션 없다는 까닭 하나로 겁 없이(?) 민중가요 노래패에 들어갔다. 노래 너머로 엿본 세상은 완전히 딴판이었으니. 최루탄도 지랄탄도 화염병도 백골단도 노래패 때문에 맛(만) 보았다. 술도, 사랑도, 우정도, 괴로움도…. 생각만으로도 아릿한 그 시간을 진하게 나눈 사람들. 아무 때고 만나기 어려운 산골에 드니 더 그립기만 했다.

기다림 끝에 찾아온 이들과 나누는 행복한 시간. 산골마을 겨울밤이 사람과 노래와 술과 이야기로 맛깔나게 익어간다. 밤 지나 새벽녘까지.

"투명한 별빛 내 가슴에 남아, 떠날 줄 모르는 농성장의 밤…"

열두 시가 다가오는 깜깜한 밤에 사람들과 집을 나선다. 별처럼 빛나는 당신들한테 당신들처럼 빛나는 별을 보여주고 싶어서. 가까운 언덕으로 삼삼오오 올라, 있는 힘껏 고개를 젖힌다. "와, 이렇게 많은 별은 처음이야! 별이 쏟아질 것 같아." 무더기로 쏟아지는 별과 함께 여지없이 쏟아지는 탄성들. 도시에서 찾아온 누구나 그러했듯이.

네온이 불타는 도시, 하늘까지 닿을 듯 치솟은 네모난 빌딩. 그 사이로 별 볼 일 없이 살았던 시간들이 별빛 따라 아른거린다. '별이 빛나는 밤에~'로 시작하던 어느 라디오 방송도 떠오르고. 산골에서 조금씩 낯을 익힌 밤하늘을 본다. 오리온자리 일등성 베텔게우스, 큰개자리 일등성 시리우스, 작은개자리 일등성 프로키온 세 점이 만나 커다란 삼각형을 이룬다. 겨울 남쪽 밤하늘을 또렷하게 밝히는 대삼각형이다. 세 줄 허리끈 동여맨 오리온은 사냥꾼처럼 황소자리를 겨냥하고, 그 오른쪽으로 축포라도 쏜 듯 플레이아데스성단 별무리가 반짝거린다. 수많은 별이 수놓은 겨울 밤하늘에 장관이 펼쳐진다.

거대한 우주에서 지구별보다 훨씬 더 크다는 저 별들도 저마다 사연이 있겠지. 거기서 보면 먼지처럼 작을 내 안에도 온갖 이야기가 펼쳐지니까. 문득 떠오르는 농성장의 밤하늘. 그리고 높은 탑과 시린 천막에서 나처럼 별을 보고 있을 사람들. 밤하늘 어둠 속에 빛나는 수많은 이야기에 애틋한 그네들 사연도 담겨 있을까.

"오늘 따라 웬일인지 투명한 별빛 내 가슴에 남고, 모닥불 피운 자리엔 흩어진 재만이, 고개를 떨구고 한없이 울던 떠난 동지의 얼굴 그리워, 바람이 차도 그 자리 떠날 줄 모르는 농성장의 밤…♪"

별빛에 실려온 노래 하나 마음에 스친다. 어느 농성장 바닥에 앉아 노동가수 지민주의 애잔한 목소리로 들었던 그 노래 '부디.'

“오늘도 눈 오는 밤 이 맛에 산골 사네~♬”

한겨울 쑥버무리와 시어머니표 종합 구호식품

지난봄 열심히 뜯고 뜯어 냉동실에 고이 보관하던 쑥이 ‘쑥’ 사라졌다. 다름 아닌 한겨울 쑥버무리 덕분에. 꽁꽁 얼었던 쑥이 녹으니 얼음에 가려 있던 그윽한 향기가 살아난다. 쌉쌀하게 향긋한 내음을 겨울에 맡으니 더 신비롭고 아늑하구나. 푸릇한 쑥을 찬물에 씻어 물기 쪽 짜낸 다음 칼로 썬다. 그러면 쑥 내음이 더 잘 스밀 것 같아서 내 맘대로 정한 방법. 그다음 설탕, 소금 조금 친 밀가루에 쑥을 조물조물 버무리기. 이때 물을 아주 조금만 붓는데 쑥 짜낸 물을 써야 좋다고 믿는단 말씀! 쑥물 도움 받자와 쑥이랑 밀가루를 덩어리지게 뭉치고선 솥에 푹 찌면 끝.

그렇게 탄생한 한겨울 쑥버무리! 커다랗고 두툼한 모양새가 무슨 파이 같기도 하면서 먹음직스럽다. 그렇다면 맛은? 투박하게 담백하고, 은은하게 고소하다. 허나 어떤 이는 맛없다고 할지도 모르겠다. 뭉텅뭉텅 씹는 맛까지 워낙 투박해선. 또한 새봄 갓 뜯은 쑥으로 만든 그 포실포실 쑥버무리에는 미치지 못하기에. 냉동 쑥으로 제아무리 용을 써도 말이지.

그럼에도 요 툽툽한 쑥버무리를 세상 누구보다 좋아하는 이가 있나니. 바로 친정 엄마 기일을 맞아 한국에 날아온 일본 사는 막내 여동생이다. 밥보다 쑥버무리를 더 좋아하는 나머지 어제 저녁도 요걸로 때우고 오늘도 아침부터 야금야금. 있는 쑥 싹 꺼냈는데도 동생

두툼한 한겨울 쑥버무리.
투박하게 담백하고, 은은하게 고소하다.

먹이고 싸주고 나니 내 입에 들어온 건 맛보기 몇 조각뿐이다. 나야 그거로도 충분해. 지난봄 쑥버무리, 쑥 부침, 쑥국 질리게 먹었으니. 요 쑥을 열심히 뜯은 건 쑥버무리 좋아하는 동생 때문이기도 했고. 무엇보다 두어 달만 지나면 이 밭 저 골에 금세 쑥들이 쑥쑥 일어날 게 아닌가. 그때 다시 또 뜯어 먹으면 그만이니 한겨울 쑥버무리에 미련 같은 건 없다. 동생이 맛나게 먹는 모습만으로도 쑥 뜯느라 고생한 보람은 차고도 넘치니까.

뜨끈 달콤 시원한 겨울 별미

'뜨끈 달달 호박죽, 달콤 구수 고구마, 시원 달큼 대봉, 쫀득쫀득 곶감.' 지난가을 거둔 늙은호박으로 올해 첫 호박죽 끓여 먹는 날, 동생과 함께 산골 겨울 별미를 먹고 또 먹는다. 눈도 오지 달콤한 먹을거리로 기분도 달큼하지. 눈 오는 밤과 어울리는 노래 한 자락 부르지 않을 수 없네. "오늘도 눈 오는 밤 요것들 먹고 있네, 오늘도 눈 오는 밤 이 맛에 산골 사네~♬"

호박죽도 곶감도, 가지볶음도 청국장찌개도 세상 누구보다

곶감도 참 맛나게 먹던 막내 여동생. 배웅하고 돌아오는 길에 왜 그리도 맘이 저릿하던지.

맛나게 먹어서 차려주는 내 맘을 때마다 뿌듯하게 해주던 여동생이 제 삶터로 돌아갔다. 쑥버무리랑 김장김치를 안고. 일본 김치는 입에 맞지 않는다는 동생을 위해서라도 나는 김장을 꼭 해야만 하나니! 터미널에 배웅하고 돌아오는 길에 왜 그리도 맘이 저릿하고 아리던지. 바다 건너 일본으로 가기 때문일까, 그저 동생이라서 그런 걸까. 언니오빠들 보낼 때랑은 사뭇 다른 이 애틋함이 사라지지 않는 걸 보면 아무래도 동생이라서 그런 것도 같고. 동생이 뭐라고, 뭐기에….

동생이 무척이나 잘 먹던 호박죽이랑 군고구마 남은 걸로 저녁을 먹는다. 요것까지 다 먹이고 보냈으면 더 좋았을걸 못내 아쉽다. 동생이 탄 비행기가 지금쯤 일본 가까이 다가서고 있을 테지. 언니네 텃밭에서 난 먹을거리들 열심히 행복하게 먹었으니 고향 밥 힘으로 외로운 타국살이 따뜻하고 행복하게 보내길, 무엇보다 몸 건강 마음 건강하길 이 언니가 마음 깊이깊이 바라. 잔소리 많이 해서 미안하고, 들어줘서 고맙고….

"재밌게 맛있게 잘 먹겠습니다!"

시어머니표 택배가 왔다. 상자를 여니 뭔가 끊임없이 나온다. 인절미, 백설기, 송편 같은 온갖 종류 떡 한가득. 끝이 아니다. 귤, 식빵, 어묵, 홍합, 조기, 고등어까지…. 거의 종합 구호식품 수준이다. 우리는 고립된 산골에 사는 게 아닌데. 그전에도 자주 먹을거리 보내주시긴 했으나 이번처럼 다양하긴 또 처음. 이걸 하나하나 싸서 택배까지 부치느라 칠십대 후반 여기저기 아픈 곳투성이인 어머니가 힘드셨을 거 같아 눈물이 다 나려고 한다.

택배 잘 받았노라고 전화부터 드린다. "어머니, 이번에 보내주신 거 엄청 다채로운걸요? 식빵에 생선까지. 홍합도 보내신 거 맞죠? 미역국 끓여먹어야겠어요. 이거 싸느라 고생 엄청 많으셨죠." "힘들긴, 싸면서 재밌었지. 택배 부치는데 이렇게나 많이 어디로 보내느냐고 묻더라. 우리 며느리 준다니까 한 아줌마가 그러네. 요즘 어느 며느리가 이런 거 보낸다고 먹기나 하냐고. 그래서 내가 그랬다. 우리 며느리는 자알 먹는다고." 어머니 말씀에 울컥 하고 뜨거운 무엇이 올라온다. "재밌게 싸셨으면 다행이고요. 저도 재밌게 맛있게 잘 먹겠습니다!"

서울 살 땐 난 삐딱한 며느리였다. 한번씩 떡이든 반찬거리 주시면 속으로 '내가 자기 아들 잘 못 먹일까 봐 걱정되신다 이거지?' 요런 심사를 안고, 그래도 주시는 거 받지 않을 수 없어서 가져다가는 냉장고에 처박아두고 시간이 길게 흘러 먹기 곤란한 지경에 이르면 하나하나 꺼내서 버렸다. 그렇게 버릴 때 죄송하지 않았다. 어머님께도 음식한테도.

산골 살면서 식구들이나 아는 사람들한테 이것저것 싸주면

떡, 귤, 식빵, 생선… 시어머니표 택배상자에서 뭔가가 끊임없이 나온다.

서 알았다. 누군가를 위해 먹을거리 챙기는 마음이 얼마나 행복한지. 그래서 몸에 좋은 거 하나라도 더 넣고 싶은 마음이 굴뚝같이 들고, 그렇게 상자에 차곡차곡 넣다 보면 어느새 한두 시간 훌쩍 가버린다는 것도. 보내고 나면 두근두근 설레기도 하고 걱정도 된다. '이걸 좋아할까? 아, 저것도 넣을걸….'

예전의 나였다면 어묵에 고등어 얼려 보낸 비닐봉지까지 보면서 분명 짜증을 냈을 것이다. '냄새 섞이게 떡이랑 고등어를 같이 싸다니. 내가 어묵 못 먹어 안달인 줄 아시나. 고등어는 생물로 먹어야지 얼려서까지 굳이 왜 보내냐고!' 하지만 이젠 참말로 고맙기만 하고 하나도 안 남기고 맛있게 다 먹을 것이다. 비닐봉지만 수십 개가 넘는 이 택배상자를 싸면서 재밌고 행복하셨을 어머니 마음을 이제 조금은 알겠기에. 무엇보다 산골마을에선 귀하디귀한 음식인 것도 맞고!

우리 부부 산골로 떠난다고 처음 말씀드렸을 때 꼭 가야 하느냐며 몇날 며칠을 울기만 하셨던 시어머니. 솔직히 그땐 속이 좀 상했다. 무슨 귀양 가는 것도 아닌데 왜 그러시냐고 짜증 섞인 대꾸도 좀 했다. 삐딱한 며느리답지. 보내주신 소중한 먹을거리들 행복하고 감사하게 잘 먹는 것으로 그때 흘리신 눈물을 조금씩 닦아드리고 싶다. 잘 먹고 있으니 잘 살고 있는 거라고. 그러니 더는 걱정하지 마시라고….

떠올라라, 오백 원짜리 딱 그만큼만!

'빵이야, 메주야?' 대망의 장 담그는 날

장 담그는 날의 전날. 소금이랑 물이랑 진하게 만난다. 메주와 한 몸이 될 소금물 농도 맞추기가 김장 배추 절일 때처럼 만만치 않다. 아니, 그보다 훨씬 더 긴장 넘치는 일이다. 메주 아무리 잘 띄웠어도 소금물이 어그러지면 된장도 간장도 어그러지니까.

소금물 농도는 달걀을 띄웠을 때 물 위로 떠오른 부분이 오백 원짜리 크기만큼 보이면 적당하다고 한다. 그걸 철석같이 믿고 따른다. 눈꽃처럼 어여쁜 소금을 지하수로 가득 퍼 올린 물에 풀고 또 푼다. 이제 됐으려나? 슬쩍 달걀을 띄우지만 에라, 어림도 없다. 푹 가라앉고 마네. 더 과감하게 소금을 붓고 또 붓는다. 떠올라라, 떠올라라. 더도 말고 덜도 말고 오백 원짜리 딱 그만큼만! 슬슬 물 위로 떠오르는 달걀. 일 원짜리에서 십 원

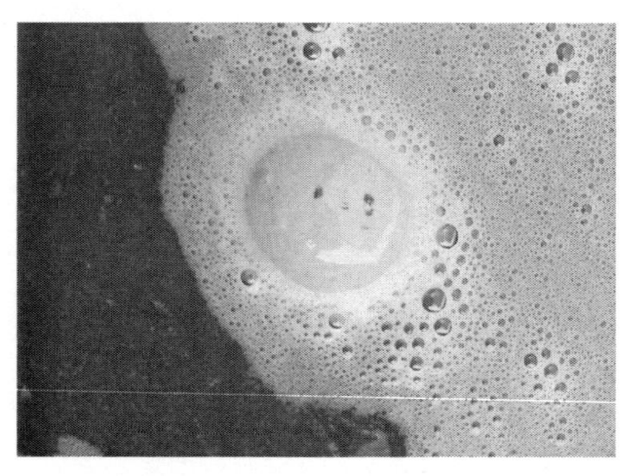

소금물에 띄운 달걀이 오백 원짜리 크기만큼
수줍게 물 위로 몸을 드러냈다.

짜리, 그러다 백 원짜리까지….

마침내 오셨다! 딱 오백 원짜리 크기만큼 수줍게 물 위로 몸을 드러내는 우리 달걀님. 됐다, 됐어. 아, 아니지. 장 담그기엔 날이 좀 따뜻하니 소금을 조금만 더 넣자. 한 바가지 두 바가지. 그래, 이젠 정말 됐어. 됐을 거야. 믿자. 달걀님 떠오르게 만든 소금물님의 힘을. 소금물 만들고 장 담글 항아리 씻으며 장 담그는 전날이 진하게 흘러간다.

설탕 뿌린 빵처럼 맛나게 생긴 메주

대망의 장 담그는 날. 얼마 전 장 담글 때가 다가온 듯한 느낌에 손 없는 날을 알아보려고 인터넷을 뒤적였다. 악귀가 활동하지 않는 음력으로 끝수가 '9, 0'인 날이란다. 그러니까 9일 10일, 19일 20일, 29일 30일. 장 담글 때마다 찾아본 내용인데 늘 새롭다. 다시 또 이어지는 정보 탐색. 음력 정월 지나면 장 담그는 거 아니란다. 이미 한참 지났는데 이걸 어째. 안 되겠다. 손 없는 날도 정월도 지키면 좋았겠지만 이번엔 그냥 우리 집 시간표에 맞춰 해보자.

겨우내 처마 밑에 매달았던 메주를 내렸다. 해님 달님 눈님 추위님 다녀간 시간들 오롯이 새겨졌을 우리 메주님. 볏짚 걷어내니 하얀 곰팡이가 가득 피어났다. '이게 빵이야, 메주야!'

하얀 곰팡이 가득 피어난 메주가
설탕가루 뿌린 빵처럼 맛나게 생겼다.

설탕가루 사르륵 뿌린 빵마냥 맛나게 생겼다. 메주를 박박 씻어 햇볕에 말리고는 항아리에 넣는다. 만든 지 온전히 하루 지난 소금물을 불순물 한 점 들어가지 않게끔 헝겊을 고이 받쳐 항아리에 붓는다. '된장과 간장 부디 잘되게 해주소서' 간절한 마음으로 빌고 또 빌면서.

나쁜 물질도 기운도 빨아들인다는 검은 숯, 직접 만든 참숯으로 넣어주고. 잡귀 쫓는다는 마른 붉은 고추, 지난해 농사지어 고이 말려둔 걸로 넣어주고. 달큰한 맛 보태달라고 장날 사둔 빨간 대추까지 넣으니 장 담그기 끝! '만능항아리뚜껑'으로 항아리를 덮는다. 장 담글 때는 햇빛 만날 수 있도록 자주 뚜껑을 열어야 하는데 투명 유리로 된 이 뚜껑은 햇빛이 저절로 스며들어 따로 여닫지 않아도 된다.

이리하여 나는 장을 담갔노라! 두 달쯤 지나 장 가르기 전까진 메주와 소금물과 숯, 고추, 대추 그리고 해와 달과 별과 바람, 더불어 이 모두를 한데 끌어모을 항아리가 장맛을 책임져줄 것이다. 사람이 할 수 있는 일은 더 없다. 메주님, 소금물님, 숯님, 고추님, 대추님, 항아리님 그리고 해님과 달님과 별님과 바람님. 장맛 감칠맛 나게 잘 들도록 모두 모두 잘 부탁드릴게요!

'산골새댁 사전에 노동소외는 없다!'

몸 튼튼 마음 튼튼 설거지체조

책꽂이에 언뜻 보이는 시집 하나를 꺼낸다. 『사상의 거처』. 제목도 시도 묵직하다. 올바른 사상이 필요한 세상, 올곧은 사상이 필요한 나. 시인의 목소리 따라 나에게 묻는다. '나는 지금 어디에 있는가, 어디로 가고 있는가.' 다시 시를 본다. 한 자리에 눈길이 닿는다. "나는 알았다, 사상의 거처는 한두 놈이 얼굴 빛내며 밝히는 상아탑의 서재가 아니라는 것을… 그곳은 노동의 대지이고 거리와 광장의 인파 속이고 지상의 별처럼 빛나는 반딧불의 풀밭이라는 것을….' 한여름 마당가에서 보았던 반딧불이 떠오른다. 불현듯 스치는 생각. 내 사상의 텃밭은 하늘과 바람과 달과 별, 풀과 벌레와 나무와 농작물이 어우러진 바로 이곳, 내 삶터가 아닐까. 그래야만 하지 않을까.

"생활이 있어야겠다. 생활의 중요한 구성인자인 노동과 투쟁이 있어야겠다. 노동과 투쟁이야말로 콸콸 흐르던 시의 샘이 아니었던가! 자본과 인간성과는 양립할 수 없다. 자본은 인간의 탈을 쓰되 스스로 인간의 얼굴을 한 적은 없다. 이것은 철칙이다. 이 철칙이 전일적으로 관철되고 있는 현실에서 시와 시인의 일차

적인 일은 저항의 몸짓일 터이다."

시집 끝에 담긴 글을 보며 다시 또 묻는다. '나는 어떤 생활을, 노동을, 투쟁을 하고 있는가….' 산골에서 손발 놀리는 하루하루. 일터 나가는 것도 아닌데 뭔 일거리가 이리 많은지 힘들고 지겨워 그만두고 싶을 때가 많았다. 그럴 때면 억지로 마음을 다잡곤 했다. '느리다고 눈치 볼 사람 없고, 혹여 망쳐도 큰 탈 나지 않고. 자연에 발맞춰 따라가는 몸놀림은 노동을 위한 노동이 아닌 삶을 위한 노동이다. 적어도 산골새댁 사전에 노동소외는 없으니 적당히 게으르게 어쩌다 한번쯤 열심히 다시 또 삶의 현장으로 나가보드라고!' 돈이 되진 않지만 건강한 삶과 마음을 이어가는 산골 노동. 인간의 탈을 쓴 자본에 저항하는 작은 몸짓 하나라도 될 수 있을까? 가까이 있는 또 다른 책에 손이 닿는다. 제목부터 마음을 치는 『소농은 혁명이다』.

내 사상의 텃밭은 겨울 냉이가 납작 엎드린
바로 이곳, 내 삶터가 아닐까.

"부모의 삶을 고귀하게 바라보고 자식이 대를 잇는 일은 인간문화재급 장인들 집안에서만 해당되어야 하는가. (…) 일반 농가에서도 농사짓는 일이 자부심이 되고 사회적 존경이 되고 경제적 자립이 되도록 되어야 한다." 얼마나 귀한 이름이던가, 우리의 생명을 지켜주는 '농민.' 그 이름에 담긴 깊고 넓은 뜻을 또박또박 새기며 책을 덮는다. 작은 텃밭에서, 골골이 이어진 산골짜기에서 들살림 산살림 하나하나 배우던 기쁨과 나누던 행복. 지난 5년이 뜨겁게 차오른다.

내 사상의 텃밭으로 나아간다. 푸릇푸릇 작은 잎들이 납작 엎드려 있다. 민들레, 질경이, 지칭개, 냉이…. 봄이 가까워졌음을 느낀다. 풀 뽑고 씨앗 뿌리며 땅과 온몸으로 만나게 될 따스한 새봄이 어느 때보다 기다려진다.

'설거지체조야, 고마워!'

같이 사는 키 큰 남자가 저녁상 말끔히 치우더니 바로 설거지체조를 한다. 처음엔 싱크대 높이가 낮아서 시작된 일이란다. 싱크대는 낮고 설거지는 자주 생기니 몸이 불편해서 여기저기 죽죽 펴다 우연찮게 발명(?)한 것이 바로 설거지체조. 하루 두 번이면 웬만한 운동 버금간다나. 그래선지 설거지 시간을 은근 기다리는 모습까지 보이니 내 손에 물 묻는 날이 자꾸만 줄어드네. '설거지체조야, 고마워!' 싱크대 앞에서 엉거주춤한 뒷모습을 볼 때마다 행복한 웃음이 넘친다.

하루 두 번이면 웬만한
운동 버금간다는,
몸 튼튼 마음 튼튼
설거지체조 시작!

남자든 여자든 싱크대 낮아 불편하다는 사람한텐 이 체조를 권한다. 겨우내 굳은 몸과 주름진 마음까지 활짝 펼 수 있다고 강조하면서. 특히 설거지가 한 사람에 쏠려 있는 집은 당장 시작하라는 주문을 넣기도. 그득한 설거지 앞에 남몰래 한숨 쉴, 옆 사람 마음까지 덤으로 얻는다고 살살 꾀면서. 물론 경험에서 우러난 이야기니 믿어도 좋음. 음악까지 흐르면 금상첨화인 몸 튼튼 마음 튼튼 설거지체조. 봄바람 타고 방방곡곡 퍼지기를, 그 누구보다 발명자께서 바라더라는 뒷이야기.

산골짜기 혜원 도시 금단 극복!

자연과 함께 살아가는 곳, 살아갈 곳

치과 예약은 오후 세 시인데 두 시간 전에 집을 나선다. 집에서 삼십 분은 걸어야 나오는 정류장. 아무도 없다. 버스에도 나 혼자뿐. 전세라도 낸 듯 홀로 가는 시간이 외롭다. 한두 번 겪는 일 아니건만 추운 겨울이라 그런지 더 쓸쓸해. 이 시간에 버스 타는 사람이 나밖에 없다니. 버스에서까지 외롭긴 싫은데, 사람이 보고 싶은데….

치과에 오니 사람들이 바글바글하다. 가는 길 번거롭고 치료받기가 겁나도 치과 가는 날 은근히 기다리는 내 마음을 의사 선생님은 모르시겠지? 잠시 사람들 사이에 머물다 산골집에 돌아오면 다시 혼자. 살림 하느라 바쁜데 외로울 시간도 없는데 자꾸 마음이 '짠'하고 '허'하다. 사람을 자꾸 그리워하게 만드는 산골…. 결국 '도시 금단' 증상인 건가? 흑흑, 자연이 모든 걸 해결해주는 건 아니었어. 그나마 다행인 건 며칠 뒤 서울 간다는 사실. 그것도 내가 너무나 좋아하는 마당놀이 공연을 보러!

산골새댁, 수년 만에 국립극장에 왔노라!

아! 몇 년 만인가. 마당놀이와 만나는 시간. 고속버스 탄 순간부터 설레기 시작했다. 오로지 공연만을 보고자 버스에 몸 싣는 게 얼마 만인지…. 그동안 마음대로 보고 즐기고 했던 지난 문화생활을 얼마나 그리워했는지 모른다.

장충체육관과 국립극장이 있는 역. 서울 살 땐 마당놀이나 창극 보러 자주 왔던 곳이다. 길 건너 파란 네온사인이 둘러싼 둥근 건물이 아련하게 눈에 들어온다. 마당놀이 하면 장충체육관이었지. 공연 보기 앞서 옛 추억 더듬으며 이곳저곳 천천히 눈과 마음에 담는다. 예전에 자주 그랬듯이. 공연장까지 걷는 길, 누가 오랜만 아니랄까 봐 중간에 길을 잘못 들어 살짝 돌기는 했지만 그마저도 행복한 추억으로 남노라니.

두둥~. 드디어 산골새댁, 수년 만에 국립극장에 왔노라! 한적한 곳에 담담하게 서 있는 너른 마당이 언제 만나도 마음에 착 안긴다. 두근대는 마음 안고 공연장으로 들어선 순간 탄성이 터진다. 엿 파는 배우들 여지없이 나와주시고, 시장 바닥처럼 웅성웅성하는 이 분위기는 언제 만나도 흥겹다. 조용히 앉아 암전을 기다려야 하는 다른 실내 공연에선 맛볼 수 없는 환하게 떠들썩한 풍경.

고사 상 물리고 이젠 정말로 공연 시작! 이 놀음 저 장단에 마음껏 웃고 손바닥 부딪치면서 둘레를 살펴본다. 내가 웃으면 옆 사람도 손뼉을 치고, 내가 자지러지면 저쪽 누군가도 스러진다. 이게 마당놀이 힘이고 내가 마당놀이를 좋아하는 까닭이지. 조용조용 가만가만 앉아서 구경만 하는 게 아니라 느끼는 대로 마음 가는 대로 소리 내고 몸짓을 펼칠 수 있는 자유로움.

아픈 마음 부드럽게도 닦아주고 나른한 마음에 비타민처럼 상큼한 기운도 불어넣고. 하루하루 지쳐 있는 우리네 삶 행복하고 따스하게 보듬는 마당놀이 현장에 두 시간 넘게 푹 젖는다. 집 떠날 때부터 공연 끝날 때까지 하루 종일을 행복하게 만들어주는 참 멋지고 고마운 마당놀이. 제 아무리 산골에 묻혀 지낸다지만 마당놀이를 좋아했던, 좋아하는 이 마음만큼은 다른 무엇으로도 대체할 수 없을지니. 앞으로도 계속 마당놀이를 내 삶에서 놓고 싶지 않다. 그러니 나는 마당놀이 만나러 다시 서울 나들이를 하고야 말겠어!

나를 지키는 수호천사 '산골짜기 혜원' 컵

오랜만에 도시 내음과 문화 향기 잔뜩 맡고는 집으로 가는 터미널에 이르렀다. 신기하게도 작은 산골집이 자꾸만 어른거리네. 전에는 그렇지 않았는데. 버스 타기 전부터 뭔가 빠뜨리고 온 듯한 허전함에 아까 그 자리로 다시 돌아가고 싶을 때가 많았거든. 한데 이번엔 뭔가 달라. 빌딩 숲 사이를 빠져나와 너른 들이 보이는 순간 어찌나 편안하고 아늑하던지….

도시를 벗어나 삶터에 닫자마자 눈발이 살살 흩날린다. 파드득 놀라 달아나는 새들도 꼭 나를 반기는 것만 같아. 조용히 나를 안아주는 산과 들이 새삼 정겹다. 복작복작 서울에 있다가 인적 드문 산골에 몸을 부리니 마음부터 편안해. 어설픈 차도녀, 어수룩하게나마 도시 금단증상 극복이라도 했나? 방에 들어가 팔다리 쭉 뻗고 눕는다. 역시 집이 좋다. 맑고 건강한 공기, 하늘,

바람 다 좋다. 커피 한잔 마시고 산골 일상으로 돌아가 볼까. 늘 쓰던 컵 하나 꺼낸다. 이 컵을 볼 때마다 여지없이 떠오르는 그때 그 순간….

2013년 가을. 서울을 떠나기 바로 몇 분 전. 앞집 살던 언니가 나를 안고 울었다. 나도 같이 울었다. 그 순간 우리 둘 다 믿어지지 않았다. 십 년 가까이 이웃하고 살면서 맛난 거 있으면 나눠 먹고, 기쁠 때도 슬플 때도 투쟁할 때도 술 마실 때도 늘 함께였는데. 다른 동네도 아니고 저 멀리 산골로 떠난다는 사실이. 전처럼 아무 때고 내가 언니를, 언니가 나를 볼 수 없단 현실이.

파란 하늘과 햇살로
목욕한 숲이 반기는 삶터.
이곳에서 맞이하는 하루하루가
늘 고맙고 행복하다.

떠나는 나를 위해, 언니는 세상에 하나뿐인 선물을 안겨주었지. 손수 글씨를 새긴 '산골짜기 혜원' 컵. 아는 이 없이 찾아든 산골에서 나를 지키는 수호천사 같기만 했어. 안타깝고, 아쉽고, 속상한 일들이 있을 때면 이 컵을 보곤 했는데 그러면 꼭 마법처럼 힘이 나는 거야. 파란 하늘과 햇살로 목욕한 숲이 새삼 따스하게 눈에 들어오고, 선물처럼 다가오는 하루하루를 고맙고 행복하게 맞이할 자신도 생기고.

따스한 컵 가만히 쥐고 나에게 슬며시 말을 건네본다. '산골짜기 혜원, 힘들 때도 많았고 앞으로도 벅찬 일 많을 테지만 오길 참 잘했어. 이렇게 자주 웃잖아. 그걸로 충분해, 지금은…. 그래, 여기가 네 삶터야. 자연과 함께 살아가는 곳, 살아갈 곳.'

추천하는 글

'귀촌 각시'를 위한 찬가

김성녀 | 연극배우, 국립창극단 예술감독

배우 인생 60년이 넘는 시간 동안 얽히고설킨 그 많은 만남 가운데 내 마음에 깊이 각인되는 특별한 인연이 있다. 바로 '귀촌 각시'다.

10여 년 전, 모노드라마 〈벽 속의 요정〉 공연을 끝내고 분장을 지우고 있는데, 울어서 눈이 퉁퉁 붓고 얼굴이 벌겋게 상기된 한 아가씨가 프로그램에 사인을 해달라며 들어왔다. 순수한 그 모습이 이쁘기도 하고 고맙기도 해서 그만 울라고 다독이며 정성껏 사인을 해주었다. 〈벽 속의 요정〉은 스페인 내전 때 사상범으로 몰려 벽 속에서 40년 넘게 숨어 살던 아버지 이야기를 그 딸이 소설로 쓴, 스페인에서 일어난 실화다. 벽 속에 갇힌 아버지 설정만 그대로 두고, 1950년 전후로 40년에 걸친 우리의 아픈 근현대사를 곁들여 새롭게 써낸 창작 뮤지컬이다. 뜨거운 응원을 보내준 관객들 힘으로 14년째 공연되고 있는 내 대표작이기도 하다.

온갖 상을 휩쓴 영예와 14년 동안 찾아준 많은 팬, 그리고 미국 · 중국 · 일본 등 해외 공연에서 만난 귀한 인연들이 있지만, 그중 귀촌 각시야말로 〈벽 속의 요정〉이 맺어준 관객 속의 요정이었다. 공연 때마다 빠짐없이 관람하는 것은 물론이고 친지와 식구들까지 공연장으로 끌고 온 홍보대사이기도 했다. '배우 김성녀의 미학'이라는 블로그를 만들어 내 작품 세계뿐만 아니라 가족들 이야기, 그리고 50년 넘는 내 모든 흔적을 거미줄처럼 엮어 거기에 본인 관점으로 찬사를 펼치는 황홀한 블로거이기도 했다.

글쓰기를 좋아하고 긴 편지를 즐기는 그녀의 글솜씨가 부러웠다. 알고 보니 아이들을 위한 아름다운 책, 마음에 양식이 되는 건강한 책, 돈이 되지는 않지만 누군가 만들어야 하는, 살아가는 데 꼭 필요한 좋은 책들을 만드는 출판사 사람이었다. 노래 부르기 좋아하고 음악을 사랑하는 그녀는 통기타를 들고 위안이 필요한 곳에 찾아가 사람들을 위로하는 소박한 노래꾼이기도 했다. 불의를 못 견디는 그녀는 갑의 횡포에 부당해고를 당한 서민들을 위해 목청 높이며 밤을 지새웠고, 정의로운 사회 구현을 위해 몸을 사리지 않는 항변으로 밤을 불태우는 정의의 사도이기도 했다.

그 와중에도 잊지 않고 공연장을 찾아와 좋은 공연이었다고 눈시울을 적시며 술 한잔에 시 한 수를 읊는 낭만파이기도 한 그녀. 홍길동처럼 여기 번쩍, 저기 번쩍하며 마치 투사처럼 모든 일을 감당하던 나의 요정이 갑자기 사라졌다. 귀촌(歸村)을 한 것이다. 전혀 믿을 수 없는 행보지만, 그녀의 옆지기로 통하는 남편과 함께 모든 것을 내려놓고 귀촌 각시가 된 것이다. 책 만들고 기타 치고 노래 부르고 투쟁하던 뜨거운 삶을 접고, 땅을 만지며 자연에 순응하는 삶에 푹 빠져 있다.

가지를 썰어야 하고, 고추 딴 거 정리해야 하고, 고추랑 가지

뽑은 자리에 김매기를 해야 하고, 마늘 심을 거 갈라야 하고, 매실액도 정리해야 하고, 훌쩍 자란 부추 좍 뜯어다 부추김치도 만들어야겠고…. 한적한 산골로 귀촌해서 몇 년이 지나는 동안 사계절이 주는 갖가지 농사일을 마치 귀촌일기처럼 페이스북에 올린다. 그녀의 글을 통해 농사에 대해 하나씩 알아가는 재미를 얻고 가뭄과 장마로 애끓는 농부의 마음을 이해하며, 실패 경험을 통해 정성과 사랑으로 노력해야만 결실을 보는 생명의 소중함까지 공유가 된다.

노동의 고단함이 묻어나 안쓰럽지만 서툰 농부의 손으로 열매를 맺는 모든 농작물이 너무나 소중하게 와닿고, 이상하게도 그 모든 행보가 신선놀음처럼 느껴지는 마법이 있다. 세상을 바꾸겠다는 정열로 뜨겁던 젊은 부부가 왜 갑자기 모든 것을 내려놓고 농촌으로 가게 되었는지 생각할 겨를도 없이 마치 낙원에서 사는 것 같은 행복함과 평온함이 느껴지는 것은 무슨 까닭일까. 정말 사람답게 사는 것 같다.

요즘 세상이 참으로 흉흉하다. 같은 민족이 총부리를 겨누고 있고, 가족 간 연대가 붕괴되고, 정치인들은 오로지 선거를 위해서만 존재하고, 사회 곳곳이 이해가 얽혀 거칠고 폭력적이며 혼란스럽다. 혼란이 극에 달하면 달할수록 나물 먹고 물 마시고 팔을 베고 눕고 싶은 정서가 새삼 배어나는 법. '귀촌 각시' 찬가가 불리는 까닭이 바로 여기에 있다. 비록 골수팬은 놓쳤지만 용감하게 자기 삶을 설계한 그녀가 부럽다. 삶이 연극이라면 박수를 받을 일은 그녀의 용기다. 귀촌 각시의 흙냄새를 맡으러 훌쩍 떠날 용기라도 내보고 싶다.

조혜원

일하는 사람들의 살아 있는 글쓰기와 진솔한 삶이 묻어나는 따뜻한 이야기 나눔에 마음을 기울이면서 세상과 자연에 조금씩 눈떴다. 조금이라도 철들고 싶다는 대책 없는 바람으로 30년 훌쩍 넘는 서울 생활을 접고 2013년 외딴 산골에 들었다. 철 따라 흥미진진하게 펼쳐지는 산살림, 들살림에 흠뻑 젖어 시간 가는 줄 모르게 지내고 있다. 작은 텃밭과 골골이 이어진 산골짜기를 벗 삼아 놀면서 일하고, 일하면서 글 쓰는 삶에 알콩달콩 재미를 느끼며 살고 있다. 파란 하늘과 햇살로 목욕한 숲이 반기는 삶터에서 맞이하는 하루하루, 늘 고맙고 행복하다.

https://brunch.co.kr/@sangolhyewon

:: 산지니 · 해피북미디어가 펴낸 큰글씨책 ::

문학

북양어장 가는 길 최희철 지음
지리산 아! 사람아 윤주옥 지음
지옥 만세 임정연 지음
보약과 상약 김소희 지음
우리들은 없어지지 않았어 이병철 산문집
닥터 아나키스트 정영인 지음
팔팔 끓고 나서 4분간 정우련 소설집
실금 하나 정정화 소설집
시로부터 최영철 산문집
베를린 육아 1년 남정미 지음
유방암이지만 비키니는 입고 싶어
미스킴라일락 지음
내가 선택한 일터, 싱가포르에서 임효진 지음
내일을 생각하는 오늘의 식탁 전혜연 지음
이렇게 웃고 살아도 되나 조혜원 지음
랑(전2권) 김문주 장편소설
데린쿠유(전2권) 안지숙 장편소설
볼리비아 우표(전2권) 강이라 소설집
마니석, 고요한 울림(전2권)
페마체덴 지음 | 김미헌 옮김
방마다 문이 열리고 최시은 소설집
해상화열전(전6권) 한방경 지음 | 김영옥 옮김
유산(전2권) 박정선 장편소설
신불산(전2권) 안재성 지음
나의 아버지 박판수(전2권) 안재성 지음
나는 장성택입니다(전2권) 정광모 소설집
우리들, 킴(전2권) 황은덕 소설집
거기서, 도란도란(전2권) 이상섭 팩션집
폭식광대 권리 소설집
생각하는 사람들(전2권) 정영선 장편소설
삼겹살(전2권) 정형남 장편소설
1980(전2권) 노재열 장편소설
물의 시간(전2권) 정영선 장편소설
나는 나(전2권) 가네코 후미코 옥중수기
토스쿠(전2권) 정광모 장편소설
가을의 유머 박정선 장편소설
붉은 등, 닫힌 문, 출구 없음(전2권)
김비 장편소설
편지 정태규 창작집
진경산수 정형남 소설집
노루똥 정형남 소설집
유마도(전2권) 강남주 장편소설
레드 아일랜드(전2권) 김유철 장편소설
화염의 탑(전2권) 후루카와 가오루 지음 |
조정민 옮김
감꽃 떨어질 때(전2권) 정형남 장편소설
칼춤(전2권) 김춘복 장편소설
목화-소설 문익점(전2권) 표성흠 장편소설
번개와 천둥(전2권) 이규정 장편소설
밤의 눈(전2권) 조갑상 장편소설
사할린(전5권) 이규정 현장취재 장편소설
테하차피의 달 조갑상 소설집
무위능력 김종목 시조집
금정산을 보냈다 최영철 시집

인문

범죄의 재구성 곽명달 지음
역사의 블랙박스, 왜성 재발견
신동명 · 최상원 · 김영동 지음
깨달음 김종의 지음
공자와 소크라테스 이병훈 지음
한비자, 제국을 말하다 정천구 지음
맹자독설 정천구 지음
엔딩 노트 이기숙 지음

시칠리아 풍경 아서 스탠리 리그스 지음 |
김희정 옮김

고종, 근대 지식을 읽다 윤지양 지음

골목상인 분투기 이정식 지음

다시 시월 1979 10 · 16부마항쟁연구소 엮음

중국 내셔널리즘 오노데라 시로 지음 |
김하림 옮김

파리의 독립운동가 서영해 정상천 지음

삼국유사, 바다를 만나다 정천구 지음

대한민국 명찰답사 33 한정갑 지음

효 사상과 불교 도웅스님 지음

지역에서 행복하게 출판하기 강수걸 외 지음

재미있는 사찰이야기 한정갑 지음

귀농, 참 좋다 장병윤 지음

당당한 안녕-죽음을 배우다 이기숙 지음

모녀5세대 이기숙 지음

한 권으로 읽는 중국문화
공봉진 · 이강인 · 조윤경 지음

차의 책 The Book of Tea 오카쿠라 텐신 지음
| 정천구 옮김

불교(佛敎)와 마음 황정원 지음

논어, 그 일상의 정치(전5권) 정천구 지음

중용, 어울림의 길(전3권) 정천구 지음

맹자, 시대를 찌르다(전5권) 정천구 지음

한비자, 난세의 통치학(전5권) 정천구 지음

대학, 정치를 배우다(전4권) 정천구 지음